Chara

王を統べる運命の子②

樋口美沙緒

キャラ文庫

この作品はフィクションです。
実在の人物・団体・事件などにはいっさい関係ありません。

王を統べる運命の子③

目次

口絵・本文イラスト／麻々原絵里依

一番最初の記憶は、薄暗い神殿の中だった。

窓のない、白亜の壁。広い空間に、どこからかうなるような風の音がした。

すぐそばには、巨大な黒い竜が頭を垂れてうずくまっていた。母がしきりと言っていたのは、私にもできましたから、どうぞご安心ください、というようなことだったと思う。竜にその声が届いていたのかは分からない。身じろぎ一つせぬ竜なのに、「一人め」はどうしてか、その竜が慟哭《どうこく》し、深い悲しみの中で嘆き悲しんでいるような気がした。

左胸のあたりに、とくとくと動くものを感じていた。

母は、長い年月を割いてようやく得た心臓だと言い、「一人め」に厳命した。

――裏切り者から真名を奪うの。

――お前の本当の心臓を、取り戻すべきよ。

そうして黒い竜を救うのだ。それこそが、真実あるべき姿だからと。

「一人め」は自分の生まれた理由を知っていた。母が望むように生きることが大事なのだ。心の中は空っぽで、そもそも心があるのかも知らなかった。

このころの記憶は曖昧《あいまい》で、断片的だ。

どうやって生まれた神殿を出たのだろう。気がつくと「一人め」は、母に連れられて王宮にあがっていた。母は裏切り者の国王の、妃《きさき》になるという。

——私は王の真名を探る。お前は後継者の真名を奪いなさい。

囁《ささや》かれて引き合わされたのは、黒髪に青い瞳の、背の高い青年だった——いや、大人びてはいたが、年は一つ上と聞いていたので、少年なのかもしれない。

彼は王子で、肩幅が広く、体軀《たいく》はがっしりとしていて、黒い眉がりりしかった。

初めて王子を見たとき、このような生き物がいるのかと、「一人め」は思った気がする。

神殿にいたのは、黒い竜と母、そして自分だけ。

竜は巨大だったが弱々しく、なよやかにすら見えたし、自分だって男にしては、女の母に似すぎている。

世の人間すべてが自分や母のようなものだと思っていたので、初めて出会ったその日、王宮の庭園でまぶしい陽光を浴びて立っている王子が、あまりに猛々《たけだけ》しく、強そうで驚いたのだ。

驚き、そう、たぶんあの感情は驚きだったのだと思う。

「一人め」は初めて見る太陽と同じ輝きを、男の命の奥底に感じ取ったような気がした。

それは五の月のこと。春だった。

真名を奪えという母の命令には、どうすればよいのか分からなかった。

母は王子がお前を愛するように、と言う。愛するように。愛するとはどういうことだろうか？　愛とはなんだというのだろう。

「一人め」は分からないなりに、王子のあとをついて回った。王子はそれを嫌がった。ついてくるなと唾棄し、母のことを毒婦と呼んで忌《い》み嫌っていた。それでも「一人め」は諦めず、ある日ついに王子に突き飛ばされて、転んで足を折った。

王子は、それを見ると青ざめて医者を呼び、ここまでするつもりはなかった、と謝った。なぜ王子が苦しそうな顔をするのか、痛ましげに自分を見るのか、「一人め」は分からなかった。痛いかと訊《き》かれても、首を傾《かし》げるしかない。折れた足は痛いけれど、自分は人形なのだから、そう遠くないうちに消える。体は作りもので、足が折れようが内臓がただれようが、どうでもよいことだ。自分は本当には生きていない。どうせ、もとはすべて土なのだから。

そんなふうにあけすけに語ってはいけないと、母に命じられていなかった。

だから淡々と言うと、王子はなにを思ったのだろうか。

それからはもう、ついてくるなとは言われなくなった。勝手につきまとう「一人め」に、王子は話しかけることも近づいてくることもなかったが、邪険に振り払ったり、邪魔だと言って追い払うこともなく、「一人め」はどうやって真名をもらえばいいのだろう？　と思いながら、王子が剣の鍛錬をしたり、馬で駆けたり、座学に集中したりするのを、少し離れた場所からずっと見ていた。

王子は生き生きとしていた。剣をさばくときも、騎士たちと冗談を言い合うときも、馬の背に櫛《くし》をあてているときも、早駆けするときも、一心不乱に本を読んでいるときや、嫌そうに夜会の礼服を選ぶときでさえ——王子は、全身から生命の息吹を放ち、生気に満ちあふれ、笑顔は大きく声はよく通り、城中の誰もが王子を好いて見えた。

そばで見つめていると、「一人め」は自分の空っぽなところに、王子の命の明るさが宿っていくように感じた。

「一人め」は第二王子という肩書きと、ユリヤという名前をもらっていた。

夜会に出ねばならなくなったとき。ご令嬢に誘われて踊れるのか、と王子に訊かれた。踊るとはどういうものだと訊いたら、王子はため息と一緒に手をとってきた。

広いホールで、「一人め」は王子から舞踏を習った。上手《うま》くいかずによろめき、こけそうになると、王子は呆《あき》れて、だからお前なんて嫌いなのだと言っていた。だがやがて上手く踊れるようになると、王子は花が咲いたように笑った。

人形でも踊れるじゃないか、と王子は言った。

「一人め」はその瞬間、王子の笑顔が自分の顔にもうつるのを感じた。人生で初めて、微笑《ほほえ》んだのだ。

その時、王子の青い瞳が、驚いたように揺れたのを見た。

とくとくと脈打つ心臓の奥に、初めて感じる、ほのかな熱のようなものがあった。全身をふわりと包み、心が浮くような感覚。これはなんだろう、と思っていた。

けれど分からないまま、そしてせっかく覚えた踊りを誰かと踊ることもないまま、「一人め」

の記憶は最後を迎える。

真名を聞き出すことなんて、すっかり忘れていた。母はもう終わりよ、時間がきたの、と「一人め」に言ったが、命令を果たせなかったことについては怒らなかった。

——最初から、お前一人で奪えるなんて思っていない。いい子だから、王子の眼《め》の前で役目を終えるのよ。

愛は喪失によって深まるから。

蛇のようにゆっくりと、じっくりと、心に忍び寄ればいい。

母は眼を細めて嗤《わら》った。ふと「一人め」は思った。初めて目覚めた神殿で、あの竜はどうしているのだろうか。

あの神殿はどこなのだろう。竜は今も一人ぼっちで、慟哭しているのだろうか。

夜会の夜、美しく着飾った王子を「一人め」は見た。夜空に星の光る時間になっても、王子は太陽のようにきらめいていた。身のうちからにじむ、命の強さ。こんなにも輝いて見えるのは、自分と違って本物の心臓があるせいだろうかとも思う。

母に言われたとおりに、「一人め」は身仕度を終えた直後の王子を、人気《ひとけ》のない庭園に呼び出した。王子は苛立《いらだ》っていた。急いで会場に行かねばならない、お前だってそうだろうと。俺はお前が嫌いだ、憎んでいるが、親切にしてやっているのに、どうして困らせるのかと——何度も言われた馴染《なじ》みの文句を聞いているうちに、「一人め」の、十月十日《とつきとおか》の時間は満ちた。

——僕は消えるのだけど、そばにいさせてくれて……。

と、「一人め」はなにか伝えたくて言いかけ、こういうとき、なんて言えばいいんだろうと思った。真名がほしい？　でももうそれほど、ほしいわけでもない。初めから、そうほしかったわけでもない。

踊ってくれたとき、楽しかったなと感じた。

ああ、あのとき感じた、体を包む不思議なぬくもりは、「喜び」というものだったかも、しれない——。

——ありがとう、ルスト。兄さま。

かろうじて声にできたと思ったあと、身の内から心臓が消えていくのが分かった。

二月の冴《さ》え冴《ざ》えとした空気の中。

指先からぼろぼろと体が崩れ、肌がひび割れて、あっと思ったときには土になっていた。崩れる自分を見て、眼を見開き、なにか叫ぶ王子の顔が見えた。

王子の眼に映るのは、困惑、絶望、怒り……だろうか？

たぶん、そんな感情。分からない、よく知らない。十月十日で覚えた「心」の情報は、まだ圧倒的に足りない。ただ王子が、悲しまなければいいなと思った。

そこで、「一人め」の記憶は終わっている。

「二人め」の記憶が始まったとき、さすがに自分の名前がユリヤで、第二王子で、母が王妃で、王子は義理の兄だと分かっていた。

「一人め」のときよりはいくらか冴えた思考で、ユリヤが目覚めたのは前のように神殿ではなく、豪奢《ごうしゃ》な第二王子の私室だった。

天蓋《てんがい》付きの寝台の上に、ユリヤはひっそりと寝そべっていた。寝台にはカーテンが引かれていて、周りの状況はすぐには分からなかった。

——一月前、たしかにあの子は眼の前で死んだんだ、土塊になった。あんなに脆《もろ》い命だって知ってたら、もっと優しくした。あの魔女め、禁忌を犯して土人形を作ったんだ、証明する手立てさえあれば、追放してやれるのに……。

カーテンの向こうで、男が泣きそうな声で言っていた。もう一人別の男がそばにいるようで、彼は「めったなことを言うな」と諭していた。

——ここにも『王の耳』があるんだぞ。陛下は妃殿下を信じてる。

——知ったことか、父は蒙昧《もうまい》の王だ。とっくに魔女にだまされてる。いずれ国民にも、使徒にも愛想を尽かされる……。

ユリヤはおずおずと、カーテンを開けて寝台の外に出た。ハッと振り向いたのは、「一人め」の記憶の中にある王子。義兄のルストだった。

ルストをそばで慰めていたのは、たしか「一人め」の記憶だとアランという名の、ルストの幼馴染みだ。「一人め」はあまり話したことはなかったけれど、ルストにつきまとっていたら、自然と見かけることが多かった。

ルストとアランの二人は眼を見開いて驚いており、なぜここに、とか、生きてるのか？　とかと喘《あえ》いでいた。

ユリヤは左胸に手をあてた。心臓が動いていた。きっと母が、前もって準備していた土の体に、心臓を埋め込んだのだろう。おそらく、ユリヤは誰も知らないうちに生み出されて、ここに寝かせられたのだ。母によって。

ここでのユリヤの生まれた理由も、きっとただ一つ。

ルストの真名を奪うことだ——たぶん母はそのために、「一人め」の最期の瞬間を、ルストに見せたのだろうと思った。

どこか呆然《ぼうぜん》としながら、ユリヤに近づいてくるルストの顔は真っ青で、眼の下は真っ黒に黒ずんでいた。

「一人め」の記憶よりやつれていて、見るも憐《あわ》れなその姿からは、かつての太陽のような生気が失われているようだった。

ユリヤは胸が痛む気がした。かわいそう、という不思議な気持ちが、初めて湧《わ》いた瞬間だった。

——ルスト。兄さま。気に病まないで。僕は痛みなんてなかったんだから……。

もうルストから、真名を奪う気持ちなんてなかった。

母にはなにも言わなければいいことだ。自分はまた十月十日で消えるだろうが、心臓があれば生まれ直せる。

次はルストの見ていないところで消えようと思った。

どうしてかは分からない。けれどこの華やかな王子が憔悴《しょうすい》し、苦しんでいる姿をユリヤはもう、見たくなかった。

「一人め」の時のように、嫌ってくれていいと思った。

ルストには、ユリヤのことなど気にせずにいてほしい。剣を振るい、友人たちと笑い、馬を駆り勉強に励み、面倒そうに夜会の準備をし、ただそんなふうに生きていてほしい。

自分は太陽のようなルストの生命力を、どこかから見ていられたらそれでいい。

「一人め」がルストのことを、悲しまないでほしいと思いながら消えたせいだろうか。

ユリヤの胸には初めから、深い悲しみがあった。そしてそれは、ルストを苦しみから遠ざけたいという強い気持ちに変わった。

その時、ルストはユリヤの様子に戸惑い、最初のお前と、少しだけ違うと言った。もうけっして、みすみす死なせないとも言った。お前が生きる道を探すと。

ユリヤにはどうしてルストがそんなことを思うのか、分からなかった。

──だって僕は、僕らは、初めから生きていないし、だから死にもしない。

土人形とはそういうものだ。生きていない。死は存在しない。土に還り、必要ならまた存在する。命の意味などなく、生命に価値はないのだ。

それなのに、ルストはユリヤを大切にした。国王はなぜか、王妃の連れ子であるユリヤが、仮にも養子であるにもかかわらず、体ごと消えていたことに気づいてすらいなかった。ユリヤは三十日もいなくなっていたのに。

それはユリヤが、もともと奥まった場所で静かに過ごしていたからなのか、王が母である王妃に欺《あざむ》かれているからなのかは分からなかった。

他の誰も、第二王子が前とは違う体だとは、思っていなかったと思う。

ユリヤが少しの間消えていたこと、土人形だということを、はっきり知っているのはルストだけで、アランですら、眼の前で「一人め」の消えるところを見ていない以上、人間とまるで変わらない姿のユリヤが、作りものなのか疑っていた。

春に生まれた「二人め」のユリヤは、それから七つの月を王宮で過ごした。

母はたびたび宮内から姿を消し、そのうちに王宮で働いていた宮人や騎士たちも、半分ほど姿を消していった。不穏な噂《うわさ》がたちはじめ、とうとうある日、御前会議に七使徒が来なかったと聞いた。

母はどこで、なにをしているのだろう？

あの黒い竜は？　母は竜のために真名を奪えとユリヤに言ったが、それはどういう意味だったのか。

十月十日の最期の日までに、あと残り、三月と三日だったある日。

しばらく会っていなかった母が、ユリヤの部屋を訪ねてきた。戦争が起こるだとか、北東の地域で反乱が起きているとか、そんなきなくさい噂が飛び交う中でのことだった。

ユリヤは母に訊いた。

――なにかが起きるの？　母様、僕は……またルストの眼の前で、消えねばならないの？

母は眼を細めて、愛《いと》しむようにユリヤの頰を撫《な》でた。

いいえ、もうお前はいいの。と、母は言ったと思う。ユリヤの左胸に手をあてて、囁いた。

――新しい体を用意したわ。心臓はもらっていくわね。けれどあの王子が狂うように、体だけは残してあげる。

美しいまま腐らぬ弟の遺体を見て、王子はきっと気が触れるでしょうと、母は笑った。

――ルストに、ひどいことをしないで。あの人には、生きていてほしい。

口には出せなかった。言う前に、母の指が体に差し込まれて、心臓を抜き取られたから。

「二人め」がそうして死んだのは、秋が訪れようとしていた九の月。

ユリヤは倒れながら、ああ、できることなら、と願った。

もしも自分にもわずかなり、命があったのなら。

土人形に生も死もないけれど、ルストが自分を生かそうとしてくれたのだから、せめてほんのちょっとでも、命があったのなら。

遠い町の名もない子どもに生まれて、静かに暮らしたい。ルストを困らせるような生として、もう二度と生まれてきたくはない。

ぶどう畑でぶどうを摘み、わずかな賃金でパンを買う。

そんな慎ましい生活を、一生続けて死んでゆく。

無意味に見える命。けれどユリヤの命より、よっぽど尊い生を、授かりたいと願った。


ごうごうと逆巻く水の音がしている。心臓から溢《あふ》れた血が、雨で水かさを増し、濁流となった川の中でパッと散った。リオは死にゆきながら「一人め」と「三人め」の記憶を走馬灯のように見た。見ながらリオは、切ない二人の人形のために、涙した。

――かわいそうに……生まれてきたのが間違いだったなんて。俺と同じ。

特に「三人め」は、あと三月生きられたのに……と思うと、憐れだった。あと三月生きていられれば、ルストだって――。

そんなことを思ったが、いつしか思考は溶けていた。

リオは自分の死を感じた。

死んだのだ。いい死に方をした。ちゃんとルストに真名を返し、自分はただの土塊に戻る。満ち足りた、幸せにも感じるような死が、リオを包んでいた……。

一　めざめ

静寂が体を覆っている。

きっとここは、冥府だろう。

遠くから川の流れる音が聞こえ、耳のそばでは、滴が垂れて水たまりに落ちる音がした。

重たい瞼《まぶた》をゆっくりと開ける。かすんだ視界に、薄暗い岩壁が見える。見上げた天井は岩で、ごつごつと突き出た先端から、時折水が落ちてしたたっていた。

——ここが冥府？

死ぬと、こんな場所にくるのか？

そう思ってから、指先がぴくりと動くのを感じて、リオはハッとした。五感が、急に冴え冴えと研ぎ澄まされる。自分は髪も体も、着ている服もずぶ濡《ぬ》れで、見知らぬ洞窟に横たわっている。雨と土の匂いがし、肌に迫る空気はひやりとしていた。

（……俺、死んだのに、感覚って消えないものなの？）

体を起こすと、全身がむち打ちのように痛んだ。

死んだら土塊になるはずでは？　意識を失いながら見た「一人め」の記憶ではそうだった。

それなのにリオには体があり、痛覚すらある。どうして？　リオは混乱しながら、あたりを見回した。霞《かす》んだ視界に映るのは、薄暗い洞窟。洞窟の入り口は蔓草《つるくさ》に覆われ、その向こうは濃霧で真っ白になり、なにがあるのか見えない。だが濃霧の向こうからは、川の流れる音がしている。自分の体を確かめると、服の左胸あたりが破れ、赤い血の染みが広がっていた。だが、その下の皮膚は傷ついておらず、手をあてるとどくどくと、心臓が鼓動していた。

（心臓がある。どうして？　俺、ここにナイフを突き刺したよね？　死んでないの？）

わけが分からない。たしかに死んだつもりだったリオは、困惑で眼の前がぐらぐらと揺れた。

（ルストは、生きてるんだよね？）

そのことが一番、不安だった。

魔女に急襲を受けたあと、リオはついに失われていた記憶を取り戻した。自分がルストから真名を奪い、そのせいでルストが死の呪《のろ》いに冒されていたという真実。リオはルストに真名を返し、自分の命をなげうって川に落ちた。きちんと死ねるように、心臓にナイフもたてた。そうすれば、ルストの呪いが解けると分かっていたから――。

けれど、今自分が生きているということは、失敗したのだろうか？

不安になり、左胸のあたりをぎゅっと摑《つか》んだそのときだった。

洞窟の入り口、蔓草を押し上げて背の高い人影が立つ。リオは身構えて腰のあたりを探ったが、武器などはいっさい持っていなかった。手近なところに転げていた石を、ないよりはマシだと握りこむと、霧の中から洞窟へ、その人物が入ってきた。

「眼が覚めたか、リオ」

「……フェルナン」

リオは、喘ぐように呟《つぶや》いた。

入ってきたのは、ハシバミ色の髪に、琥珀《こはく》の瞳。片眼鏡をかけたフェルナン・リヴルだった――。フェルナンは使徒の服を着ていて、その肩や髪がうっすらと霧に濡れていた。

(フェルナンも、生きてたんだ)

自決する直前、フェルナンはリオを殺そうとし――『北の塔《セヴェルニ・エシュ》』の要請で、と聞いた――そこをルストに遮られ、切りつけられて谷底へ落ちていった。

正直、死んだかもしれないと思っていたが、フェルナンは傷を負った様子もなかった。

(もう一度、俺を殺すつもりかな……?)

感情の読めない無表情でこちらへ近づいてくるフェルナンを、リオは警戒した。石を握る手にぎゅっと力をこめる。心臓がどくり、どくりと大きく音をたてていた。

今フェルナンにどう対峙《たいじ》すればいいのか、リオには分からなかった。

「……心配しなくても、もうお前の命を奪ったりはしない」

リオの間近で足を止めたフェルナンが、そっとしゃがみながらそう言った。

（どういう、意味？）

リオはまだ石を握ったまま、ほんの少し、尻で後ろに下がった。じっと、探るようにフェルナンを睨《にら》みつける。もう命を奪わないと言われても、信じていいのか分からなかった。

しばらくの間、二人の間には緊張と静寂があった。

おもむろにフェルナンが動き、リオはびくりと肩を揺らした。だが、フェルナンがしたことは、持っていた麻袋から干し肉と水袋を取り出し、リオに差しだすことだった。

「少し食べろ。……その間に話してやる。俺がなぜお前を殺そうとしたか、そしてお前がなぜ今、まだ生きているのか。……お前が命をかけて助けようとしたルスト・フロシフラン王が、無事に生きているかどうかもな」

リオはぐっと、息を飲み込んだ。フェルナンの言うことはどれも、今のリオが知りたくてたまらないことばかりだった。干し肉と水袋、フェルナンの眼を交互に見る。

信じていい？　大丈夫？　一瞬そう考える。

琥珀の瞳には嘘《うそ》がないように見える。フェルナンはただ、じっとリオの答えを待っている。

「……なにを」

ようやくリオは声を出した。喉が痛み、声はかすれている。そのせいではっきりと、ここが冥府ではなく、自分は生きているのだ……と分かった気がした。

「なにを、信じたらいいの？　その肉に毒が入ってない証拠もないのに？」

自ら死を選んだ人間が、殺されることを恐れるのは滑稽《こっけい》にも感じる。けれど反射的に、どうしても警戒してしまう。

そんなリオを見つめていたフェルナンは、どこか苦しげに顔を歪《ゆが》めた。それからリオの眼の前で、差し出していた干し肉を一口かじり、咀嚼《そしゃく》して飲み込んでみせた。

「これで毒が入ってないと信じてもらえるか？　水も飲んでみせるか？」

問われて、リオはフェルナンの行動にびっくりした。そこまでして、なぜリオに食事をさせたいのかが分からない。けれどフェルナンはわずかに膝を詰めてきて「頼むから……」と必死に訴えてくる。

「少しでも、食べてくれ。お前は一度死に――その体は今、かなりの負担を感じているはずだ」

（一度、死んだ……やっぱり死んだの？）

差し出された肉と水をもう一度見て、リオはとうとう受け取った。干し肉をおずおずと口に入れる。とたんに、自分が空腹だったのを知った。簡素な食事なのに妙に美味《うま》く感じられて、あっという間に飲み込むと、腹の底にぬくもりが灯《とも》り、体に熱が行き渡るような感覚がある。

リオを見ていたフェルナンが、安堵《あんど》したように息をつき、横に座った。

「……俺は、死んだの？　ならルストは無事なの？　……なのになぜ、生きてるの」

小さな声で用心深く、疑問を口にする。

フェルナンはしばらく考えたあとに、「実はあまり時間がない。だから端的に話す」と前置きした。

「まず、陛下はご無事だ。お前と二人で分け合っていた命を取り戻され、完全にウルカとの契約が成された。陛下の体からは呪いが消え、今は万全の状態だろう」

語られたことに、ほっと安心して、息が漏《も》れた。

ウルカは白い竜の神。このフロシフラン国土を守り、王と契約し神力を与える絶対的な存在だった。リオが自害をしたのは、王と神の契約を正すためだった。

（よかった。ユリヤ……、ううん、ルストは無事だったんだ――）

自分がしたことには、意味があったのだ、と思えて嬉《うれ》しい。けれどそうなるとますます、なぜ自分は生きているのだろう？　と不思議だった。

「お前が塔で自決し、川へ落ちてから……時間はそう経《た》っていない。数刻といったところだ。俺は川に落ちたお前を引き上げて、ここへ連れてきた」

「……どうして？『北の塔』が、俺の排除を要請したって言ってたよね？　フェルナンが俺を連れてきたのは、もう一度殺すため？」

リオは死ぬ前に、フェルナンと交わしたやりとりを覚えていた。フェルナンは『北の塔』の手先であり、リオが土人形であることも、王の真名を知っていることも、そのために王が呪われていることにも気がついていた。

顔を見上げると、フェルナンは一瞬だけ、傷ついたような眼をした。

「俺には、お前を殺す必要はもうない」

リオに信じてもらえていないことが、辛《つら》いのだろうか。

これまでほとんど感情を見せたことのないフェルナンが、どこか悲しそうに囁くのが意外で、けれどどういう気持ちなのかまでは分からず、リオは黙って話を聞いていた。

「俺は三年前、『塔』から極秘裏の任務を受けた。王宮に入り、王のそばに土人形が現れるのを監視しろと。その人形の心臓に、王の真名と命の半分があるかもしれない。人形が王に返すならよし、しかし一定期間を過ぎても返さないのなら、排除するようにと」

「……」

(それで、俺を観察していた……ってフェルナンは言ってたのか)

「――すまない」

長い睫毛《まつげ》を伏せて、フェルナンは静かな声で謝った。常に冷静な賢者にはあらぬような、気弱な声音だった。

「お前を殺したくはなかった……だが……」

その先の言葉が見つからないように、フェルナンは黙った。

「……」

リオは、なにをどう答えればいいのか分からなかった。フェルナンの端整な顔には、これまで見たことがないような苦渋の色が浮かんでいる。

（実際には殺したわけでもないのに、こんなに辛そうにされたら……怒るに怒れないよ）

そう思うが、笑って「いいよ」と言えるわけでもなかった。フェルナンのことを信頼していた。その公平さと冷静さ、時折みせてくれる親切に救われていた。そしてフェルナンがしたことは間違っておらず、むしろ正しいことだった。リオがフェルナンの立場でも、王国のため、王陛下のためにと、リオを殺すだろう。

けれど胸の底には、欺かれたという傷付きがあって、心臓の深いところに癒えない傷が入ってしまったようだった。

「俺が生きてるのは、どうして？」

謝罪を受け入れることもできないから、話を逸《そ》らすように訊く。フェルナンは少し言いづらそうに「それなら……」と、呟いた。

「お前の体を、魔法で調べさせてもらった。どうやらお前の体には、あと六月《むつき》の寿命が残っていたようだ。陛下から真名をもらったときは、十月十日めではなかったろう？」

訊かれて、そうかもしれない、と思った。「二人め」だったときの記憶でも、体の寿命はあと三月と三日残っていたはずだった。

「おそらくその、六月分の寿命で、お前は今生きている。お前が陛下に命を返したとき、陛下もお前にお前自身の命を戻された。戻ってきた命分の寿命が尽きるまでは、お前は生きられる

という ことになる」

その説明に、リオは眼を瞠《みは》った。心臓が、もう一度どくんと音をたてる。

「……あと、六月、生きてられる?」

「ああ……本来なら。だが、問題が一つある」

立てるか? と訊かれて、リオは眉根を寄せた。怪訝《けげん》な気持ちでフェルナンを見る。

「会ってほしい相手がいる」

(会ってほしい相手?)

訝《いぶか》しく思ったけれど、ただ座っているだけではなにも分からないだろう。一度死んだ身だった。なにも怖くないはずだと——リオは不安を押し込めて、無言で立ち上がった。

急に動いたので立ちくらみがして、よろめく。フェルナンの大きな手が、ごく自然にリオを支えて、歩きやすいように誘導してくれたけれど、リオは思わず、その腕を押しのけた。

「あ……」

反射的な行動だった。フェルナンの腕を、こんなふうに拒んだことは今までなかった。信頼していた賢者がどんな顔をしているのか……もし自分のせいでフェルナンが傷ついていたらと思うと、見るのが怖くて、リオは眼を背けた。

怖いのは、フェルナンを傷つけることなのか、傷つけたことへの罪悪感から、自分が完全にフェルナンを許してしまうことなのか、分からなかった。

ただ、今はフェルナンの手を借りたくない。

「一人で、歩けるから……」

呟いて、リオは岩壁に体重をかけ、洞窟の奥へ移動した。

フェルナンはもう、リオがどれだけよろけても、手を貸そうとはしなかった。ただ少し先を歩きながら、何度もリオを振り返り歩調を合わせてくれた。

少し行くと、洞窟は急に広くなっており、円形型の部屋になった。魔法でなのか、壁がほの明るく光り、中は清涼な空気が漂っていた。そのうえ、部屋の真ん中には大きな寝台が一つ備えてある。

「……っ」

けれどリオがもっとも驚いたのは、寝台にぼんやりと座る少年がいたことだ。

少年は、リオとフェルナンに気づくと顔をあげて、こちらを見てくる。

銀色の髪に、すみれ色の瞳。白磁の肌の、美しい少年は、リオにうり二つだ。違うのは、幼げなその雰囲気だけ。

(間違いない。この人は……)

第二王子ユリヤ。「二人め」の土人形。

リオは確信した。体に、ざっと震えが走る。ユリヤは死んでいたはず。なのにどうして起き上がっているのか――。

そのとき、ユリヤがリオを見つめて、小さな声で囁いた。

「お母さま？　……違う。誰？」

訊《たず》ねてくる雰囲気は、あまりに頼りなげな風情だった。表情の抜け落ちたその姿は、人形そのものに見える。

（もしかしてここ、ルストがユリヤ殿下を隠してる場所？）

かつては王宮の地下に隠していたユリヤの遺体だったが、魔女に襲われたため、ルストは別の場所に移したと言っていた。洞窟の不思議な作りからしてきっとそうだろう。

「フェルナン……これって、どういうこと？」

フェルナンがリオに会わせたかった人物とは、ユリヤのことだろう。状況が飲み込めずに振り向くと、フェルナンは難しい顔をして「……これは推測だが」と呟いた。

「自決するとき、お前はなにかを願わなかったか？　あの瞬間は、ウルカの神力が動いていた。その作用で、お前の寿命が半分、ユリヤ殿下に分け与えられた可能性がある」

問われて、リオは思わず言葉を失った。

まさか！　と思ったが、ひやりと冷たいものが背中を走る。じわじわと、自分の記憶を探ってみる。

（俺は、あのとき……）

死ぬ直前。

リオが願ったのは、ルストに、愛する人ができることだった。

（俺はずっと、ルストが……ユリヤ王子を愛してると思ってた。まさか、そのせいで？）

リオが願ったから、ウルカの神がリオの寿命を半分、ユリヤに与えたというのか？

頭が混乱する。けれど、ありえなくはないと思った。ルストから真名を奪ったときも、ウルカの神に願ったから、リオはルストと命を半分ずつに分けられた。

「でも俺の六月の寿命を分けたなら、俺と……ユリヤ殿下の寿命は、三月《みつき》ずつなの……？」

呆然として、囁いた。

（……そんな短い命に、意味ある？）

不意にはっきりと、そう思ってしまった。フェルナンは暗い顔をしてうつむいたリオに、体を傾けて「真実は『北の塔』に行けば分かるはずだ」と、声をかけた。

「『塔』の最高執政者、塔主《エシュヌ・ヴァアヌ》なら、お前の命になにが起こり、ユリヤ殿下になにが起きたのか知っている。お前の寿命がどのくらいかも、きっと……」

リオは顔をあげて、フェルナンを見た。

「……『北の塔』に行こうということ？」

自分を殺すように、フェルナンに命じたところへ？　その塔主にしても、リオを排除しようとした張本人だろう。そんな場所へ行くことが、最善の選択なのか。分からなくて、リオは黙り込んだ。

「お前の考えは分かる。到底、信用ならないだろう。だがリオ、同行してもらえないか？」

そのとき思いのほか真剣な声で言われて、リオはフェルナンを問うように見つめた。フェルナンはしばらくの間、リオの答えを待っていたが、やがてリオの足元に、敬礼するように跪《ひざまず》き、頭を垂れた。

「フェルナン……⁉」

臣下が王にとるのと同じ、最敬礼の姿勢にぎょっとして、リオは思わず一歩後ずさった。それでも、フェルナンは頭を上げずに続けた。

「フロシフラン国の第一貴族、そして元物見の賢者として、嘆願する。リオ・ヨナターン。どうか今一度だけ俺を信じて、ユリヤ殿下とともに、『塔』に来てほしい」

顔をあげたフェルナンが、リオを見つめてくる。その瞳は真摯《しんし》で、どこか切迫してもいた。

「今すぐ発《た》たねば、陛下は俺とお前を見つけて追ってくるだろう。俺たちはまだ、『使徒』のままだ」

フェルナンは額の髪を払った。とたんにそこへ、『王の眼』の印が、緑色の光を放って現われた。

「お前の額にも、まだこの印が浮かぶはずだ」

リオはそっと、自分の額に触れた。手のひらに魔力を込めるよう想像する。すると指先から紫の光が溢れ、それはリオの体を一巡りした。濡れていた服が、魔力によって乾いていく。

(……『鞘《さや》』の力が、使える)

『鞘』は自分の傷を癒やすことはできない。体の痛みは消えていないが、濡れて不快だった服は、魔力の作用で乾燥し、洗ったあとのように清められていた。

「俺たちは陛下と繋《つな》がったままだ。居場所はすぐにばれる。もしも追いつかれれば、陛下はお前に、もう一度真名をよこそうとするかもしれない。そうやって、自分は死んで、お前を生かそうとするかもしれない」

それは十分考えられることだった。そしてリオがいなくても、ユリヤ王子が生きているなら、ルストはユリヤ相手に同じことをする可能性もある。

「陛下は人知れず、お前に王位を譲ろうとしていた……そのことは、今となったら自分でも分かるだろう?」

フェルナンが片眼鏡の奥で、苦しげに眼をすがめている。

そうだ、分かる……。少し離れただけなのに、まるで何年も前のことのように遠い王宮での日々が、リオの脳裏をよぎっていく。

いつも冷たかったルスト。だが、リオが学ぶことについては、協力的だった。午前の政務を見学させ、意見を求めた。自分は使徒と交わらず、リオが交わるよう仕向けていた。王都の民にも、リオへの好意だけを異様なほど煽《あお》っていた。

（あのころは違和感を感じてた。でも分かる……ルストはいつか俺に王位を譲って、自分は死ぬつもりだったんだ）

だからこそルストはリオに殊更《ことさら》冷たくあたり、『使徒』にも心を開かなかった。いずれ自分が死んでも、誰も困らないように……。

「『塔』の域内であれば、陛下も魔女も手出しできない。……俺のことは今さら、信じられないかもしれないが、お前自身と、お前の意志を守るために……『塔』へ行くことが最善の策だ」

説得するフェルナンの声には必死さが滲《にじ》んでおり、前髪の隙間から見える形のいい額にはうっすらと汗が浮かんでいた。

いつも涼しい顔ばかりしていたこの賢者の、こんな姿は初めて見たかもしれない。それほど焦っている。そして、やろうと思えばできるのに、力尽くで連れていきたくはない、リオの意志を尊重したいと――たぶん、思ってくれている。

胸の奥に、飲み下せない塊のようなものがこみ上げてくる。混乱や怒り、悔しさなどの負の感情だ。まだ欺かれた傷が癒えていないのに、言いなりになりたくないという思い。このままここでもう一度死んだほうがマシだという、自暴自棄な気持ち。

けれどフェルナンが言うとおり、王宮に戻るわけにはいかないし、ユリヤを簡単に帰すのも気がかりだ。

――『塔』の最高執政者、塔主《エシュヌ・ヴァアヌ》なら、お前の命になにが起こり、ユリヤ殿下になにが起きたのか知っている。お前の寿命がどのくらいかも、きっと……。

先ほど聞いた、フェルナンの言葉が耳の中へ蘇《よみがえ》った。自分を殺そうとした塔主。だが冷静に見れば、国のためにはその判断が正しかったと思う。

(その塔主なら、俺の残り三月の命を、どう使えばいいか分かる?)

すがるような気持ちが、胸の奥にある。自分が正しいと思える方法で死んだのに、中途半端に生き残ってしまった。ルストのためにも、この国のためにも、最善と思われる生き方をしなければ、リオはもう自分で自分を肯定できそうになかった。黒々とした、負の感情……自分を無価値だと思う絶望が、リオの中で渦巻いている。

「……分かった」

反発する感情を飲み下してそう言ったとたん、フェルナンがあからさまにほっとして、肩の力を緩めた。

「でも、一つだけ約束して。俺を……『北の塔』で一番偉い人……塔主に必ず会わせてほしい」

フェルナンはリオの答えに、なにを感じ取ったのだろう。数秒無言で、リオの瞳を見つめていた。

「リオ……少しだけ、触れていいだろうか?」

真剣な眼差《まなざ》しに圧《お》されて頷《うなず》くと、フェルナンの長い指が伸びてきて、リオの片手をそっととった。触れられた指先はひんやりと冷たくわずかに震えていて、彼が極度に緊張しているのだと、リオは気づいた。

まるでリオに手を払われ、拒絶されることを恐れているかのように——。

フェルナンは恭しく頭《こうべ》をたれ、リオの手の甲に、額を押しつけた。

「——約束しよう。俺はお前を『塔』へ連れていき、塔主に目通りさせる。それまで、なにがあっても守り切る……リオ、お前の勇気と献身に誓って」

まるで騎士が、主《あるじ》に立てる誓いのように厳かな声音で、フェルナンが言う。

「俺の命に誓って、嘘はつかない」

洞窟の中、その声は静かに響いていた。

リオは複雑な気持ちで、眼を閉じてじっとしているフェルナンを見つめた。

今すぐ、信じるとは言えなかった。まだなにも分かっていない。

けれどそれでもフェルナンが、少なくともリオが自ら命を断ったことに——深い敬意を払ってくれていることだけは、伝わってきた。

二　ツェレナ

死んだと思ったら生きていた。

どうして生き返ったのか。これから自分は、どう生きればいいのか。それを知るために、リオはフェルナンの提案を飲み込み、『北の塔《セヴェルニ・エシュ》』へ向かうことにした。


その街が見えたとき、リオは思わず息を呑《の》んだ。

時刻は昼下がり。

リオはユリヤ王子を伴い、フェルナンに連れられて『北の塔』を擁《よう》する街――学術都市ツェレナを前にしていた。

ツェレナは王都から北にあり、一本の大河が二叉《ふたまた》に分かれる三角州に、堆《うずたか》く存在していた。

建物はどれも赤煉瓦《れんが》で作られ、こんもりとまとまった赤い小山のようにも見える。

古く堅牢《けんろう》な壁に覆われ、壁の向こうには、一際高く、日時計の塔が街を見下ろしていた。その奥には森と、雄大な山々が美しく広がっている。

(まさかたった一日で、王都からツェレナまで来るなんて……)

街の手前、人目のない街道沿いの森に隠れながら、リオは信じられない気持ちで息をついた。

フェルナンが最速の移動手段として提示したのは、狼《おおかみ》に変身したフェルナンの背にリオとユリヤが乗り、山を乗り越えることだった。

普通の移動なら街道を馬で行って三日だが、巨大な狼の、神力を使った足ならば山を越えて一日だった。

王の使徒として選定され、ウルカの神の神力に触れてから、フェルナンは狼になれるようになっていた。どういうわけかリオは姿を変えられないのだが——土人形だからかもしれない——リオはユリヤを自分の前に乗せて抱きかかえ、フェルナンの背にしがみついてここへきた。

藪《やぶ》の中で狼の姿から人間に戻ったフェルナンは、相当力を使ったはずだが、涼しい顔で使徒服の上に黒い外套《がいとう》を羽織っていた。

隣のユリヤを振り返ると、なんの説明も受けずに連れられてきたのに、怒るでもなく眼をしばたたきながら、物珍しげにあたりを見回している。

(大丈夫なのかなあ、この王子様。ずっとされるがままだけど……)

フェルナンが時間がないと急《せ》かすので、リオはユリヤに名前すら教えていない。突然見知らぬ場所に連れてこられても、ユリヤは特になんの驚きも示しておらず、道中もされるがままだった。

「お前と殿下の外見は目立つ。これを着てほしい」

そのとき、フェルナンが抱えていた麻袋から、黒い外套を取り出してリオに押しつけた。頭まで隠せる外套で、ちょうど二着ある。

「……そういえば、フェルナンには今、俺の姿ってどう見えてるの？」

ふと気になり、リオは訊いた。

以前王宮でユリヤの遺体を見つけたとき、フェルナンもその場にいたはずだが、リオとユリヤがそっくりだと気づいた者はいなかった。おそらく、ルストがリオに姿を変える魔法をかけていたせいだ。

（あの魔法、もう消えてる？　それともまだ残ってるのかな？）

見上げると、フェルナンはリオの瞳を見返した。

「……そうだな。驚いた。以前は黒髪黒眼の……もっと平凡な子どもに見えていた。川からお前を引き上げたとき、あまりにユリヤ殿下にそっくりで……双子《ふたご》のようだよ」

陛下があそこまで執心したのも、分かった気がする、とフェルナンが独りごちるように言う。

（魔法は解けてるのか……それならたしかに、俺と殿下が二人並んでたら目立つな）

「殿下、外套を着てくれますか？　目立たないほうがいいので」

自分のを着てからユリヤに言うと、リオを振り向いたユリヤが眼をしばたたかせた。

「でんかって、僕のこと？」

訊ねられて、たじろぐ。

「はい。あなたはユリヤ殿下です。覚えてませんか？」

「そうなんだ、覚えてない」

ユリヤはよく分からないのか、小さく首を傾げている。あどけない子どものような仕草だった。

「外套、着られますか？」

「がいとうって、どうやって着るの？」

不思議そうな眼で、無邪気に見つめられて、リオは少し困ってしまった。

（なんにも覚えてないのかな？　……寺院にいた一番下の子みたいだ）

遠い国境の街、セヴェルで、リオはみなしごを集めた寺院にいたことがある。そのとき、幼い子どもたちを何人も世話していた。ユリヤの雰囲気は、まるで幼児そのものだった。

「……失礼しますね」

外套の着方を説明している暇はなさそうだ。きっと抵抗されないだろうと思って、リオはユリヤに着せてやった。やはりユリヤはされるがままになっていたが、リオが着せ終えて「できました」と言うと、満面の笑みで「ありがとう」と言ってくる。

不意打ちの笑顔があまりにきれいで、そして純粋で、戸惑った。感情がまったくないわけではないらしい。そうするとなおのこと、無理につれてきてよかったのかと罪悪感にかられた。

（記憶がないから抵抗しなかっただけで……ユリヤ殿下はルストの弟なのに）

会わせなくて本当によかったのかと考えると、答えが出てこない。

「急ぐぞ、門の中に入れば『塔』の域内だ。王族でも手出しできない」

フェルナンが急かし、リオはユリヤについて考えるのを一旦やめた。なによりもまずは、ツェレナの中に入らないといけない。ルストが本気になれば、一足飛びにツェレナまでやってこられそうだ。

「いっぱい人がいる……」

歩いていると、隣でぽつりとユリヤが呟いた。

ツェレナは三角州の中にあるため、街門へは巨大な橋がかかっており、その橋には門前から続いて長い列ができて、人の列、馬の列、馬車の列と分かれていた。ユリヤの言うとおり、とにかくたくさんの人が並んでいる。

城壁は高く、近づくごとに視界がそれだけで埋まる。橋も壁も、遠くに見える時計塔も、すべてが赤茶色だ。

フェルナンは列の端に並ばず、人や馬や馬車を横目にずんずんと門へ向かっていく。少しずつしか進まない列からは、怪訝そうな人の眼が飛んできた。

橋に並んでいる人たちは多くが商人か地主風の人たちで、あるいは本を小脇に抱えた学者のような人だった。彼らは列の前方を睨んでは「まだか」「日暮れまでに入れなきゃ、また一つ前の街まで戻らにゃならん」と文句を言っている。

「今日はもうダメだろう、明日の朝来たほうがいい」

「いや、あと少し粘ってみるさ。俺は明日中に賢者様に物見してもらわんと」

風に乗って、そんな会話が聞こえてくる。

諦めた人が列を離れ、橋の袂《たもと》の船場へ行くのも見えた。船場には小舟が何艘《なんそう》も繋がれており、川を下れば隣町に行けるようだ。

（……ツェレナって、学術都市としか知らなかったけど……こんなに人が集まる街だったんだ）

セヴェルから王都に向かう旅の途中、リオも少なくない街や村に立ち寄ったが、こんなにも検問に時間がかかっている場所は初めて見た。

エミルがいたらな、とリオはふと思った。王都でできた物知りの友人、エミル。エミルなら、きっとこの都市についてリオにいろんなことを教えてくれただろう。ふと、エミルは今どうしているだろうと気になって、リオの心が沈んだ。

（俺が死んだと思って、泣いているかも……）

他の『使徒』たちだって、どうしているだろう。淋《さび》しさと不安がこみ上げそうになり、リオは慌てて考えないようにした。

「悪いが検問はもうすぐ締め切る。列に並び直してくれと言いたいところだが、今からじゃ間に合わないだろう。明日の朝来たほうがいい」

とうとう門前までくると、衛兵の一人が持っている槍《やり》で先頭のフェルナンを牽制《けんせい》しながら言った。衛兵は王都でも、他の街でも見慣れない白い隊服を着ていた。胸元に、竜と人の眼が描かれた独特の紋章が刺繍《ししゅう》されている。どうやらこの都市独自の衛兵らしい。

「俺はこういう者だ。すぐに通してもらえるはずだが」

フェルナンは衛兵の牽制に動じず、懐からなにやら取り出して見せた。後ろにいるリオにはよく見えなかったが、鎖がついた石のようだ。見せられた衛兵は一瞬で顔を強《こわ》ばらせ、背筋を正し、胸に拳《こぶし》を当てて敬礼した。

「失礼いたしました！　賢者様であらせられましたか。すぐにお通しいたします！」

門前で槍を交差させて警戒していた衛兵たちも、ハッとしたように姿勢を変え、門を開く。

「行こう」

フェルナンはネックレスをしまって、リオとユリヤを促した。

背後の人波からざわめきがあがり「賢者様だと」「俺に物見を……」という声が聞こえた。

門の下からツェレナの街の中へ入ると、赤煉瓦の建物がずらりと軒を連ね、往来を歩く人々は多く、賑《にぎ》わっている。

「お……、思ってたよりも活気があるんだね」

迷いのない足取りで進んでいくフェルナンについていきながら、リオは思わず呟いた。フェルナンは、「戦争の被害もなかった場所だからな」と答えた。

たしかに王都と違って、ツェレナには壊れた建物などは見あたらなかった。そのためか、古風な街並みがどこまでも続いている。大通りの奥には日時計の塔が見えるが、その塔を真ん中にして、左右にも城がある。

「あれは……真ん中と、右と左の城も『北の塔』？」

「中心の時計塔が『北の塔』だ。左右の城は大学校だな。塔の賢者も輩出するが、多くは国の官吏になったり、商団の従業員になる学徒や、魔法や医術の研究を進める研究者がいる」

通りには茶色か、灰色の長衣を着る男たちが大勢歩いており、リオの視界にも彼らが入ってくる。それぞれの大学校の学徒だろう。

（……そうだ。昔、セスが話してたっけ）

ふとリオは、病で亡くなったセヴェルの親友、セスを思い出した。

まだ元気だったころ、セスはハーデとの戦争が始まる前までは、どんな貧しい子どもにも勉強の機会があったと言っていた。

学術都市ツェレナの二つの大学校は、年に一回大規模な試験を行っていたと。

試験は国中の寺院で実施され、寺院は大抵どんなに小さな村にもあるから、辺境の子どもにも機会があった。合格すれば、大学校へ行ける。大学校を卒業すれば、割のいい仕事に就ける。

たとえ生まれが貧しくても、良い暮らしができるようになるのだと。

ただ、試験を受けられるのは十二歳からで、戦争が始まってその制度は中止され、終戦してからも再開の兆しがない。本当は十二歳になったらすぐ、試験を受けるつもりだったのに――

と、セスは惜しんでいた。

当時記憶もなにもかもなくしていたリオは、他人事《ひとごと》のようにその話を聞いた。けれど今になってみると、もしもその試験があれば、セスは辺境で命を落とすこともなく、今ごろツェレナの通りを学徒として歩いていたのかもしれない……と思ってしまう。

(戦争がなければ……俺が、生まれてなかったら……)

「ここは学術機関が集まっていて、多くの人間が知恵を借りにやって来る。学徒が大勢暮らしているから商売も繁盛する。だから宿屋や食事処、生活用品の店が多いし、ここで商売をしたくてやって来る商人も大勢いる。だからあれだけ門前に人が並んでいたんだ」

淡々と説明してくれるフェルナンの声を、リオはもうあまり聞いていなかった。

セスならきっと、この街を好きになっただろう。大学校に通えば、いい仕事について出世もしただろう。そんな想像をすると、それができなかったすべての原因が自分にあるようで、胸をかきむしりたいほどに辛くなる。

(セスがここに来られなかったのに、本当ならもう死んでたはずの俺がここにいるなんて……)

自分の命がまだあることも、煩《わずら》わしくなる。そう思うと、物珍しい街の風景も霞んで見えて、楽しめなくなった。

やがてフェルナンは、大きな建物の前で立ち止まった。もうかなり近くに、日時計の塔が見えている場所だ。入り口に枝と葉の描かれた看板があるそこは、どうやら宿泊所のようだった。

「今日はここで休む。塔に入るには申請がいるが、もうすぐ鐘が鳴る。鐘がなったらツェレナの門は閉ざされ、塔の門も閉じる。王族ですら開くことはできないからな」

宿の中は清潔で、一階には受付台があった。襟の詰まったお仕着せを着た従業員が、にこやかに話しかけてくる。

「ご宿泊は三名様ですか？　お食事は必要でしょうか。塔への入塔申請が必要でしたら、こちらに必要事項をご記入ください。申請は明日の朝になりますが、私どもで代行いたします」

フェルナンは差し出された書類に書き込みながら、懐からまた、なにかの石を出した。受付台に置いたので、今度はリオにも見えた。銀色に輝く宝石に、なにか紋章が刻まれている。銀の鎖がついている、ネックレスだ。それを見た従業員は、ハッと眼を瞠った。

「塔の要請を受けて帰ってきた。悪いが、今すぐ申請してほしい」

従業員はフェルナンの書き終えた書類を慌てて取ると、「お待ちください」と声をかけて奥の部屋に入っていった。それからすぐに、年配の男と一緒に出てきた。

「すぐに塔の窓口へご案内します。お連れ様はお部屋で休まれますか？」

年配の男が、あたふたしながら言う。フェルナンは頷き、ちらりとリオとユリヤを見た。

「リオ、先に部屋で休んでいてくれ。食事も運ばせる。宿には護衛もいるから安心しろ」

結局フェルナンは、宿屋の偉い人——店主かもしれない——と一緒にどこかへ行くようで、リオはべつの従業員に案内されてユリヤとの二人部屋に連れられた。

広い部屋で、寝台が二つに椅子やテーブルの他、汗を流せる浴場まである。

「食事は給仕がすぐにお持ちします」

胸に手を当てて敬礼し、従業員は下がった。必要以上に好待遇を受けている気がする。

（……フェルナンが持ってたネックレス見るたびに、みんな緊張してたから、あれのせいかな）

あれはたぶん、賢者の印かなにかなのだろう。

（信じて……いいんだろうか）

リオはふと、不安にかられた。

ここまで付いてきておきながら、『塔』を信じていいかどうか、リオにはまだ分からなかった。それを見極めるためには、フェルナンを信じていいかどうか、自分の中で答えを出さなければならない。

フェルナンが自分を欺いたことは仕方がなかった、正しかったと思う一方で——フェルナンが忠誠を誓っているのは『塔』なのか、ルストなのか、フロシフランという国なのかが、分からなかった。フェルナンにまだなにか思惑があって、リオに嘘をついているのなら、『塔』を信じることも難しくなる。

（かといって、塔主に会わないわけにはいかない。俺の命の状態について、正確に知っている可能性が高いのはその人だけなんだし……）

もしかするとウルカと直接繋がっているルストも知っているかもしれないが、ルストが正しい情報をくれる可能性は、まだ見ぬ塔主よりも低かった。ルストはリオを生かすために、なにをするか分からないからだ。

考えこんでいるうちに、窓の外から鐘の音がした。

重たく、低く響く音。街いっぱいに聞こえそうなほどに大きな音だ。ユリヤはびっくりしたのか、リオの腕にしがみついてきた。

「大丈夫ですよ、たぶん、閉門の鐘でしょう。さっきフェルナンが、もうすぐ鳴ると言っていたので」

リオは初めて聞く鐘の音に自分も驚いていたが、もっと不安そうにしているユリヤを見ると冷静になれた。

方角からして、鐘は『北の塔』で鳴っているらしい。窓を見ると、外はまだうっすらと明るんでいて、黄昏《たそがれ》の一歩手前というころだ。

（門前に並んでた人たち、ほとんど入れなかったろうな……）

ルストはどうだろう？　フェルナンが言うように、リオたちを追いかけてきているのだろうか？

ちらりと思ったが、今は考えるまいと気持ちを切り替えた。

リオは外套を脱いで長箪笥《ながだんす》にしまい、ユリヤの外套も脱がしてあげた。浴場には湯を張った盥《たらい》が六つも用意されているし、長箪笥にはちょうどいい着替えもあった。使徒の服を早く脱ぎたかったリオは、それを見てほっとした。

「殿下、湯浴《ゆあ》みしましょう。野山を駆けてきてかなり埃《ほこり》っぽくなってますから……湯浴みの仕方、分かりますか？」

訊くと、きょろきょろとしていたユリヤがリオを振り返り、首を横に振った。湯浴みの記憶もないようだ。

「じゃあ、俺がお手伝いしますね。服を脱がしてさしあげてもいいですか？」

なるべく優しく問うと、ユリヤはこくんと頷いた。本当に子どものようで、なんだか可愛《かわい》く感じたが、同時にこのユリヤの命も、そう長くはないのだと思い出して胸が痛む。

浴場にユリヤを連れて行って、服を脱がし、盥に座るよう伝える。ユリヤは大して汚れておらず、備え付けの石けんはよく泡だった。肌はなめらかで、髪も絹糸のように柔らかい。最初は盥の中で怯《おび》えたように体を縮めていたけれど、リオが「大丈夫ですよ」と声をかけながら優しく洗うと、そのうちに安心したらしく気持ちよさそうに眼を細めていた。

泡を流して体を拭《ふ》いてやり、着替えを着せつけてあげる。ユリヤは体が軽くなったのを喜ぶように、無邪気に微笑んだ。

「俺も汗を流してくるので、座って待っててくれますか？　食事が来たら先に食べててください」

リオは自分も同じように湯浴みしたが、ちょっとの間もユリヤから離れているのがなんとなく不安で、かなり急いで出た。まだ体が湿ったまま、慌てて着替えて出ると、給仕が帰ったあとらしくテーブルには食事が並んでいた。

とはいえその前に座っているユリヤは、不思議そうに食べ物を見つめているだけで、食べていない。

（もしかして、食べ方が分からないのかな？）

濡れた髪を拭いてから、リオは「お待たせしました、すみません」と言って、ユリヤの隣に座った。ユリヤはパッとリオを振り向き、それから笑顔になった。

「きみ、名前なに？」

訊かれて、リオはまだ名乗ってすらいなかったと気がついた。

「申し遅れました、俺はリオ……と言います」

ルストからもらったヨナターンという姓は使っていいか分からず、リオとだけ名乗る。そもそもそのリオも、本来ならリオの名前ではないのだが、他に名乗る名がない。

ユリヤは「リオ！」と嬉しそうに呼んで、「リオ、なんだか懐かしい香りがする」と言った。

「そうですか？　……殿下と俺は、似ているからかもしれません」

「似てるの？　僕とリオ」

似ているというより、ほぼ同じ。同じ母親に作られた土人形だから……と思ったが、さすがに言えなかった。

「……双子みたいなものです。それより食べましょう。お腹空《なかす》いてませんか？」

「おなかすくって？　このへんがすうすうする感じ？」

腹のあたりを触りながら、ユリヤが訊いてくる。その無邪気な様子に、リオはつい笑った。

自分たちは悲劇的な生まれで、今生きている意味もないのに……空腹は感じるなんて。

（なんで生きてるんだろう……）

暗澹《あんたん》たる気持ちがこみあげてきたが、それでもユリヤを見ていると、可愛い子どもを相手にしているようで、暗い感情も少し和らぐ。

「すうすうするのが、空腹だと思います。俺の真似《まね》をして食べてみてください」

用意された食事はまだ温かく、湯気をあげていた。肉と野菜を煮込んだシチューと、柔らかなパン。十分贅沢《ぜいたく》な食事だ。王子だったころのユリヤは、毎日もっと豪勢な食事を味わっていただろうが。

「こうすると美味《おい》しいです」

パンをちぎり、シチューにひたして食べる。そのあとに、スプーンで肉や野菜をすくって食べる。ユリヤは素直に、リオのすることをそのまま真似て食べている。スプーンを持つ手つきは最初覚束《おぼつか》なかったが、やがて慣れたのかきちんと握れるようになった。

「口の中に味がする」

「好きですか？」

「すき！」

ユリヤは満面の笑みで答えた。リオもつられて笑い「じゃあ、美味しいってことです」と教えた。

（俺もこんな感じだったのかな？　記憶をなくして、セヴェルで暮らしてた初めのころ……）

セスにすべてを教えてもらった。食具の使い方も、食事が美味しいという気持ちも。

忘れているだけで、もともとは知ってたんだと思うよ。リオは一度ですぐ覚えたから……と、セスは言っていた。王子も一度教えただけで、難なくスプーンを使い食事をしているから、体に染みついた記憶が残っているのかもしれないとリオは思った。

やがて食事が終わると、窓の外はとっぷりと日が暮れていた。皿を片付けてもらうとき、従業員にフェルナンが戻ってきたか訊いたが、「お戻りは遅くなると聞いております」と返されてしまった。

（殿下と二人で先に寝てたほうがいいのかも……）

そう判断して、リオはユリヤをベッドに誘った。

「殿下、フェルナンは遅くなりそうなので、俺たちは先に寝てましょう」

「フェルナンて？」

「今日一緒にここに来た人です。背の高い……片眼鏡の。狼の姿になった人です」

説明しながら、リオはちょっとびっくりしていた。

普通は、記憶があろうがなかろうが、眼の前で獣に変身されれば驚くし、そんな相手を忘れないと思うのだが、ユリヤはああ、と頷きながらも、首を傾げていた。あまりよく覚えていない様子だ。

「覚えていませんか？」

「忘れてないけど、よく分からない。リオのことだけ好きだから」

出会ったばかりで、なにも知らないのに急に好きと言われて、リオはまたも面食らった。

ユリヤはもじもじしながら、「リオは懐かしい感じ……お母さまに似てる気がする」と囁いている。

「……母君のことは、覚えてるんですか？」

ユリヤが腰掛けた寝台の隣に腰を下ろしながら、そっと訊いてみた。

お母さま、というのは、きっと魔女のことだろう。

ほとんどの記憶が戻ってきたはずのリオにも、魔女のことは靄《もや》がかかったように曖昧な部分が多かった。「一人め」と「二人め」の記憶の中で、顔も見ているし声も聞いている。

それなのに、魔女がどんな顔をしていて、どんな声だったのかはっきりと思い出せないのだ。覚えているのに、思い出せない。そんなもどかしさがある。

もしかしたらなにか魔法をかけられていて、あえて記憶に残らないようにされているのかもしれない。だからユリヤが魔女のことを口に出したことに、びっくりした。ただ、ユリヤは結局、眉根を寄せてうーんと唸《うな》っている。

「覚えてるのかな。ううん、たぶん覚えてないけど、このへんから……声がしてる。リオはお母さまと似てるって」

このへん、と言ってユリヤが押さえたのは、左胸だった。心臓のある位置。

「それとなんだか、リオの気持ちは見える。リオのことだけがよく分かるの」

「……」

リオは一瞬黙り込み、考えてしまった。

やっぱりユリヤにも、魔女のことはよく思い出せないらしい。

それにしてもリオの気持ちが見えるとは、どういうことだろう。なんとなく通じるものがある、ということだろうか。自分たちは同じ命を分け合っているから、そういうことがあってもおかしくはない。

（リオだけが好き……か）

さっきのユリヤの言葉を思い出すと、罪悪感が募ってくる。

——殿下、違います。あなたには本当に愛する人が他にいます。

そう言いたくなった。その相手の名前はルストで、あなたの血の繋がらない兄で、あなたたちは互いに大切にしあっていました。俺が生まれなければ……あなたはもう少し、その人と一緒にいられたのに……。

ユリヤは「二人め」だった。

「二人め」はリオの記憶の中で、いつでもルストのことを想《おも》い、ルストの幸せを願っていた。自分が兄の害にしかならないことに、苦しんでいた……。ある意味、今のリオの気持ちにもっとも近い感情で生きていたと思う。

(でもそんなこと、話してどうなるんだろう……)

なにも覚えていないユリヤは、リオを責めたりはしないだろう。

かといって、このままなにも言わずにいるのも違う気がする。

「……急に眼が覚めて、なにも分からない状態だったでしょうに、ほとんど無理やりここまで連れてきてしまいましたよね。ごめんなさい。あそこに残しておくのは、危険な気がして……」

しどろもどろに、リオは謝った。

だが、言いながら自分の言葉の矛盾に気づく。「残しておくと危険」だったのは、ユリヤにとってではない。ルストがユリヤを発見したら、リオにしたように寿命を与えようとするかもしれないという「危険」だった。

リオにとっては憂う事態だが、ユリヤにとってどうかというと分からない。ルストにとっても、愛する弟を奪われた形になっている。

（俺は、俺の正しさで連れてきただけ……）

黙り込んでいると、ユリヤは眼をしばたたき、「どうして謝るの？」と首を傾げている。

「本当は……殿下のご家族が近くにいました。俺は自分の意志でツェレナに来ましたが、殿下はその人に預けるべきだったかもと……」

「僕の家族は……リオじゃないの？　双子なんだよね？」

「……いえ。殿下にはお兄様がいらっしゃるんです」

ユリヤは興味がないのだろう、ふうん、と呟いただけだった。けれどうつむいているリオの顔を覗《のぞ》き込み、「リオ、苦しそう」と囁いた。

「僕よりリオが、その人に会いたかったんじゃない？」

そっと訊かれて、心臓がどきりと跳ねた。そんなわけないと、否定するのは難しかった。黒髪に青い瞳。最後に見たルストは、死んでゆくリオに眼を見開き、絶望に顔を歪ませていた。思い出すだけで、息苦しくなった。

あのあと、ルストはどんな気持ちでいただろう？

優しい人だから、ひどく傷つき、苦しんでいるのではないか。自分を責めているのではないか。そう思うと、胸が乱れる。

ルストに会いたい。だが、会えるわけがない。会わせる顔も資格もなければ、会ってもなんの意味もないと分かっていた。

(長年ルストを呪いで苦しめていたのは俺なのに……たまたま寿命が少し延びたからって、どの面下げて会えるんだ……)

考えるまい、考えるまいとリオは思った。考えたら、なにもできなくなる。

リオは自分の思考に黒い靄がずっとかかっているような気がしていた。靄のせいで余裕がなく、視野が狭くなっている気がする。けれど靄を晴らそうとすると、とてつもない不安が押し寄せてきそうで、とても向き合えない。

とにかくツェレナまで来たのは、塔主に会って今の自分の状態と、ユリヤの状態を正しく知ることが目的だ。

それほど長い寿命があるわけではないだろうけれど、それでもいまだ生きていることを魔女が知ったら、またルストを苦しめるために利用されるかもしれない。だから好き勝手に行動し、生きていいとも思えないのだ。魔女に利用されないよう、どうすればいいのか分からないから、塔主にそれを教えてほしかった。

だがなんにせよ、自分がルストのそばにいる未来はないだろうと思う。

そばにいればいるだけ、きっとルストはリオの死について苦しむだろうから。

（しっかりしなきゃ。……できることだけやろう。深く思い悩んだら駄目だ）

あまりにこの先のことを考えてしまうと、不安でなにもできなくなりそうで、怖かった。

リオは気持ちを切り替えるように、自分の顔を覗いているユリヤにそっと微笑みかけた。

「殿下、もう眠りましょうか。寝方って分かりますか？」

「リオがしてくれたら分かる」

可愛い答えに、リオは思わず笑ってしまった。

「じゃあ無礼ですが、殿下と同じ寝台で寝ていいですか？」

「うん。ねえ、でんかはやめて、ユリヤって呼んで。それと、もっと簡単に話して」

「えーと、ユリヤ、簡単にっていうのは……友だちみたいに話すってこと？」

「そんな感じ。友だちってなにか知らないけど」

ユリヤは満足そうに微笑み、リオが寝台に横になると見よう見まねで横たわった。横向きに、二人向かい合わせに毛布の中へもぐりこむ。ユリヤはリオにすり寄ってくると、胸元に顔を埋《うず》めてきた。

「殿下……ユリヤ」

どうかしましたか、と訊きかけて、口をつぐんだ。リオを抱きしめたユリヤが、嬉しそうに呟いたからだ。

「リオの胸、音がするね。僕と違う」

言われて、リオは眼を瞠った。

「違うって……?」

ユリヤはきょとんとし、まるでそれがごく当然であるかのように「だってほら」と言いながら、リオの手をとって、自分の左胸にあてた。そこは布越しにも分かるほどひやりと冷たく、鼓動は感じられなかった。

ぞくりと、背筋が粟立《あわだ》つ。

(ユリヤには……心臓がない?)

眼の前がぐるぐると回る。頭の片隅に、魔女が「二人め」から心臓を抜き取ったときのことが思い出される。土人形の心臓はたった一つ。ユリヤの体には心臓はなく、リオにはある。

(空っぽの空洞に……俺が寿命だけ与えたってこと?)

そのことを、ユリヤにどう言えばいいのか分からなかった。たまらなく、罪深いことをした、と思った。罪悪感で血の気がひいていく。

けれどユリヤはふわりと笑い、リオの胸にまた顔を埋めてすり寄ってきた。

「リオにくっつくの、気持ちいい。ここから、お母さまの匂いがする……」

リオは小さな子ども相手にするように、ユリヤの銀の髪を撫で、梳《と》かしてあげた。

ぐっと、喉元にこみ上げてくる苦しさを、リオは飲み込もうとする。

なぜこの王子に命を分けてしまったのだろう。おそらくはわずかな時間しか生きていられないことを、いつ、どうやって告げたらいいのだろう。

眼を閉じると、ユリヤに、ユリヤはすぐに眠ってしまったようだ。寝息をたてる王子の肌には、淡いぬくもりがある。心臓がなくとも、血は体を巡るのだろうか……。

寝付けないリオは、王都にいるだろうルスト、アラン、ルースにゲオルク、そしてエミルに思いを馳《は》せた。

魔女の襲撃からは無事切り抜けられただろうか。急にいなくなったリオとフェルナンに気づいて、ルスト以外のみんなは驚かないだろうか。ルストはどう、すべてを説明するだろう。エミルはリオがいなくなって、泣いているかもしれない。それとも、怒っているかもしれない。

部屋の窓へ視線をやると、街の灯《あか》りがまだ消えていないらしく、灯火の橙《だいだい》色《いろ》がぼんやりと射しこんでいる。神々の山嶺《さんれい》はどこだろうかと思いながら、リオは胸の中で祈った。

――ウルカの神さま。

どうしてこんなふうに、俺を生かしたんですか。あのとき死んでよかったのに……と思ったけれど。

――きっともう会えないみんなが、幸せでいてくれますように。どうか、お守りください。

胸の内でそう願う。

頭の片隅に、王都についてからの記憶が一気に駆け巡っていった。友だちになろうと言ってくれたエミル。リオに護身術を教えてくれたゲオルク。いつも親切で、笑顔で接してくれたルースに——意地悪だったけれど、最後に話したときは苦しそうに泣いていた……アラン。

そしてユリウスであり、ユリヤであり……ルストだった人。

リオの初恋の人。リオに命を与えてくれた人。

リオ、と名前を呼んで抱きしめてくれる腕。温かく大きな手のひら。抱かれると体ごとすっぽりと、ルストの内側に入るような感覚があった。体を重ねて、寄り添っている時間は幸せだった。リオはルストに抱かれることが、たまらなく嬉しかった——。

嬉しい、嬉しいと思って、涙が出るほどだった。

「一人め」の記憶の中の、たった十七歳のルストも、「二人め」の記憶の中の、十八歳のルストも、ただの土人形にとても優しかった。

あの優しさが、ルストを狂わせたのだと思う。

王の責務を投げ出してでもいい。二度と眼の前で土人形が死ぬところを見たくなくて、ルストはリオに真名を与えたのだ。

(役に立ちたかったのに……俺は存在だけで、ルストの邪魔をしてた)

思い出すと息苦しくなり、自分の愚かさへの悔いと一緒に、涙がこみあげてきた。眼を閉じると、こぼれた涙が目尻から耳の方へと肌を伝って流れていく。

得体の知れない恐怖が、黒い靄のように全身を包む。

リオは考えないよう、考えないよう、自分の頭に言い聞かせた。

そしてルストへの愛も、王都での思い出も、すべて忘れたほうがいいと思った。

もう自分がルストのためにできることなんて、きっとほとんどないだろうから。

腕の中で眠る第二王子の髪に鼻先をくっつけて、リオも眠ろうとした。

閉じた瞼の向こう、街の灯りがちらちらと映る。その灯火《ともしび》は長い間消えず、リオはなかなか眠れなかった。

三　北《セヴェルニ・エシュ》の塔

「このあと、『北の塔』に入塔する」

明くる朝、朝食が終わったリオとユリヤのもとを訪れたフェルナンが、そう告げてきた。

自分の今後を決めるため、塔《エシュヌ・ヴァヌ》主に会いに来たのだ。

ついに『北の塔』に入塔するのだと思うと、リオは緊張で体が震えた。

怒濤《どとう》の速さでツェレナまでやって来て、自分が生きていることにも、ユリヤが蘇《よみがえ》ったことにも困惑したままだからつい忘れそうになるが、『北の塔』はリオを殺そうとした機関だ。

今後どう生きればいいかを問えば、死ねと言われる可能性だって十分にあった。

リオが教えて身仕度をさせたユリヤが、フェルナンとリオの顔を見比べて、

「リオ、こわい？　大丈夫？」

と聞いてきた。リオはハッとして「大丈夫だよ」と王子に笑いかけたが、そんなにも緊張が顔に出ていただろうかと思って慌てた。

「心配しなくても、お前に危害を加える者はいない。リオ……俺は、誓いを守る」

フェルナンは言いながら、じっとリオを見つめた。琥珀《こはく》の瞳に嘘《うそ》はなく、真剣だった。

リオはツェレナに向かう直前、フェルナンが恭しく立ててくれた誓いを思い出した。

（フェルナン……気遣ってくれてるんだな）

もともと横暴な人間ではなかったが、フェルナンは感傷的なたちではない。王宮にいたころなら、わざわざリオに誓いを立てたりしなかっただろうし、「誓いを守る」などと口にしたりもしなかっただろう。

フェルナンはもっと冷静で、もっと公平だった。

（……ユリヤのことは、空気みたいに扱ってるけど）

ユリヤもユリヤでフェルナンに興味がないようなので、そのせいかもしれない。

宿から塔へはすぐだった。

階下に下りると、出入り口に店主らしき男が立って見送ってくれた。店主はリオとユリヤを見ると、ちょっと驚いたように眼《め》を瞠《みは》った。

「昨日は外套《がいとう》を着てらっしゃいましたが、今日はよろしいのですか？　その……目立ってしまうかと……差し出がましければ申し訳ありません」

店主に言われ、リオは内心首を傾《かし》げた。銀髪は魔女と同じ髪の色で悪印象を持たれる可能性もあると、心配してくれているのかもしれない。

「見苦しいでしょうけれど……もう『塔』に入るだけなので」

フェルナンが外套はいらないと言うので、はずしておいたのだ。

「ああいえ！　見苦しいなどとんでもない。真逆の意味で、その、お二人がこんなにお美しい双子《ふたご》とは思わず……いえ、失礼いたしました。いってらっしゃいませ」

店主は早口でなにか言ったが、すぐに言葉を切って送り出してくれた。なにを言われたかリオはきちんと聞き取れなかったけれど、自分たちを双子だと言っていたのは分かった。

（双子。双子に見えるんだ）

リオはユリヤと手を繋《つな》いでいる。迷わないようそうしたら、ユリヤは嬉《うれ》しそうに握り返してきた。銀髪にすみれ色の瞳。白磁の肌。ユリヤは人間離れした美しさだ。明らかに少年だけれど、少女と言われてもあまり違和感がない。

リオは自分も顔のきれいなほうだとは知っていたが、こんなにきれいかというとユリヤのほうがきれいに見える。

「あそこが『塔』の門だ」

宿を出て少し歩くと、フェルナンがそう言って正面を指さした。

まだ早朝で、あたりには霧がたちこめている。塔を守る鉄門の前には、霧の中、幽霊のように衛兵が数名立って、門を守っていた。

「ツェレナでは八の時を過ぎなければ、塔の前に並んではならない決まりがある。だからこの時間は静かだ。商業区は既に騒がしいだろうが」

なるほど、と頷《うなず》きながら、自分たちは八の時より前に来ていいのかとも思った。たぶんフェルナンがいるから、いいのだろう。実際、衛兵たちはフェルナンを見ただけで門を開けた。当然のように門を通るフェルナンに続き、リオはごくりと息を呑《の》み、中へ入った。心臓が、ドキドキしている。門を抜けてすぐに塔があるかと思っていたが、違っていた。

「リオ、林があるよ」

ユリヤがニコニコしながらリオの袖をひいて、言った。

たしかに眼の前には林、それもよく整備され、人や馬車の通り道がすっきりと開けた、美しい並木道があった。常緑樹だけが集まっているらしく、豊かな緑を風に小さく揺らしている。林が終わると、大きな馬房と馬車止めがある。

「……たくさん馬車が来るんだね」

そっと言うと、フェルナンが「許可された行商人は、ここで店を開いてよいことになっている」とリオを振り返った。

「物見の賢者は塔の外へは出ない。基本的には一度賢者になったあとは、一生、塔内で暮らす。塔では知恵を借りにくるものに知恵を授けて、報酬をもらう。賢者たちも賃金を使う場所が必要だろう。だからここには、商売をしにくる者も多い」

ここに入れる商人は少ないというが、一度でも入れると箔《はく》がつくので、国中の商団が狙《ねら》っているのだという。

（……そういえば前にユリウス……ルストと旅してたときに村で出会った行商人も、物見の賢者様に、仕入れたものを売りに行くって言ってたっけ）

通行証がないから仕方なく、貧しい村で商売をしていた行商人。ルストがリオに地図を買い与えてくれたときのことを、はっきりと思い出す。美しい地図を見て心が弾んだことや、与えてくれたルストに、感謝したこと。

一度思い出すと次々記憶が湧《わ》いて、胸が痛んだ。

（昨日忘れようと思ったのに、また思い出してる）

リオは自分が弱いようで、情けなくなった。

ルストのことを考えたくないので、淡々とではあるが、詳しく説明してくれているフェルナンの声に耳を澄ます。

「『北の塔』の塔内で物が売れると、翌年から同じ物がもっと売れると巷《ちまた》では言われている。ただの根も葉もない噂《うわさ》だが……物見の賢者は特別な能力を持っている。この先のフロシフランでどんな品が流行《はや》るか知っている。だから知恵を借りに来る者も多ければ、ここで商売をして、賢者と取引をしているという事実がほしい者もいる」

この先の流行が分かると聞いて、リオは驚いて眼をしばたたいた。

「先の流行が分かるの？　どうやって？」

「そうだな……物見の賢者は未来を見る方法を持っている。それがこの『塔』の特異性だ」

まさか、とも思ったが、リオは昨日の夕方、ツェレナの街門に並んでいた長蛇の列を思い出した。物見の賢者様に知恵を借りたいと話していた人は、一人や二人ではなかったはずだ。

「それって、フェルナンが持ってる先見の力と似てるの？」

「俺が『王の眼』として授かった先見の力は、王家と国家が危機にあるときだけのものだ。物見の賢者が見られる未来は、もっと細かく広範囲だ」

「でも……そんな未来のことを簡単に教えていいの？　……どこかで争いのもとになるかもしれない」

物見の賢者……というものの能力は、よく分からない。

だが本当に先のことが分かっても、無差別に教えていいものでもないだろう。思わず訊《き》くと、フェルナンは眼を細めて微笑《ほほえ》んだ。

「……賢いな、リオ。そのとおりだ。だからこそ、塔は知恵を授ける方法も、授ける相手も厳しく選んでいる。ここが閉鎖的なのも、賢者が塔の外へ出ないのも世の中の公平を重んじているからだ」

「――公平」

リオは小さく、呟《つぶや》いた。公平は、フェルナンに似合う言葉だった。リオを殺そうとしたことすら、公平性の帰結だったと思う。そう思えばこそ、ここまで抵抗せずに付いてきた。

（俺はフェルナンを恨んでない。怒ってもいない。……フェルナンが俺を殺そうとしてくれた

から、俺はすべてを思い出せて、ルストに真名を返せた。むしろ……感謝してもいい）

けれどそれでも信じていいのか、心からまた信じられるか、リオには分からなかった。

「そういえば、王都でルストが俺につけてくれた家庭教師が、物見の賢者って言われてたけど……」

ふと思い出して訊くと、フェルナンは丁寧に、それについても答えてくれる。

「正確には物見の賢者ではない。塔には物見の賢者を補佐する賢者連という存在がある。先見の能力はないが、それ以外の雑務をこなしてくれる、貴重な者たちだ。世間ではこれらの賢者のこともひっくるめて、物見の賢者と言う場合がある。陛下がお前のために呼んだのはそのうちの一人だろう」

聞いていると、賢者連というのは『北の塔』が擁《よう》する特別な「物見の賢者」ができない、外的な雑務をこなしている感じだった。

「……物見の賢者って、かなり特別なんだね」

そうだな、とフェルナンは呟いた。

「俺は職を辞したから二度と戻れないが。特異なのはたしかだ」

リオはその言葉に、ぎくりとしてフェルナンを見上げた。フェルナンはいつも通り感情の見えない横顔だったけれど、それでもふと思う。

（フェルナンは……物見の賢者に戻りたかったりするのかな）

考えているうちに長い階段と、その先にそびえる日時計の塔、そして塔を中心に扇状に広がる巨大な建築物が見えるところまで来ていた。

日時計の塔の背後には、円筒状の不思議な建物も見える。その建物は巨大かつ長大で、はるか空の霞《かすみ》にも届きそうな屋上には、緑が見えた。緑のまわりに、小さく飛んでいる白いものがちらついている。少しして、小鳥の大群だと気づく。

(屋上に、森があるのかな……？)

不思議に思いながらも、ユリヤと二人並んで、階段を上る。

階段は急勾配なうえに、百段はあり、上がるごとにリオは鼓動が速くなった。頂上まで上りきると、足元に漂っていた霧は消えていた。

「リオ、見て。すごいよ」

ユリヤが楽しそうに言って、リオの背後を指さした。つられて見ると、ツェレナの街並みが一望できる。はるか高みから見れば、街も人もあまりに小さい。

見晴るかす景色の美しさに、リオはユリヤがいなければ気づかなかったかもしれない……と思った。頭の中が、もう既にこれから入る『塔』のことでいっぱいだった。

(これから、俺を殺せと命じた人と会う)

日時計の塔はあまりに巨大で、リオは今にも踏み潰《つぶ》されそうだ。

心臓がいやな音をたてている。全身が小さく震え、恐怖が、心を塗《ぬ》りつぶしそうになった。

ふと思う。こんなにまでして、自分の命に向き合わねばならないのだろうか？

なにもかも投げ出して、逃げてはいけないのか？

どうせすぐに死ぬのなら、誰にも知られない場所で、ひっそり一人朽ちたっていいのでは
――どうせ遺体すら残らず、土になるだけなら。

心臓が、ぎゅっと痛む。熱く醜い感情が溢《あふ》れてきそうで、リオはそれを無理に押し込めた。

考えてはいけない。進むためには、この気持ちに囚《とら》われてはいけないと思う。

（しっかりしろ。一度はルストのために、捨てた命だろ）

もし国のために死ねと言われれば、受け入れる覚悟はある。

フェルナンはリオを急《せ》かすこともなく、塔の前に立って待ってくれている。

もう一度深呼吸し、リオはぎゅっと奥歯を噛《か》みしめると、一歩踏み出した。


（これは、一体なに……？）

リオは『北の塔』内部で、息を吞んで立ち尽くしていた。

日時計の塔の入り口には、騎士一人立っていなかった。玄関らしき両開きの扉が勝手に開き、中には白く薄《うっす》ら光る道筋が一本見えただけで、あとは真っ暗闇だった。

迷いなく進むフェルナンに従い、ユリヤの手を引いてその道を抜けると、いつの間にか外か

ら見た、円筒状の建物内部にいた。

（ここに入ると思わなかった）

びっくりしてあたりを見回すと、一階から入ったつもりが、リオが立っているのは建物の中腹部のようだった。幅広のバルコニーが内壁をぐるりと一周し、何階にもなっている。

建物の中央部分は吹き抜けており、そこに、巨大な木が一本、枝を張り巡らしてそびえ立っていた。

リオは建物の中心を貫いてそそり立つ、その巨木に衝撃を受けて固まってしまった。まさか、こんなものが建物の中にあるとは思っていなかった――。

しかもその樹の大きさは信じられないほどで、大人十数人が手を繋いで囲んでも足りそうにないほど太い幹をしている。

その幹は内側から銀色に輝き、枝からはまるでホタルのように白い光の粒がこぼれ、葉は翡《ひ》翠《すい》のようにきらめいていた。そのため、室内は窓すらないのにほの明るい。

「『時の樹』だ。これこそが『北の塔』の心臓部。フロシフラン建国の時から今日まで、塔が守り続けているものだ――」

隣に立つフェルナンが、囁《ささや》くように教えてくれた。

（『時の樹』……）

建国当時からある樹ということは、四百年は生きている樹木だろう。

丹念に見ていると、巨木の枝に向かって、各階のバルコニーから橋がかかっているのに気がついた。

橋はいくつかあり、枝の先へと続いている。枝の上には丸鏡のようなものが、葉に縁取られて三つ並んでいる。そして、白と黒の二色をあしらった長衣の男たちが、枝の上を行ったり来たりして、鏡を覗《のぞ》き込んでいた。

（あれが……物見の賢者？）

はっきり聞かなくても、そうだろうと思った。

彼らは一つの枝につき一人いるようで、枝の上を静かに歩きながら、手にした石板になにかを記録している。時々幹のもとへ行き、石板を幹に押しつけてもいた。眼をこらして見ると、はっきりとは分からなかったが、幹は石板を押しつけられるとわずかに光を強めて、書きつけてあった文字を吸い取っていた。

賢者たちはそれらの作業を、声もあげずに黙々と反復している。

大樹の周りには白い小鳥が飛び交い、賢者たちの肩や頭にもとまっている。外から見えた小鳥の群れが、この建物の中にも入り込んでいて、はばたくたびに『時の樹』の光を反射して光っていた。

とても幻想的で、美しく、浮世離れした光景だ。

漂う空気からは、神力のように静謐《せいひつ》で、清涼な気配が感じられた。賢者たちは、その昔リオがセスと読んだ童話の中に出てきた精霊のように神秘的で、人間離れして見える。彼らは、突然ここに入ってきたリオたちへ振り向く様子さえない。

（……俺を殺そうとしていた機関だから、睨《にら》まれるくらいはあるかもと思ってたのに）

王宮で、リオを陰で罵《ののし》っていた官吏や貴族は大勢いた。だから今回も、覚悟していた。けれど賢者たちは、リオが「憎い土人形」であることに気づいてすらいなさそうだった。

「きれいだね、リオ」

ユリヤはバルコニーの柵に摑《つか》まり、嬉しそうに言ったが、リオはなんだか不安だった。たしかにきれいだが、とんでもない秘密を知ってしまったのではないか、と思った。

「……これ、俺たちが見ていいものだったの？」

思わず小声で確認すると、フェルナンは小さく微笑み「許しは得ている」と言った。

「普通ここは、物見の賢者しか入ってこられない。だがお前には見せたほうがいいと、俺から塔主に申し上げて許可をもらった」

どういうことだろう。よく分からずに、フェルナンの琥珀色の瞳を見返す。

「日時計の塔をくぐったらすぐこの部屋に着いただろう。塔主がそのようにしたんだ。許可されていなければ、ここには立ち入れない」

（魔法で飛ばされたってことかな……？）

王宮では、謁見《えっけん》の間から王の私室まで、魔法の道を使っていたことがある。仕組みはあれと同じかもしれない。だがこの場所へリオを通してくれた塔主の真意は、やはりよく分からなかった。

フェルナンは「下りるぞ」とリオとユリヤを促した。

今いるバルコニーから下のバルコニーへ、リオは階段を下りていった。ユリヤはリオの服の裾を摑んで、ちゃんとついてくる。

「フェルナン、物見の賢者様たちが覗いてる鏡はなに？」

そういえば貴族のエミルですら、ここの賢者たちを敬称で呼んでいたことを思い出して、慌てて様とつける。

リオにはただの鏡にしか見えない丸いもの。それらは巨木が作り出しているもののようだが、なんなのかよく分からない。

「あれは物見の賢者以外には、ただの鏡だ。だが物見の賢者になると、あそこに過去、現在……そして少し先の未来までが、映し出されて見える」

「……少し先の……未来？」

一つ下のバルコニーへ着く。フェルナンはリオを振り返って頷き、「この建物は地下から天井まで、八十八階ある」と説明した。

「『時の樹』の枝は五百二十あり、枝一つにつき、三つの鏡がある。『北の塔』では普段、フロシフランの王都と王宮に百の枝をあて、のこりの四百二十の鏡をフロシフラン国土のその他の地域に割り振って、そこで起こる少し先の物事を見ている」

「……だから、物見の賢者には商品の流行も分かる、って言ってたの？」

先ほど話したことを思い出して訊くと、フェルナンは頷いた。

「そうだ。ただ、物事の未来というのは単純ではない」

言いながら、フェルナンはゆったりとバルコニーの縁に近づいた。

「北部で北風が吹くと大河が凍る。大河が凍ると船が動かない。船が動かないから旅人はその地にとどまり、宿屋が儲《もう》かる……これは一つのことだけ追いかけた結果だが、北風が吹いたことで、広範囲にものごとに影響が出る、という話だ。人や物は、関連しあって存在している」

「……単純な先の未来だけを見るわけじゃないってこと？」

リオはフェルナンが言おうとしていることを理解しようとして、首をひねった。

（でも……そうだよな。セヴェルでぶどうの収穫量が多くても、街道の治安が悪いとワインを出荷できなくて、結果大損した年があったっけ）

ふと、そんなことをリオは思い出した。

たった三年過ごしただけの故郷、セヴェル。

あそこで暮らしていたころのリオは貧しく、そういう話は明日のパンを得るために聞いておかなければならなかった。街の主要産業が赤字になると、定職のない子どもはいつ飢え死にするか分かったものではなかったからだ。

あのとき——街道の治安が悪いから、ワインが出荷できないらしいとセスに話したら、賢い幼馴染《おさななじ》みはもっと多くのことをリオに教えてくれた。

——街道の治安が悪くなったのは、ハーデからの逃亡者が増えているからで、そうなったのは国境警備の人員が減らされたからで、国境警備の人員が減らされたのは警備隊の隊長が変わったからで……ということは、大きく見ればもっと多くの都市に影響が出ているだろうし、警備兵の中にも逃げた者がいるかもしれないよ、リオ。

もっともっと多くのことが関連してる。もっともっと多くのことに影響が出る。

セスは一つのできごとを、いろんな視点から見る人間だった。

明日食べるパンのことしか頭になかったリオは、そんなセスの話をただ感心して聞いているだけだったが、今になってみれば、セスが教えてくれたことは「未来の可能性」の話だった。

「物見の賢者は多くの未来を記録して書きつけ、あの幹に戻す。記録は幹の中で統合されて、塔主のもとへ届く。そうして、限りなく現実に起こりえそうな未来が算出される仕組みだ」

（そんなことが本当にできる？　……でも）

信じられないが、信じるに足る証拠がある。

それは『北の塔』が、リオを「三人めの土人形」でルストの「真名を知っている」と気づいていたこと、リオを殺せば、王の呪《のろ》いは解けると推測していたことが、なによりもの証《あかし》だった。

（俺ですら、アランですら知らなかった。つまり『北の塔』は——この鏡を使って見てたんだ。

俺やルストの動き。きっと、魔女の動きも——そうして、未来を『算出』した……）

「『北の塔』が……俺を排除しようとしたのは、フロシフランにとって害だったからだろ？　『塔』はつまり……国益のために動いてるって理解していいの？」

そっと訊《たず》ねたが、リオにとっては重大なことだった。フェルナンはしばらくリオを見下ろして黙っていたが、やがて少し高い場所を指さした。

釣られて顔をあげると、三階ほど上にある枝が見えた。

「……二年前まで、俺はあの枝で物見の賢者として働いていた」

急に私的なことに踏み込んだ話になり、リオは少し緊張して、フェルナンを見つめた。その話を始めた意図が、すぐには分からなかったから。

「俺は十二歳で大学校に入り、十六で物見の賢者に選ばれた。……親は名誉だと喜んでいた。どうせ俺は三男で、家督も継げないのだから賢者になれるならそのほうがいいとな」

「……フェルナンにとっても」

リオはフェルナンが、初めて自分の家族の話をしたことに驚いて、思わず声がかすれた。いくら名誉でも、十六歳の子どもが一生出てこられない塔に入ることを——普通の親は喜ぶのだろうか？　リオは、疑問に思う。

「フェルナンにとっても、名誉だった？」

フェルナンはバルコニーの柵に視線を落とし、少し考えるようにそこを撫《な》でた。

「どうだろうか。俺は俺の能力を、正当に使えるならなんでもいいと思っていた。ここであれどこであれ、俺は全体の幸福のために存在する、少々使い勝手のいい道具のように、自分のことを考えていたからな」

（全体の幸福のために存在する、少々使い勝手のいい道具……）

リオはフェルナンの横顔を、じっと見つめた。琥珀の瞳は凪《な》いでいて、フェルナンが幼いころからずっと、自分をそのように捉《とら》えていたのだろうと思わされた。

（でも、ちょっと淋《さび》しい気がする）

「道具だなんて……」

「だが道具は便利だろう？　俺は自分の能力が多少秀でていることは知っている。持って生まれたならば使ったほうがいい。一方で、道具は使い方を間違えると人を不幸にする。物見の賢者は俗世とかけ離れた存在だ。ここなら……俺も能力を悪用せずすむだろうから、妥当だとは思っていたな」

リオはフェルナンの話を、理解しようとした。自分がフェルナンの立場ならどうだろう。貴族としての地位は高いが、家督権がないのなら自分の力で生きていかねばならない。だが普通より優秀だと、それを悪用される危険もあるだろう。フェルナンははっきり言わなかったが、なにかあれば家督争いに発展するような危険もある。

（一生出られない塔の中に入るんだとしても……フェルナンにとってここは、俗世間より安心

できる場所だった、のかな)

自分を、「全体の幸福のために存在する、少々使い勝手のいい道具」だと思っているのなら、そうだろう、と思う。

「なら……王宮に来るのはいやじゃなかったの？」

そっと訊くと、フェルナンは「そうだな……」と言葉を探すように、数秒黙った。

「俺が物見の賢者として見ていたのは、北部一帯の、人口の少ない領域だ。自然の作用が大きな土地だった。最初はただ淡々と仕事をしていたが……」

賢者となって半年も経《た》たないうちに、状況が変わったとフェルナンは続けた。

「およそ七年前。俺が物見の賢者となってすぐのことだ。王都一帯と、現在ハーデとなった地域を見ている賢者から、戦争が始まる前兆が報告された。なぜかその前兆の中に、当時の王妃……魔女と、当時の『七使徒』の関与が疑われることも」

そのときは『塔』全体に、一種の戦慄《せんりつ》が走った、とフェルナンは少し苦しげに眉根を寄せた。まるで、当時の衝撃を思い出しているかのようだ。

「フロシフラン建国時の規律に従って、『塔』は国王に一報を入れた。だが当時の国王は、使徒と王妃が己を裏切る可能性はない、と考えていた」

「『北の塔』は、魔女の存在や使徒の裏切りを事前に知ってたの……っ？」

それも、七年も前に？

それは戦争が始まる、一年も前のことだ。

リオはつい声を大きくした。大きなもので叩《たた》かれたように、全身に衝撃が走っていた。

戦争が起きると知っていた。知っていて、止められなかったという事実に、眼の前がくらくらした。

フェルナンは眼をすがめ、片眼鏡を直しながら、知っていた……というのは正確ではない、と訂正した。

「『時の樹』の鏡には、未来がいくつも見えるという話はしたな。『塔』では王国を脅《おびや》かすほどの災害や、戦争の可能性が四割以上と見た段階で、国王に伝える義務がある」

建国のとき、『北の塔』は王家と独立した機関として立てられた。

「王室はウルカの神の神力を受けている。ウルカは暴君を選ばないが、かといって聖君を選ぶわけでもない。だからこそ、『北の塔』は王家を監視し、重大な違反があれば立ち入る権利を持つ。一方で、大きな国害が出る事態になれば、王家と協力する決まりがある」

すべてはフロシフラン国土と、そこに住まう国民のために。

最大多数の幸福のために。

『北の塔』の価値基準はそこにあると、フェルナンは言った。

「戦争は重大な国害だ。だが、可能性は四割以上だ。最初に報告を受ける国王が、まだ高いとは言えない可能性を、民心を乱さぬようあえて伏すことはよくある……実際それでなにも起きないこともある」

「でも、戦争は起こった。魔女も『使徒』も裏切った。……どこかの段階で、可能性は四割どころか、七割にも、八割にもあがったはずだよね？」

戦争が始まるまでに、機運は徐々に高まったはずだ。それなのになぜ止められなかったのか。

リオの背中に、ひやりと冷たいものが走る。

フェルナンは頷き、「そうだ。『塔』は王家に、何度も警告を入れた」と続けた。

「俺も含め、当時いたすべての賢者が戦争の予兆について先見した。だが……魔女は周到に魔法を張り巡らせて、『塔』の報告が国王の耳に届かないようにしていた。『塔』は王室に繋がりを持たない。国王以外に警告を知らせる相手はいなかった。その王への連絡が遮断された状態では、鏡に映る未来がだんだんと悪くなっていくのを、ただ……傍観しているしかなく」

フェルナンはそこで苦しげに、小さく息を漏《も》らした。眉間に皺《しわ》を寄せて、長い指をあてる。

（フェルナン……もしかして、自分を責めてる……？）

戦争の予兆を知りながら、止められなかったことを――フェルナンは、悔いているのかもしれない、とリオは不意に思った。

「そしてついにはハーデ一帯が魔女に掌握《しょうあく》され……魔女の根城周辺は、『時の樹』の眼でも見えなくなった」

「……見えないって、どうして？」

フェルナンは「あそこを見てほしい」と言った。

美しい銀の枝と若々しい緑に隠れてよく見えていなかったが、枝の一つが真っ黒になり、枯れていた。もとは鏡だっただろう三つの丸いものも、干からびてひび割れている。

「ちょうどあの枝が、魔女の根城周辺域を見られる枝だった。だがあの状態だ。今は使い物にならない」

あれを魔女がやったというのだろうか？　どうやって？　と、リオは思ったが、痛ましい枝の様子を見ると、すぐには言葉が出てこない。

そのとき、だから俺たちは……と、フェルナンが呟く。

「せめて戦争を早く終わらせ、フロシフラン王室を勝利に導くために探した。魔女が欲しがっているものがなにか、魔女の連れてきた子どもの正体はなにか……そうして、ルスト・フロシフランとウルカの間で契約が書き換えられたこと、王の身に起こった呪い、その後の魔女の行動や、過去四百年の記録。『塔』の力で分かったすべてから、一つの可能性に行き当たった。王の真名を、魔女の土人形が奪っていったのだろうと。ウルカとの契約が、王と土人形の二重契約になっていると。そして――土人形は、魔女の手先として、契約を完全にするために再び、王に接触するはず。それなら、『塔』が先んじて土人形を見つけ出し、排除すべきだと――」

リオは息を止めた。それはほとんど真実だった。もしリオに記憶があったなら？　もしリオがルストに命を分けてもらったあと、魔女に捕まっていたら？

魔女はおそらく、リオを使ってルストの命を完全に奪うつもりだったはずだ。

そしてルストは、それが魔女の策略だと分かっていても、リオに命を与えただろう……。

（魔女がそうした）

「一人め」と「二人め」の記憶を思い返し、リオは感じる。

魔女は土人形の命の脆《もろ》さと、ルストの優しさにつけ込んで、ルストが土人形を「愛するように」させたのだ。

悔しさが胸に迫ってきて、リオは唇を噛みしめ、拳《こぶし》を握った。

自分の存在が恨めしく、憎い。どす黒い感情が、じりじりと胸の中を焼く。

「……だがとにかく、それは予測でしかなかった。それに王の行動も不可解だった。真名を取り返す動きもなく、お前を探す様子もなく……。加えて、魔女の妨害があったにせよ王室は何度も『塔』の警告を無視し、戦争まで起こした。もはや、『塔』の言葉を国王が真摯《しんし》に受け止めるかという保証がなかった。……だから、真実を確かめるために誰かが必要だった」

一度言葉を区切ると、フェルナンは独り言のように、「俺は戦争には、参加しなかった」と呟いた。

「ただ、鏡で見ていただけだ。次々と人が死んでいくのを。今生きている人が、数日後殺される未来を、ひたすら先見していた。……見たところで、彼らを助けることはできなかった」

琥珀の瞳に、ほんの一瞬だけ絶望が映るのを、リオは見た。

フェルナンの心の深いところには、どんな苦痛があるのだろう。

もしかしたらその苦痛は、この塔で働く賢者たちすべてにある苦痛だったかもしれない。

予兆を知り、戦争を止めようと必死に努力したのに、できなかった。

そして始まった戦争の隅々までを、たとえ鏡の向こうからとはいえ、見続けたのだ。

いつだったかアランに聞いた、壮絶な戦場の光景。六十万の敵軍に、五十万のフロシフラン兵。数十万の人が死に、その死体の中でルストは王になったという。

兵士だけならまだしも、普通の女子どもにも死者は出た。セヴェルにいた孤児たちは、ほとんどが戦争で親を失っていた。

賢者たちには先の未来が見えるのだから、今はまだ死んでいない誰かが、明日死ぬところを見続けただろう。手を伸ばせば助けられそうに思えるのに、実際には助けられない。逃げてと言いたくても、言えない。

それはたやすく想像できた。

なぜなら、王宮の図書館で『北の塔』が編纂《へんさん》したフロシフラン王国史を読んだからだ。一年ごとにまとまっていたあの書物の中には、王都や前線のことだけではなく、極めて広範囲の事象が綴《つづ》られていた。市井にいる、無残な戦争の被害者、小さな子どもや女性の死についてすら、細かく記載されていた……。そのうちのどれかは、フェルナンが書いた記載だったかもしれない。

（俺だったら耐えられない……）

塔を飛び出し、助けに行きたいと気が狂いそうになるかもしれない。

「傲慢《ごうまん》な考えだった。俗世を離れていれば、能力を正当に使えるなど……見ているだけでは無意味だと思い知ったから、俺は志願したんだ。王宮に入って国王陛下を監視し、土人形が現われるのを待ち……お前を殺そうとした。この国の、最大多数の幸福のために。……リオ」

フェルナンは顔をあげて、まっすぐにリオを見つめていた。その瞳には、嘘《うそ》はなかった。けれどややあって、フェルナンは自嘲《じちょう》するように嗤《わら》った。

「だが、今でも自分が傲慢だったと気づいた。……俺はお前に対して、判断を誤った。お前を信じて――すべてを打ち明け、お前の命について、話し合うべきだった」

お前はけっして、陛下の命を奪おうとしなかったろうと、フェルナンは囁く。

「後悔している。他の選択肢を考えられなかったことも……お前の信頼を、裏切ったことも」

リオは、しばらくなにも言えなかった。

ただ立ち尽くし、じっと、自決したあの雨の日のことを思い出していた。リオを助けようとしていた、ルストのことを思い出していた。

「……フェルナンは、正しかったよ」

ようやく絞り出した声で、リオはただ、それしか言えなかった。

他の選択肢なんてなかった。リオはよく分かっている。ルストを死なせるわけにはいかなかかったのだから、リオが死ぬしかなかった。死しか、リオに選べるものはなかった。

最初から、生まれてはいけない命だったから――。

心の中で繰り返したとたん、胸がきつく痛む。足元から床が崩れて、暗闇の中に落ちていくような、深い絶望感がひたひたと全身を包む。

とてもこれ以上、自分の命について考えることができなかった。なにか考えようとすると、そのたびに息が詰まり、得体の知れない恐怖に取り憑《つ》かれて、もう一歩も進めなくなりそうだった。

ただ、こうして話してもらえて、やっと理解できたことがある。

「フェルナンが従っていたのは、『塔』でも、王家でもなくて……最大多数の幸福、だったんだね」

自分のことを考えるより、フェルナンのことを考える方がいくらか冷静でいられる。

ぽつりと言うと、フェルナンは少し眼を瞠ってリオを見た。はっきりと肯定はされなかったけれど、否定もされなかった。だからリオの考えは、間違いではない気がする。

より大勢の幸福のために、フェルナンは自分を道具のようにしている。ただそれだけ。

けれど道具でも、無理に使えば傷つくし、本来の用途と違うことをすれば、最悪壊れてしまう。

（本当は、望んでいなかったんじゃないの……？　俺を殺す役目を負うなんて）

そうしたくて選んだのではなくて、それができるから選んだ。

それはフェルナンの生き方の、すべてにおいて通底している価値観に感じる。

フェルナンは自分の望みがどうであるかより、自分の能力がそこに適しているかどうかで、人生の重要な決断をしているのではないか。

自分の身の置き場の妥当性を考えて、一生を塔で過ごすと決める十六歳が――残酷だろうか？　本当に冷酷だろうか？　戦争を止められなかったことを悔いて、自ら裏切り者に志願する青年だって……本当に、ひどい人間だろうか。

冷静沈着な面持ちの下で、フェルナンは本当は、リオが思うよりずっと苦しんできたのではないか。

（俺を殺したいわけじゃなくて……殺せる。他の人間より、自分のほうが適していると思ったから……選んだ）

それはフェルナンなりの、優しさや愛のようなものではないのか。ふと、そう思う。

人間の善性を、頭から信じるのは難しい。

けれど百人いれば百通りの背景があり、いかにひどい嘘や、残虐な犯罪を行っても、そこに至る理由はそれぞれにある。すべてを理解することはできないけれど、フェルナンが目指したものを、リオは悪だと撥《は》ねつけられないし、傲慢だったとも思えない。

「フェルナンを、これから先信じられるのか……分からない」

先が短いこの生で、信じることにさほど意味があるのかすら、分からないとリオは感じた。

「でも、こう思うよ。俺は自分で決めて死んだ。だから、フェルナンが俺のことで後悔することは一つもないし……できればもう、自分を責めないでほしい」

信じられるか分からないいし、信じる意味があるかも分からない。

けれど、信じなければ先に進むのも難しい。

(信じたい……また、前のように)

できれば、親愛の気持ちも、取り戻したい。

なにも知らずに過ごしていた王宮での日々のことが、ちらりと胸をよぎった。

苦しい気持ちを抱えていたけれど、『鞘《さや》』としてこの国の役立ちたいという前向きな目標があった。フェルナンは、その目標に向かうための仲間だったと信じていた。

――あの頃のようには、もうたぶん戻れない。

自分の心はとても狭く、小さくなっている気がする。あたりを見回し、他者を受け入れるほどの余裕がない。

(……でも、塔主様に会ってなにか真実が分かれば)

もしかしたらこの短い生にも、意味のある目標ができるかもしれない。

この国のために善いことをしたいという気持ちはリオの中にはまだあるし、フェルナンも、そこは同じだと思う。そしてきっと『塔』も、その部分だけは同じだろう。

そう思えたぶん、わずかではあったけれど、気持ちが定まる。

リオは顔をあげて、無理やり、笑ってみせた。笑顔を作るのは難しかったけれど、他にどうすれば、フェルナンがリオの言葉を受け入れてくれるのか分からない。

笑う以外に心を砕く余裕がない。自分を奮い立たせるだけで、今のリオは精一杯だった。

「塔主様のところへ、連れて行って」

フェルナンはまだどこか複雑そうな面持ちをしていたが。

「そうだな、行こう。塔主の元へ」

やがてなにか決意したように頷き、一歩を踏み出した。

四　塔主《エシユヌ・ヴアヌ》

塔主。

それは謎めいた『北の塔《セヴエルニ・エシユ》』の最高執政者。

物見の賢者たちの頂点に立つ存在である。

とはいえリオは『北の塔』のことも、もちろん塔主のことも、無知な状態だった。それでも眼が覚めてから、ツェレナの様子や、賢者に対する人々の態度、『北の塔』が擁する『時の樹』の存在を見知って、ここが王宮にも劣らない特別な権威をまとった機関であることは肌で感じていた。

（ついに塔主と接見する。死ぬように言われても、それが国のため……ルストのためなら、受け入れる覚悟はある）

塔主の部屋は『時の樹』の部屋の地下にあり、途中からは魔法通路を使って移動した。

闇の中に見える白い道を進むと、不意にフェルナンが足を止めた。

「ここが塔主の部屋だ」

通路がいつ終わったのかもよく分からない。

あたりは真っ暗で、壁も見えず天井も見えない。後ろを振り返ると、通ってきたはずの通路も消えていた。かろうじて、床があることだけは分かる。

「リオ、怖い」

ユリヤがリオの腕に抱きついてくる。リオも緊張していたが、安心してほしくて、空いている手をユリヤの手にそっと重ねた。

と、正面奥にちらちらと淡い光が瞬いた。その光はゆっくりと広がる。

リオは息を止めた。

室内が光に満ちると、正面奥に巨大な樹の根が噴き出し、徐々に部屋の壁に溶け込んでいるのが見えた。樹の根は太く、大きく、『時の樹』のものだろう。銀色に輝いている。

根の中央には数段の低い階段があり、高座になった場所に立派な椅子があった。

そして、そこに一人の女が座っていた。

薄物の長衣を身にまとい、まるで女王のような威厳を感じさせる女だ――。

リオは彼女を見て、驚いて硬直してしまった。

女の髪は長く、その先端は扇のように広がって、樹の根と同化していた。

不思議にも、銀髪と黒髪が半分ずつ生えている。そして瞳は、片眼が黒で、片眼が紫色だった。だがリオが驚いたのは、その髪色でも、不思議な眼の色でも、人間離れした女の雰囲気でもない。

「ラダエ様……?」

じわりと、額に汗がにじむ。緊張と困惑で、胃がぎゅうっと痛んだ。

眼の前の彼女は、王宮にいた右宰相、イネラド・ラダエそっくりの顔をしていたのだ――。

リオの声が聞こえたのだろうか。女は眼をすがめて尊大に微笑んだ。容姿はそっくりでも、その表情は柔らかだったイネラド・ラダエとはまるで雰囲気が違う。ラダエが奥ゆかしく柔和な補佐官だとしたら、眼の前の女はまさに尊大で威厳ある、女帝そのものだった。

「いかにも。我は『北の塔』の塔主、セネラド・ラダエだ。よくきた、リオ。……ヨナターンと呼ぶべきか? お前の知るラダエは、我の妹だ」

部屋に響く、強い声。セネラドと名乗った女性は王のように朗々と話す。

(ラダエ様が……妹?)

告げられた言葉が、咄嗟《とっさ》には飲み込めず眼を瞠る。塔主は微笑み、

「驚愕《きょうがく》もしような」

と囁いた。

「我がラダエ家は建国当時からフロシフランに仕える家門。家の決まりでな。長女は『塔』に、次女は王室に属す。三女は……今はいないが。それぞれに相手の領分については口を出せぬ誓約ゆえ、次女のイネラドは、そなたに多くは語らなかったであろう」

あれは宰相など任されて、困っておろうなと、セネラドはおかしげに笑った。

リオは困惑していて、与えられる情報にまだついていけていない。

「塔主様、リオが困惑しております。丁寧にご説明を。……昨夜伝言しましたとおり、この者は陛下に命を捧《ささ》げました。どうぞ、ご配慮いただきたく」

そっと、助けるようにフェルナンが前に一歩出て、頭を下げた。塔主は笑んだまま、

「我が知らぬと思うてか？　そなたの要請がなくとも、その憐《あわ》れな土人形には『時の樹』を知る栄誉を与えただろう。王宮で起きたこと……大樹を通してこの眼で見た」

リオはそう言われて、ハッとした。

そうだ、この人は国中に眼を持つ『北の塔』の塔主。それなら、王宮で起きたことのすべてを既に見ている。

フェルナンが役目を果たそうとしたことも、リオが自害して、ルストに真名を返したことも。

そればかりかきっと、リオがセヴェルで暮らしていたことも、知っているかもしれない。

「あの……発言の許可をいただけますか」

リオは一歩前に出て、恐る恐る、声を発した。

「ご覧いただけていたのなら、俺……私がなにを知りたいのかも、既にご存知かと思います。体にもともと残っていた寿命分で、今、私は生き長らえているとフェルナンから聞きました。ユリヤ殿下に、私が命を分けてしまったとも……それは、本当でしょうか？」

リオは慎重に、言葉を選びながら質問した。

今日ここで、自分のこれからについてある程度の決断をしなければならないだろうと覚悟していた。そのために、まずは自分の体に起きていることについて、真実を知りたかった。

訊ねると、塔主は面白そうに眼を細め、リオを見つめた。優美な長い指を、赤い唇にそっと沿わせる。

「……そうだ、と言って、そなた我の言うことをすべて信じられるか？　フェルナンは失敗し、そなた自ら命を絶ったとはいえ……『北の塔』はそなたを殺そうとした。そしてその指示を出したのは我だ。正直、ここまでそなたがやって来たことすら、我は不思議に思うておる」

リオは一瞬、答えに窮した。そうだ――塔主の疑問はもっともだった。

「それについては散々もう、考えたんです」

ぽつりと、そう答える。

フェルナンに裏切られたことに傷ついていたが、『北の塔』が正しかったことを、リオは知っている。それにフェルナンが――どんな思いでこの役目を引き受けたかも知ってしまったし、それは間違いではなかったとも思っている。

フェルナンを責める気持ちにはなれないし、『北の塔』を責める気持ちもない。

彼らがどうしてその選択をしたのか、痛いほど理由が理解できるからだ。

（なんで俺を殺そうとしたの……って、言えるならいいけど）

言えるほど、自分は立派な身分ではない。リオはぐっと、拳を握りしめる。

「……『時の樹』を見ました。長い戦争は賢者の方にとっても無念だったと想像します。俺が王の命を脅かしていたのは事実でした。そこまで予測していた『塔』の主《あるじ》なら……今の俺がどういう状態で、どれほどの危険性がある存在なのか、知ってらっしゃると思います」

たどたどしく言葉を発しているうち、自分がなにを話しているのか混乱してきた。冷静を装いながら、頭の片隅では「これ以上なにも知りたくない」と思っている自分がいる。

どうせこの先、いいことなんて起こらない。だから聞きたくないと拒絶する気持ちがある。けれどリオは勇気を奮い立たせて、知りたいんです、と言い切った。

「俺が……国にとって有害で、今も排除すべき対象なのか。真実を知って、自分で判断できることを……判断したい」

冷や汗が、額と背にじわっと滲《にじ》んだ。

頭が鈍く痛む。リオの言葉を、体が拒んでいるように。

「塔主様は……また、俺を殺されるおつもりでしょうか……?」

語尾が少し震えた。ぐっと拳を握り、冷静でいようとする。

フェルナンが眼を瞠ってリオを振り返り、ユリヤがリオの腕にすがりつく感触があった。塔主は、不意に小さく笑った。なにか珍しい、変わった生き物を見ているかのような視線だ。

「我が殺すと言えば、そなた、殺されるのか」

「我が身が国に害をなすならば自ら死にます」

既に用意してあった答えだ。

言い切ったあと、体が震えたけれど、リオは顔に出さないよう耐えた。

ルストに真名を返したときと同じ。リオは初めから、必要なら死ぬつもりだった。

(これは嘘じゃない。嘘の気持ちじゃない)

塔主は小さく息をつき、しばし無言でリオを見ていた。

「なるほど、健気な子どもだ。フェルナン」

話しかけられたフェルナンは、「はい」と頭を下げる。塔主は腕を組み「まずそなたが今、生きている理由は」と言葉を接《つ》いだ。

「フェルナンが推測したものを聞いたであろう。あのとおりだ。王に真名を返したとき、神力が働いてそなたの体に残った寿命分、命が戻った。が、そなたはどうやらそのときに、ユリヤに半分与えてしまったらしい。そなたらの余命はきっかり半分ずつ。――残り九十日だ」

余命、九十日。

本当に、たった三月。

聞いたとたん、覚悟していたことなのに急に真っ暗闇の中に、一人で放り出されたような心地がした。

心臓が、どくんどくんと音をたてる。一瞬、この明るい部屋も威厳のある塔主の存在も、自分にすがりついてくるユリヤも、心配そうに振り返るフェルナンのことすら遠く感じた。

……死ぬんだ。あとたった九十日で。

苦しかったが、同時に自分を滑稽に感じた。とっくに死ぬ覚悟などしているのに、命を惜しむことが愚かに思える。

「憐れなリオ」

セネラドはため息混じりに呟く。

「かように残酷なことをあの子がするとは……」

塔主はリオの耳に、聞こえるか聞こえないかくらいの声で独りごちた。だがすぐに、今までどおり強い声に戻る。

「二つ目の質問だが、そなたとユリヤ王子が国の害になるかどうかは、まだ答えられない」

リオはその返しに、ドキリとして体を竦《すく》めた。答えられないということは、やっぱり害になる可能性があるからでは——そう思い、ざっと血の気がひいていくような恐怖を覚える。

自分は死ぬ覚悟がある。だがもし、ユリヤも死ねと言われたらどうしよう?

腕にくっついているユリヤを振り返ると、ユリヤはただ心配そうに、リオの顔を見ていた。自分の話をされているというのに、それに気を取られる様子は微塵《みじん》もない。

そのとき、セネラドはリオの内心を見透かしたように、「リオよ、結論を早まるでない」と釘《くぎ》を刺してきた。

「答えられないというのは、『時の樹』にそなたとユリヤ王子の先見をさせているが、まだ結果が得られていないからだ。土人形は、魂が特殊でな」

「特殊？」

訊き返すと、セネラドはこくりと頷いた。

「普通の人間は『時の樹』の鏡に容易に映る。だが土人形はその姿に靄《もや》がかかり、はっきり見えず、追いかけていても途中で見失ってしまう。先見がしにくく、結果は大抵、曖昧《あいまい》となる」

リオは打たれたような衝撃を受けて、言葉をなくした。

魂が違う。普通の人間のようには、見えない。

（……人間じゃないってこと）

魔物のような、化け物のような、怪物のような存在だと言われた気がして、分かっていたのに胸が抉《えぐ》られたような気持ちになった。

「……やっぱり、生まれてはならない存在なんですね」

言うつもりのなかった言葉が、つるりと口からこぼれ出た。隣のフェルナンがハッとしたように身じろぐのが分かったが、塔主は即座に「断じるほどの根拠はなかろう」と否定した。

「我々は存在の是非を決める集団ではない。ゆえにそなたの考えを否定することはできないが、べつの視点はある。土人形が王宮に入り込んだからこそ、我々は戦争の予兆をいち早く捉えられた。魔女だけならば鏡に映る。さらにあの女は用意周到だ。我々の追跡をたやすくかわした。

だが、先見できぬ存在が映り続けたことで、『塔』はいち早くなんらかの企《たくら》みが王室に忍び寄っていると予測できた。そういう意味では、そなたらの存在は役に立った」

（でも戦争は起こってしまったし、人はたくさん死んだ。なら、やっぱり生まれてきた意味があるとは思えない）

リオが黙り込んでいると、セネラドはそれ以上この話をするのをやめたようだ。小さく息をこぼし、「これは我個人の見立てではあるが」と、話を再開する。

「リオ、そなたが国王ルストに真名を返したことにより、王とウルカの契約は、現在完全に成立している。ゆえに、魔女はウルカの神力が占めるここ、フロシフラン国土には二度と侵入できぬ。ハーデの土地は、今一度王が浄化せねばならぬが……つまり、そなたらはこの国土の内にあるうえは、魔女から接触されることはない。万が一、そなたらが叛意《はんい》を抱いても、今のフロシフラン国王は強大すぎる」

「……それは分かります。ただ、ルストは……」

リオは顔をあげて、しばらく言葉に迷った。これは憶測にすぎないし、うぬぼれかもしれない、とも思うけれど、やはり言わずにはいられなかった。

「王陛下は、一度俺に完全に命を……そして王座をも譲ろうとしました。俺が拒んでも、また自分の真名を差し出すのではないか……と思って」

セネラドはリオの話を聞いて、ふむ、と頷いた。

「ウルカ自身のことは『塔』でも見えぬゆえ、推測にすぎぬが、その心配は無用だろう。王が望んでも、ウルカはもう一度そなたと王の命を入れ替えぬだろう。そもそも、ウルカは次代の王に相応《ふさわ》しい人間を厳しく選別する。王の言うままに受け入れはせぬ……残念だが、寿命の短い者をウルカが君主と認めることはない。あれは……慈悲のない神だからな」

はっきりと言われて、ほっとしたような、この先寿命が延びることはないと思い知らされたような、複雑な気持ちだった。それにしても、ウルカの神を「慈悲のない神」と言い切るセネラドを、リオは少し驚いて見つめた。

（俺は何度も救われたけど……慈悲がないの？）

そんなふうに感じたことは一度もなかった。『使徒』の儀式でウルカに会ったときなど、懐かしさに胸がいっぱいになり、リオはあの白い竜の、大きな頭を抱いたくらいだ。

「まあ……そなたには、多少甘い神ではあろうな。ウルカが愛したものと、そなたは近い存在ゆえ。それが間違いを引き起こしたわけだが」

そのとき、塔主はぼやくように呟いた。

その内容がよく分からずに眼をしばたたいていると、セネラドは話を変えた。

「なんにせよ、そなたらの処遇については『時の樹』の結果を待たねばならない。納得する答えか？」

問われても、リオは一瞬、どう答えればいいのか悩む。

嬉しい回答ではなかった。もしかすると『時の樹』は、リオやユリヤを危険だと示すかもしれないし、リオだけならまだしも、ユリヤも『塔』の排除対象になる可能性は残っている。

ざわざわと心の中が不安に揺れるのを感じた。また、黒い靄がリオを襲おうとしてくる。リオはぎゅっと拳を握って、その靄を頭から追い払う。

「塔主様」

そのとき、黙っていたフェルナンが一歩前に出てきて、塔主はフェルナンに視線をやる。フェルナンは胸に手を当てて一礼し、「少し……譲歩していただけませんか」と切り出した。

(フェルナン?)

かつての主を相手に、フェルナンがなにを言いだすのか分からず、リオは少し不安になった。

「ご存知のように、リオは大変な忠臣です。心変わりして、国を乱す危険性は皆無でしょう。ユリヤ殿下にもそのような欲はない。……たとえ『時の樹』がどう判断を下しても、今ここで、約束していただけないでしょうか。『塔』で保護をする形ならば、二人の寿命が尽きるまで、排除せずに見守ると……」

リオはその言葉に、驚いて息を呑んだ。フェルナンの言葉は、たとえ『時の樹』がリオを殺すよう結果を出しても、殺さないでほしいということになる。塔主は眼を細めて、フェルナンを見ている。

「それはつまり……四百年に亘《わた》る『北の塔』の先見に、特例を作れと言うことか」

「はい」

　フェルナンは即答したけれど、その額には汗が浮かんでいた。琥珀の眼には、鬼気迫るものがある。じっと塔主の眼を見つめ、一歩も退かない姿勢だった。

「十六で物見の賢者となった傑物とは思えぬ、感傷的な意見であるな」

「俺はもう、賢者ではありません」

　塔主とフェルナンの間に、緊迫した空気が流れた。リオは我慢できなくなり、勢いで、フェルナンと塔主の間に割って入っていた。

「あの……塔主様。俺は『塔』の決定に従います。ですがその……今後、フェルナンはどうなりますか？　物見の賢者に戻れますか？　それとも、『使徒』に戻れますか？」

　フェルナンが眼を見開いて、リオを振り返った。

　それはリオが『塔』の決定に従うと言ったことにか、それともフェルナンの先行きを質問したことにか、どちらにせよなにかに驚いている様子だ。

　場の緊迫は消えたが、よくよく考えると、リオはフェルナンがこれからどうなるのか心配になってきた。自分とユリヤはそう寿命も長くないが、フェルナンの人生はまだまだ続くのだ。今ごろ、ルストはフェルナンに腹を立てているかもしれない。王家を裏切ったと思っているのではと考えると、塔の保護なしに、外へ出るのはあまりに危険だ。

「もしルストが……王陛下がフェルナンを罰そうとしていたら、『塔』はフェルナンをお守りくださいますか?」

必死になって訊くと、フェルナンは「リオ……」と苦しげに呟いた。セネラドは呆《あき》れたように微笑んでいる。

「そなたを殺そうとした男ぞ。その身を案じてやるのか?」

塔主におかしそうに訊かれた。たしかにそうだけれど、リオはフェルナンに、辛《つら》い人生を送ってほしいわけではなかった。

「フェルナンは……非情ではありません。人より、勇気があるだけではありませんか」

ぎゅっと眉根を寄せて、リオは言っていた。

隣に立っていたフェルナンが、息を呑む気配がした。

フェルナンは――勇気がある。だからこの役目を背負った。

他の誰より自分が、役目を遂行できると知っていたから。そしてフェルナンは最後まで、自分の感情よりも能力と義務を重視した。勇気があるからだ。

聞いていた塔主が小さく微笑み、組んでいた腕を解く。

「案ずるな。我々は、道理に適《かな》った対応をする。いずれにせよ、近いうちに王家と『塔』で話し合うことになる。そう悪くはならぬ」

フェルナンについては、ある程度「先見」できているのかもしれない。あっさりと断定されたので、リオは少しだけ安堵《あんど》した。

「さて、話はこんなところだろう」

塔主はおもむろに「行くがよい」と言った。

もう終わったとばかりに、彼女が眼を閉じると、部屋の灯りは消えてあたりが暗闇に閉ざされる。塔主の気配さえ消えて、リオが固唾《かたず》を呑んでいると、道筋を示すように細く長い回廊が、薄明かりに包まれてぼうっと姿を現わした。


魔法通路を通って出た先は、長く明るい廊下で、眼の前には部屋の扉があった。扉の前には白い長衣を着た賢者が立っており、リオたちを見ると驚く様子もなく頭を下げた。

「リオ様、ユリヤ様のお部屋です。準備できております」

賢者が言って、扉を開く。中は広い客室のようだった。

きつねにつままれたような、だまくらかされたような、不思議な気持ちだった。思わずあたりを見回すと、さっきまで通ってきた通路は消え、廊下の窓からは涼しい風がそよぎ、風に乗って人々の賑々《にぎにぎ》しい声が聞こえてきた。

『時の樹』と塔主の部屋という夢から、一気に現実に引き戻されたような感覚だった。急に緊張が解けて、すると頭がくらくらした。よろめきそうになるのを、リオはじっとこらえた。

「俺は別室らしい。なにかあれば使いをよこしてくれ。今日は塔内なら、好きに動いていいはずだ」

フェルナンが言い、廊下の奥へ移動する素振りを見せる。そのとき、不意にフェルナンが、

「……さっきは」

と、囁いた。

「俺のために、気苦労をかけたな」

片眼鏡の奥で、琥珀の瞳が一瞬だけ、苦しげに揺れた。

なんだか体調が一気に悪くなり、気力だけで立っていたリオは、しばらくの間、フェルナンの言葉の意図が思い当たらなかった。

「俺の今後を気にしてくれるとは……思っていなかった」

囁かれて、リオは納得した。けれどそれなら、フェルナンもリオを庇《かば》ってくれた。塔主に楯《たて》突いてまで、リオを生かせと言ってくれたではないか、と思う。

「当然だろ？　だって……フェルナンはこの国に必要な人だから。フェルナンの意志が大事ではあるけど、できれば『王の眼』として、これからもルストを助けてほしい……」

自分のかわりに、とは言わなかったが、そういう気持ちもあった。フェルナンは自分と違う。価値のある、意味のある命だと――言わなかったけれど、そんな気持ちもあった。

「お前が俺に望むことは、『王の眼』としての働きか？」

問われて、リオは顔をあげた。フェルナンはどこか熱のこもった、それでいて辛そうな瞳を

していた。それはうっすらと潤み、揺れている。

胸に抑えきれない苦しみや悲しみがあるのを、必死に隠そうとしているような顔だ。

（ルストはフェルナンを許してくれるかもしれないけど、あっさりそうするとは思えないから、不安だよね）

やっとそんなことに気がつく。

二年間、王家と国王そのものを謀《たばか》ったのは事実なのだから、相応の罰はあるだろう。

「なにか俺にできること、ある……？」

つい問いかけたリオの言葉を遮るように、「リオ」とフェルナンが名前を呼んできた。

「もう……他人のことは心配するな。お前は十分すぎるほど国に、陛下に……俺にも尽くしてくれた。これ以上他者のために生きる必要はない」

一歩近づいてきたフェルナンの口調が、思ったよりも強い。リオはそれに戸惑って、口を閉ざした。

「……お前の、お前の残りの人生を」

『塔』の決定がどうあれ、とフェルナンは一瞬口ごもりながら、それでもそう言った。

「好きに生きてほしい。俺にできることならなんでもしよう。……自分のために生きてくれ」

（自分のために？）

それがどういう生き方なのか、リオにはよく分からない。

たった九十日の命を、どう使えば自分のためになるのだろうか。

けれど問いかけることはできなかった。眼の前のフェルナンが、あまりにも切羽詰まった表情をしているせいだ。フェルナンの頬には赤みがさし、眉根はきつく寄っている。

フェルナンが、リオの頬へ手を伸ばしてくる。けれど触れる直前で、フェルナンは手を止め、ゆっくりと下ろした。

それから苦しそうに眼を逸《そ》らすと、フェルナンは背を向け、足早に立ち去っていく。その背中を見送りながら、去来する想いがあった。

だがそれは言葉では言い表せない、やりきれない感情だった。

ちくちくと、胸が痛んだ。泣きだしたいような不安が、胸の中で溢れてくる。

――フェルナンの命に価値はあるけど、俺の命には価値がないんだから……。

(考えちゃ駄目だ)

考えちゃ駄目だ、とリオは繰り返し思った。

じわじわと目尻に涙がこみ上げてきたが、こぼさないように息を止めた。ユリヤはなにも言わずに、リオのそばで黙っている。

考えたら自分は、きちんと死ねなくなる気がする。

一生懸命に生きてきて、セスの教えに支えられて、きっと正しいと思えたことを選んできて、ルストのために命を捨てた――そんな、リオ・ヨナターンとしての自分ではない、別の人間になってしまう。

そんな予感があって、リオは懸命に心に迫ってくるなにかを、押し込めていた。


夜が更け、室内の灯りが落ちても、リオは寝付けなかった。

塔主が用意してくれた客室は広く、寝室と居間の二間があり、寝室は暖炉《だんろ》もないのに暖かかった。

リオはそっと体を起こして、隣で眠っているユリヤの寝顔を見下ろした。

寝台は二つあるのに、一緒に寝たいとリオの毛布に潜り込んできた。悩みのなさそうな、安らかな寝顔を見ていると胸が痛み、息苦しくなった。

（ユリヤに……話さなきゃいけなかったのに）

午後いっぱい、ユリヤは部屋の中を見て回ったり、窓の外を眺めたりして楽しそうにしていた。塔主の話を横で聞いていたはずだが、気にしている様子はなかった。

（自分のことだって、分かってないのかもしれない）

そう思う。だからこれだけ呑気《のんき》なのではないかと。

リオはユリヤを目覚めさせてしまったのだから、ユリヤに対して責任を感じていた。

だからユリヤが土人形であること。寿命がたった九十日しかないこと。自分たちは、国の害になるから死ぬように言われる可能性があること――を、説明しなければならない。けれど自分の気持ちさえ整理がついていないから、リオは今日、ユリヤにそれを伝えられなかった。

ため息をついて寝台を抜け出し、居間の窓辺に寄る。

窓を開けると、晩秋の冷たい風が室内に吹き込んでくる。川に挟まれた土地柄か、風には水の匂いが含まれていた。

部屋は高いところにあって、窓からはツェレナの様子も、もっと向こうの川や山までもが眺められた。

昼間、商売人で溢れていた馬房のあたりを見下ろすと、そこは今ひっそりとして暗かったが、塔外のツェレナの街にはまだいくらか灯りがあった。特に二つの大学校は、明るい窓が目立っている。

(勉強してる人たちがいるのかな……)

窓辺に腰掛けてそっと息をつくと、宵闇の中で息が白くなるのが見えた。

今日眼を閉じて眠り、明日の朝になったら、寿命は八十九日になっている。その当たり前のことが、頭の中をぐるぐる回った。

胃の腑《ふ》がきつく痛み、リオは腹に手をあてた。怖い。

――怖い!

胸の中で爆発した感情を抑えるように、ぐっと眼をつむった。

──どうして生き残ってしまったの？　死ねたほうがよかった！

自分の内側で、もう一人の自分が泣きわめいているのを感じた。

──せっかく意味のある死に方をしたのに！

（ああ……やめて。今そんなこと考えたって、仕方がない──）

子どものように泣いている自分に、リオはなす術《すべ》もない。時を巻き戻せたら、と思うが、なにをどうやっても今と同じような結末になる気がした。

心をおおっている黒い靄はリオの体まで蝕《むしば》んで、自分自身がいつか真っ黒な塊のようになりそうで怖かった。先のことを考えようとすると、突然なにもかもが闇に閉ざされて、一歩も歩けないような気持ちにすらなる。

──どうしたらいいの？　どうしたらいいの？　どうしたらいいの？

疑問符ばかりが浮かんできて、それに自分は分からないと答え続けるしかない。

いつの間にか、全身が冷えていた。

このままでは風邪をひくと思うのに、立ち上がる気力もなく外を見ていると、かたんと物音がして、「リオ？」と呼びかけられた。

ハッとして顔をあげると、寝ぼけた様子で目元をこすっているユリヤが、こちらへ近づいてきていた。

「ユリヤ、ごめん、起こしちゃった？」

慌てて立ち上がったが、ユリヤは「大丈夫」と言いながら、もうリオの隣に立っていた。

「外見てたの？　灯りがついてるね」

ユリヤは無邪気に、窓からの景色を見て笑った。大学校の窓辺から灯りが一つ、二つと消えていくと、視界の大半を占めるのは目映《まばゆ》いばかりの星空になった。輝く星々を、しばらくの間二人で眺めていた。

「ねえ、今日会った偉そうな女の人が、この中は好きに動いていいって言ってたよね。明日あそこに商売の人がくるとこ、行ってみようよ」

ユリヤは、とことんリオ以外に興味がないのだろうか。セネラドの名前すら覚えておらず、「偉そうな女の人」呼ばわりに、リオは苦笑した。

「そうだね……」

と、答えながらも、頭の隅でこのままでいいのかとも思う。

――ちゃんと話してあげないと。

ちゃんと、もしかしたらここで、死ぬことになるかもしれないと。

窓から身を乗り出して馬車止めのあたりを指さしているユリヤに、リオは「ユリヤ……」と、優しく呼びかけた。

「ちゃんと……一度話しておかなきゃいけないことがあって」

切り出しながら、心臓が拍動を速めるのを感じた。手のひらに、じわっと汗をかく。

「ユリヤは今日、いろんなことを聞いて、びっくりしなかった……？　その、俺たちは……普通の人間とは違うんだ」

おずおずと切り出したリオと比べて、ユリヤの反応はあっさりとしていた。

「ああ、うん。僕とリオは土人形なんでしょ？　それで、寿命が決まってるって」

その言葉に、リオは顔をあげた。言葉が上手《うま》く出てこずに、ただじっとユリヤを見つめる。

ユリヤは平然とした様子で、首を傾げた。

「リオ、大丈夫？　すごく気にしてるよね。辛そう」

逆に心配をされて、リオはどう答えればいいのか分からなかった。

「俺たちの寿命が、九十日しかないって聞いたろ？　短い時間なんだ。俺がユリヤにそうしてしまった。どうせ起こすくらいなら、もっとたくさん時間を分けられたならまだしも……」

「そんなこと気にしてないよ。リオだって同じ寿命じゃない」

ユリヤがあっけらかんとしていればいるほど、リオは焦《じ》れったいような、悲しいような気持ちになってくる。残酷なほど短い命だということを、本当にユリヤが理解しているのか、不安になる。

「ユリヤは記憶がないから……分からないかもしれない。でも九十日って、とてつもなく短いんだ。本当に……」

「そう？」

　ユリヤは首を傾げている。

「……俺が、ユリヤに記憶も一緒に返してあげられたらよかったのに、できなくて。今からでも思い出したら、残った時間を一緒に過ごしたい人が、他にいるかもしれない」

　自分がユリヤにしていることが正しいか自信がない。なにをどう伝えればいいのかも、本当のところ分かっていなくて、話をしながらリオは不安に襲われ、指先が震える。

「そうかなあ……」

　けれどユリヤは、あまり気にしてない様子だった。リオは心の中だけで、そうなんだよ、と言った。死ぬときに取り戻した、「二人め」の記憶の中で、ユリヤはルストに愛情を抱いているように感じた。ここまで連れてくるしかなかった、とは思うけれど、本当はルストに会わせてあげるべきだった、とも思っている。このまま塔の中で死ぬまで生きろと言われたら、ユリヤは二度とルストに会えないかもしれない。

（でも会えても、長くは生きていられない。どっちがいいかなんて、分からない……）

　もやもやと考え込んでいると、黙ってリオを見つめていたユリヤがふと言った。

「ねえリオ。僕って、生まれないほうがよかったの？」

「え……」

　リオは驚いて、ユリヤを見上げた。ユリヤは無垢《むく》な瞳で、じっとリオの眼を見つめていた。

大した意図はなく、ただ純粋に思ったことを口にしただけ、というような顔だった。

「あの偉そうな女の人に、リオが言ってたでしょ。自分のこと、生まれてはならなかったって。リオがそうなら、僕もそうなんだよね？」

「それは……」

答えようとして、なにを言えばいいのか分からなくなってリオは固まった。

——生まれないほうがよかった。意味のない命。無価値な命。

そんなふうに、自分には言えてもユリヤには言いたくなかった。

彼がすごしている日々を、今存在している命を、これから先の短い人生すら否定したくない。

不意に瞼《まぶた》の裏に、初めて出会った日のセスの笑顔が蘇った。

十三歳のセス。寺院に住んでいた、貧しいみなしご。

なにも覚えていなくて泣きだしたリオを抱きしめて、セスは言ったのだ。

——生きることに意味なんてないけれど。この世界には、生きる価値があるよ……。

耳元で囁かれたあの言葉が、リオの幼い胸に灯《とも》りを点した。

それは——生きる希望だった。

明日のパンがなくても、昨日がどれだけ惨《みじ》めでも、今日どれだけ罵られても、この世界には生きる価値がある。きっとある。世界のどこかで、いずれ幸福になる未来が、自分を待っているはずだと。

あの言葉がずっと支えだった。どんな現実よりも、リオはセスの言葉を信じた。だから生きてこられた。自分の命にだって、きっとなにかの意味はあるはずだと、心のどこかで信じられた。

それなのに今、当時の自分と同じように記憶を失った、空っぽなユリヤに、生きることにも生まれたことにも意味はなく、自分たちがこの世界で生きる価値はないと——。

どうして言えるのだろう?

言いたくない、とリオは思った。けれど生きる価値があると言うこともできない。

相反する心と現実に、胸が引き裂かれた気がした。

心を覆っている黒い靄が、一際大きく溢れて、リオの胸をかき乱す。心が引き裂かれそうに痛い。

この先に一筋の希望すらないという恐怖で、リオは目眩《めまい》がした。胃がじりじりと焼かれるように痛み、「それは……」と、もう一度言った声がしゃがれた。

ああ、そうか。とリオは突然、気がついた。

(俺は……眼が覚めてからずっと、フェルナンに裏切られたから、傷ついてたんじゃないんだ)

体を覆っている悲しみについて、つきまとう黒い靄について、考えないようにしていた。

けれど逃げても逃げても、この感情は恐ろしいほど執拗《しつよう》にリオについてまわる。

自分にはもう、生きる価値がなく、死しかないこと。

その事実に、リオは傷ついている。

(だってセスの言葉は、俺にはもう……当てはまらないから――)

自分が憎い。

憎いと思った。セスが自分に与えてくれたものを、自分と同じ境遇のユリヤに与えられない自分がみじめで、恨めしく、憎かった。

(こんな人間、どこに生きてる価値があるんだよ……っ)

ぐっと怒りが湧き上がった。我慢していたものが切れる。リオの眼からはどっと涙が溢れ出た。泣くなんて卑怯《ひきょう》だと思うのに、どうやって止めればいいかも分からない。頭は混乱していて、ただ苦しい。ユリヤが「リオ」と悲しそうに呼んで、そっと肩に、手を置いてくる。

「ごめん、俺……」

ユリヤに言ってあげたい。生きていていいと。この世界には生きる価値があると。

だがそれは残酷すぎる嘘で、本当ならリオだって自ら命を絶ったあの瞬間に死んでいたかった。そのほうが簡単で、楽だった。ユリヤを目覚めさせないほうが、簡単で、楽だった。

ユリヤだって生きていないほうがよかった。生きていないほうが、苦しまずにすんだはず。

「いいよ、リオ」

もういいよ、と言って、ユリヤが泣いているリオを抱きしめてくれる。

「……僕はね、眼が覚めたときにリオがいてくれて……それがなんだかすごく嬉しかった。今も一緒にいられて、嬉しい。それだけでいい」

他になんにもいらないよ、とユリヤは言う。

ユリヤの左胸に顔を埋《うず》めたリオの耳には、心臓の音は聞こえなかった。

ここは空っぽで、九十日が過ぎたら、ユリヤは土塊になるだろう。リオと一緒に。

(せめて意味のない命なら、ユリヤに俺のぶんも、全部あげられたらよかった)

記憶もまるごと、心臓ごと全部ユリヤに与えて、自分だけが死んだほうが、まだよかったと思う。

そうすればルストは、そう長くないとはいえ、愛する弟と思い出を作れただろう。

そのほうがずっと意味のある命だ。少なくともルストの役に立つ――。

窓の向こうには美しい景色が広がり、風から川の匂いがする。空には星。この世界にはまだ見知らぬ不思議なものが、想像もつかないほど美しいものが、きっといくらでもある。

セヴェルにいたころ、閉ざされた生活の中でも、セスはいつかこの街を出たら……と語ることがあった。リオはその夢を信じていたし、セスが病気になってからも、いつか二人で街を出ると信じていた。

だが今はもう、未来のなにひとつ、信じられなかった。夢を見ることすらできない。

ユリヤの薄い胸の中で泣きながら、リオはウルカの神に祈らずにはいられなかった。

（もしもう一度願いを聞いてくださるのなら、ウルカの神さま……）

願いがあるとしたら？　自分の内側に問いかけると、胸の中に言葉がこぼれる。

——俺の命をユリヤに全部、あげてください。

胸を焦がすほどに強く、そう思う。

自分は生きていなくてよかった。どうせなら全部全部、ユリヤにあげてしまいたかった。

そうすれば少なくとも、生きる価値があると、リオはユリヤに言ってあげられる。

——俺の命をユリヤに全部、あげてください。

あげてください、ウルカの神さま。

リオは繰り返し繰り返し、そう願った。

五　来訪

夢を見ていた。

夢の中でリオは、なにもない真っ白な場所に立ち、眼《め》の前にはセスがいた。賢そうな緑の瞳。最後に会った晩と同じに、セスは痩《や》せた体のまま、微笑《ほほえ》んでリオを見つめていた。

――セス！

と、リオは叫んだ気がする。

教えてセス。俺は、どうやって生きていけばいいの――。


眼が覚めると、リオの腕の中ではユリヤが寝息をたてていた。朝のぼやけた光が窓から差し込み、やわやわとユリヤの頬に当たっている。

（あと、八十九日）

リオはすぐにそう思った。自分たちの命は、今日を入れて残り八十九日だと。

リオの体は重たく、胃の腑《ふ》はムカムカしていた。ひどい倦怠感《けんたいかん》があったけれど、無理やりに起き上がった。

「リオ、食事は済んだか」

フェルナンが部屋を訪ねてきたのは、リオもユリヤも朝食を終え、着替えも済ませたころだった。

リオは食事をほとんど食べられず、残してしまった。洞窟で眼が覚めてからずっと体調はすっきりしていないが、今日はいつも以上に辛《つら》く、食べ物を口に入れると吐き気がした。やって来たフェルナンは心なしか厳しい顔つきで、どこか緊張しているように見えた。

「陛下が……ルスト王が訪ねてきた。アラン・ストリヴロも一緒だ」

ルストが来た。

聞いた瞬間、胸が大きく跳ねた。息が止まり、胃がぎゅうっと痛んだ。緊張のせいなのか恐怖のせいなのか、心臓がどくどくと、早鳴りはじめる。

（ルスト……、もう来たんだ。それも、自分で）

追ってくるだろうとは思っていた。ルストの真意がどうであれ、リオとフェルナンがまだ『使徒』である限り、なにかしらの行動は起こすだろうと。

けれど思っていたよりも早かったし、なにより国王本人が動くかどうかは疑っていた。

代理人ではそう簡単に『北の塔《セヴェルニ・エシュ》』に入れないだろうし、ユリヤの遺体がなくなっていることにも気がついただろうから、もしかしたら……とも思ってはいたけれど、まだ心の準備ができていない。そもそも死んだつもりでルストに真名を返し、愛しているとも告げて離れたのに、おめおめと生き残って、ユリヤの眼を覚まさせてしまった。

(ユリヤだけが生きている状態なら、まだしも……)

ユリヤには短い寿命しか与えられず、そのうえ『北の塔』で結論が出るのをユリヤに関しても待っている状態だ。リオの行動はルストからすれば身勝手だろう。

ルストにどう思われているのか、会えば責められるのか蔑《さげす》まれるのか、リオは怖かった。じわじわと、冷たい汗が背を伝う。

「陛下は、お前に会わせろと言っている」

「……うん」

当然そういう話になるのは分かりきっているから、リオは頷《うなず》いた。

(会いたくない。怖い……)

一つ深呼吸してから「行くよ」と答える。逃げたかったけれど、到底、逃げられるものではない。自分には責任がある。

「ユリヤ殿下も……連れていったほうがいいよね?」

ずきずきと胸が痛むのを押さえながら訊《き》くと、フェルナンは頷いた。

ユリヤがなぜ目覚めたかや、リオがなぜ生きているか、二人の寿命や『北の塔』での処遇などについては、塔主《エシュヌ・ヴアヌ》から説明がされているという。リオはユリヤを連れて、用意されていた魔法通路に入った。

昨日と同じ塔主の部屋に着くと、奥の座には相変わらず輝く樹の根とセネラドがいて、その手前には、金髪に赤い瞳の男、アランがいる。

そして隣には、つややかな黒髪、凜々《りり》しく整った面立ち。貴石のような青い瞳の、ルスト・フロシフランが立っていた。

（アラン……ルスト！）

こちらを振り向く彼らの顔を見た瞬間、強い懐かしさがこみ上げてきて、リオは震えた。会うのは怖かった。けれど、一瞬視界の中に、ルストの姿しか映らなくなる。

愛《いと》しさと恋しさが、胸を突いて溢《あふ》れそうになった。駆けよって、ごめんなさいと言いたい気持ち、抱きしめたい気持ち、抱きしめられたい気持ちが全身を駆け巡った。

けれど次の瞬間、すぐ隣でリオの腕に摑《つか》まっているユリヤの存在を思い出す。

とたんに、息苦しさと罪悪感に襲われて、リオはうつむく。

心臓が、引きちぎれそうなほど激しく鳴り、痛んでいる。

どんな顔をして、どんな気持ちで二人と対峙《たいじ》すればいいのかが分からない。胃が痛み、息が浅くなるのを、なんとか耐えようと拳《こぶし》を握った。

「リオ……」

そのときルストが、リオに向かってきた。足早に近づく王の気配に、思わず目線だけあげると、心配と不安がないまぜになったルストの顔が見えて、リオは泣きたくなった。けれどすぐさま、ルストは足を止めた。リオの隣にいる、ユリヤを見たからだ。

ルストは一瞬困惑を顔に浮かべ、それ以上どうしたらいいのか分からないように、その場に立ち尽くした。

一方でアランのほうは、リオとユリヤを見比べて驚いたように眼を丸くしている。

「リオ、ユリヤ。呼び立ててすまぬな。フェルナンも、三人ともちこう寄れ」

奥から塔主が呼びかけてくる。リオがフェルナンを見上げると、フェルナンは一度礼をしてからルストとアランに並び立った。リオもユリヤと二人で、その傍らに寄る。できるだけルストの顔を見たくなくて、リオは背の高いフェルナンに隠れるようにした。

「塔主よ、先にリオと二人で話したいのだが」

そのときルストが、奥に座るセネラドに言った。

その声が硬く、フェルナンの陰からちらりと見るとルストは塔主を睨《にら》みつけていた。

リオは内心で、ルストの横柄な態度に肝が冷えた。

「急《せ》くな、王よ。そもそもなにを話す？　そこな土人形二人については、『塔』が今一度処遇を検《あらた》めているところだ。それが終わらぬうちは、ここから出すことはできぬぞ」

塔主が言うと、ルストはあからさまに嫌そうな顔をした。セネラドとルストの間には、既に一悶着《ひともんちゃく》あったかのようないやな雰囲気が漂っている。セネラドは口の端にこそ微笑を浮かべているが、黒と紫の瞳には、王の威圧に屈しない強い光が瞬いているし、ルストはそんな塔主を厳しい顔で見つめていた。

（俺はここで、ただ突っ立っていたらいいのかな……？）

リオは戸惑っていた。ルストがまず一番に、自分と話したいというのは、理解できないことではない。ユリヤを目覚めさせたのはリオだし、ここへ連れてきたのもリオだ。

けれど自分からルストと話します、と申し出るのには拒否感があった。

不意に、ルストが重々しい口調で「塔主セネラド」と呼びかけた。その声音は低く、地を這《は》うように重たく響く。

「王家としては今回のこと、抗議に値する。本来『塔』の自治権が認められているのは、『塔』が王家に介入しないことが大前提。だがそちらはそれを破った。フェルナンの潜伏もそうだが、『王の眼』と『王の鞘《さや》』は国王に属するもの。それを勝手に塔内に拘束するのは、拉致《らち》罪、場合によっては反逆罪とも言えるが？」

声音からひりつくように伝わってくる怒気に、リオは思わず息を止めた。

自分に言われているわけでもないのに、緊張で胸が詰まる。ルストの口調は冷静だったが、セネラドを見る眼は怒りにぎらつき、その全身から言い訳はけっして許さないという気迫が漲《みなぎ》っていた。謁見《えっけん》の間で王がこんな声を出せば、家臣は全員凍り付くだろう。その激しい威圧感に、リオの胃はしくしくと痛む。ちらりとユリヤを見ると、ユリヤはなにも感じないのか、つまらなさそうに自分の髪をくるくると指で弄《いじ》っていた。

（ルストを見ても、ユリヤはなにも思い出さないのかな？）

リオは内心で、不思議だった。もどかしい気持ちさえあり、不安が胸を覆っている。

セネラドは「王がいきり立つのも分かる」と、少しも表情を崩さずに肯定した。それからすぐに、「だがな」と反論する。

「先に公平を乱したのは王よ、そなただ。『塔』は原則王家に介入しないが、ウルカの神との契約違反があった場合は別だ。建国当時からの、『塔』と王家の規律。国家安全に関わる事由があれば、『塔』は王家に介入する。それ以外の理由で『塔』が王家に介入した場合は、王家は『塔』に対して処罰する権利を得る。そして……ウルカの神との契約違反は、国家安全に関わる事由。さらに、国王ルストは我々の調査に対し、五年の黙秘権を執行した。なぜか？　我らの先見では、五年の猶予の間に、王が契約の書き換えを完遂するつもりだと出た。我々は法を犯したわけではない。契約違反を正すために必要な判断をしたのみ」

セネラドの口上を聞いているうちに、リオは王宮にあった王国史のことを思い出した。

魔女との戦いの、最後の局面。なにがあったか知ろうと記録を探ったとき、肝心の七日間分、記載が抜けていた。それはルストが黙秘権を行使したからだと、リオはフェルナンから聞いていた。

セネラドの言葉には反論の余地がないのか、ルストは一度黙った。

塔主は長い指で椅子の肘掛けを軽く叩《たた》きながら、ため息をついた。

「王が重大な契約違反に関わっているのなら、我々としてできることは一つだけ。現地に賢者を派遣し、真実を見極め、契約を正常に正す。だが強硬な手段だったことは認めよう。だからこそ、神との契約を秘密裏に委譲しようとした王の罪を、我々『塔』は追及せぬ」

「それで手打ちにしろと？　『王の眼』は王家の極秘事項を知る最重要使徒の一人。賢者を秘密裏に派遣するのなら、『使徒』に立てる必要はなかった。この罪、フェルナン・リヴルの推薦人であるイネラド・ラダエにも及ぶ可能性を考えたことは？」

ルストが言うと、セネラドは小さく笑った。

「脅しのつもりなら効果はないぞ、王よ。イネラドはなにも知らぬ。分かっておろう、我ら姉妹が相手の領分に立ち入れぬことは。四百年も続く強烈な魔法誓約がある」

ルストは知っているらしい。息をつき、セネラドから眼を逸《そ》らした。

「土人形を見つけるためには、王家深部に関わるしか手立てはない。調べてくれれば分かるが、フェルナン・リヴルはこの『塔』から一歩出た時点で賢者の地位を剝奪《はくだつ》され、我々の要請を終えるまでの三年間、一度として『塔』と接触していない。我々は王家の秘密を知ろうとは思わない。そこな『王の眼』についての処分は、王家の沙汰《さた》を優先しよう」

「……『塔』がこちらの調査に応じ、その上で『王の鞘』を王家へ戻すというのなら、王家としても今回のことは穏便に済ませるつもりがある。フェルナン・リヴルの罪は看過できるものではないが、塔主の言うことが真実で、王家の機密を漏洩《ろうえい》していないと分かれば、今回の行動も国への貢献だったと、あえて必要以上に寛大な処置をしてやろう。ウルカの神が認めた器だ。今後一切『塔』との接触を断つ魔法誓約を交わすつもりがあるなら、再度『使徒』として迎えてやってもいい。ただし」

ただしだ、ときつく、ルストは強調した。

「『王の鞘』、リオ・ヨナターンも引き渡してもらう。フェルナン・リヴルだけでは筋が通らない」

国の頂にたつ王と、『塔』の頂にたつ塔主は、互いに譲らずに言い合っている。両者とも強い言葉を選んでいるが、聞いているうちにリオは、これは恐らく最初からある程度、妥協点が決まっている話なのではないか……と思い始めた。

（『塔』の目的は既に果たされている。ウルカの神との契約が正常になったんだから。あとは必要以上に不利益を被《かぶ》らないことと、『時の樹』が俺とユリヤについての結論を出すまでここで待機させたい……それだけのはず。ルストは……俺とユリヤ、フェルナンの身柄を確保したいだけ）

そういった場合、きっとわずかでも聴衆は必要なのだ。第三者が、なにがあって権力者たちが合意に至ったか語れるように。リオもまさに今、その聴衆の一人になっていた。

（ルストは俺を王様にしようとしてた。……だけどやっぱり、ルストのほうが王に相応《ふさわ》しい）

　女帝然とした威厳と余裕が備わるセネラド相手に、一つも躊躇《ちゅうちょ》するところのないルストを見ながら、リオはそんなふうに思った。

　そのとき、話し合いが終熄《しゅうそく》を迎えるのだろう。セネラドが緊張を解くように、ふっと小さく笑った。

「……なるほどな。リオが相当気に入りのようだ。子は父に似るものだ」

　戯言《ざれごと》のように、そんなことを言った。ルストは顔をしかめて、

「父と俺は似ていない」

　そう言い放つ。だが塔主は瞳をきらりと光らせ、「そなたにはもう一人父がおろう、フロシフランの正しき王よ」と肩を竦《すく》めた。

「知の神、ウルカだ。慈悲知らぬ神だが……そなたに似て、そこなリオにはずいぶん贔屓《ひいき》したと見えるからな」

　言われたルストは顔を歪《ゆが》めたまま、黙り込んだ。

「よかろう。我々はフェルナン・リヴルについての、王家の調査介入を一定期間認める。事務方から魔法誓約書を送る。それをもって調査団を派遣してくるがいい」

　これは異例のことぞ、とセネラドが言うと、「こちらとしても異例だ」とルストは譲らなかった。

「だが『王の鞘』リオ・ヨナターン、および第二王子ユリヤについては、今先見の最中だ。身柄を渡すのは先見が終わり、渡してもよしと結果が出たときだ。それから、リオとユリヤ本人の意向もあろう。二人が『塔』から出ても国損にならぬと分かった場合、『塔』としては二人に王に従うよう命ずることはできぬ。よって、せいぜい説得することだ」

フェルナンにも言えるが、とセネラドは付け足し、フェルナンをちらりと見た。

フェルナンは胸に手をあててセネラドに、そしてルストに対して頭を下げる。

「潔白が証明され、陛下さえお許しいただけるなら、私は『王の眼』の職務に戻りたく存じます。魔法誓約書への誓いも、受け入れます」

セネラドは頷き、ルストも表情こそ変えなかったが、フェルナンのその言葉に怒っている様子はなかった。だが続いて、セネラドとルストはリオを見てきた。

お前はどうする？　と訊かれているようで、リオは困った。

「……俺は、その」

小さな声で言う。

「どうあっても三月足らずの命ですから……」

もごもごと呟《つぶや》くと、ルストの顔がさっと強《こわ》ばるのが分かる。セネラドは「ふむ……」と呟くと、「フェルナン」と呼んだ。

「隣室に案内してやれ。国王ルストと、リオとの話し合いを、しばし許す」

セネラドが言ったとたん、なにもなかった壁にすうっと扉が浮き上がってきた。フェルナンが「リオ。陛下」と促してくる。

ルストは案内されるより前にさっさとその扉を開けて入っていったが、リオはしばらく困惑し、躊躇《ためら》った。ルストと話し合う心の準備など、まるでできていない。

「……ユリヤは」

「第二王子は話ができる様子ではなかろう。リオと王での話し合いが必要だ。王はそなたと話さぬ限り退出しそうにない」

塔主がきっぱりと言う。だが隣にいたフェルナンは、心配そうにリオの顔を覗《のぞ》いた。

「リオ……平気か？　俺が同席してもいいか、頼んでみようか」

小声でそっと言われて、リオは驚いた。一瞬フェルナンを見つめて、そばにいてほしい、と思った。ルストと二人きりになることを思うと、ひどく不安になる。

だが、それではいけない、と思う。フェルナンがそんなことを申し出れば、ルストの不興を買うだろう。これから『王の眼』に戻るかもしれないフェルナンに、あえてそんな危険を冒せとは言えなかった。リオはぐっと拳を握りしめる。逃げ出したい気持ちを、自分の中に強く閉じこめた。

「大丈夫。ユリヤをお願い」

勇気を振り絞って、リオは個室の扉へ向かった。

扉をくぐると、長椅子と肘掛け椅子の並んだ応接室があった。扉を閉めた瞬間、背後から近寄ってきた気配に、リオはきつく、強く抱きすくめられた。

覚えのある厚い胸板の感触と、体温。わずかに香る甘い匂い。

(ルスト……)

抱きしめる男が誰か、すぐに分かった。リオはルストに抱き寄せられていた。心臓が飛び出しそうなほど、大きく鼓動を打つ。こんなふうにすぐに抱きしめられるとは予想していなくて戸惑ったし、頬には赤く、血が上ってきた。

「リオ……リオ……」

リオの耳元に頬を寄せたルストが、かすれた声で名前を呼んでくる。苦しげな声音を聞くと、腹の底にこみあげてくる感情があり、胸がちりぢりになりそうなほど辛かった。

(どうして、どうして俺を、抱きしめるの)

やめてほしい。もう、リオはルストに応えられない。

泣きたいような気持ちになり、鼻の奥が酸っぱくなった。泣かないように、ぐっと眼をつむってこらえる。今すぐに振り返り、なにも考えずにルストの背中に腕を回したい衝動を——会えて嬉《うれ》しいと言い、苦しくてたまらないと打ち明けたい衝動を、ひたすらにやり過ごす。

(ルスト、助けて……本当は、助けてほしいんだよ)

そう言いたい気持ちを、必死に抑える。

そんなこと言う資格ないだろ？　お前がルストを苦しめてたんだ。

何度も何度も、リオは自分に言い聞かせた。

「ルスト……、放して」

震える声で懇願したけれど、ルストはリオの気持ちなど知らず、腕を解《ほど》こうとしなかった。

「いやだ」

ルストはすぐさま拒んだ。

それればかりか腕に力をこめて、ますますリオを抱き込んでくる。厚い胸板の、驚くほど温かな体温が背中に伝わってくる。ルストの強い心臓が、布越しにも激しく拍動しているのが分かり、リオは唇を噛《か》んだ。泣きたかった。ルストに抱かれて喜んでいた記憶が蘇《よみがえ》ってきて、なにも知らずにルストを愛せていた時間が、ひどく恋しくなった。

「眼の前でお前に死なれたとき」

ルストは喘《あえ》ぐように囁《ささや》く。

「俺が……どんな気持ちだったか分かるか？　……契約が切れてないと気づいてからも、ここへ来て姿を見るまで、怖かった。……お前が怪我《けが》をしていないか、気が気じゃなくて……」

リオはそのとき、ルストの逞《たくま》しい腕が、小刻みに震えていることに気がついた。自分よりずっと大きな体の持ち主なのに、子どものように無防備に震えながら、リオを抱きしめている……。

声音の痛ましさからも、その様子からも、感じられるのは後悔で、リオは心臓をわしづかみにされたようになって、身じろぎもできなかった。

（……ルスト。俺を、惜しんでくれたの）

好きな人が、自分を惜しみ、ここまで会いに来てくれた。

その事実を考えると、途方もなく複雑な感情が、ごちゃごちゃと入り乱れながらリオの中に突き上げてくる。

単純に、嬉しい。けれど同時に、そう思うことはいけないことだとも分かっていた。

（しっかりしろ、しっかり……しっかりしなきゃ）

自分に何度も言い聞かせる。ルストを愛していても、もうやめなければならない。

「ルスト……、放して。お願いだから……」

自分を奮い立てて、リオは腹に力を入れた。振り向きながら、ぐっとルストの胸を押しのける。拒まれることを想定していなかったのか、王の手は案外簡単に緩んだ。リオはすぐさまルストの二の腕を摑み、その顔を真下から強く見据《みす》えた。

「ルスト。俺の話を聞いて。……まずは謝らせて」

我の強い王は、リオの言葉など簡単にねじ伏せてしまう。

知っていたから、あえて先にそう嘆願した。

リオの必死な気持ちが伝わったのか、ルストは口を挟めなくなったらしく、黙った。

リオを見下ろすルストの青い瞳に、不安の影が揺れていた。捨てられた子犬のような眼だ。すがってくるような眼差し《まなざ》に不安を駆り立てられ、また愛しさに負けるのが怖くて、リオはわずかにうつむき、眼を逸《そ》らした。

「……記憶がなかったとはいえ、長年ルストを呪《のろ》いで苦しめてた。真名を返すのが遅くなってごめんなさい」

「なにを……」

「それと、ユリヤ王子を目覚めさせてしまった。故意じゃなかったけど、勝手にごめんなさい」

反論したげなルストの声音を遮って、リオは自分が言いたいことを続けた。ルストは王衣ではない、貴族風の服を着ていたが、旅路を急いだのかその生地はいくぶん湿り、くたびれていた。リオがそうしたように、夜も眠らず追ってきたのかもしれない。

——ここへ来て姿を見るまで、怖かった。

ついさっき言われた言葉が蘇る。心配してくれていた。命を惜しんでくれていた。どんな種類であれ、それが情なのはたしかで、自分のような土人形にそんな気持ちを抱いてくれているだけでも嬉しいのに、そんな人に突き放すようなことしか言えないことが苦しくて、喉が詰まりそうになる。

（どうして俺に真名を与えたの、ルスト……）

――見殺しにしてくれたらよかった。そうしたら今、こんなに傷つけなくてすんだ。

ともすれば、そんな恨み言が口から出そうで、リオは必死に言葉を紡ぐ。

「『塔』が自由を許してくれたら……もしよければ、ユリヤ殿下だけ王都に連れ帰ってあげてほしい。ユリヤには記憶がないし、寿命も三月足らずだけど……最期のときを一緒に過ごしてあげて」

あなたの、弟だから、と言い切ると、ほんの数秒部屋に沈黙が流れた。

これでいいのか分からなかった。けれど、リオがルストに言いたいことはもう全部言った。

「……それで。お前はどうするつもりだ」

やがて低く、わずかに怒りを含んだ声でルストが訊いてくる。リオは「分からない」と正直に答えた。

「そのとき、考えると思う」

「――リオ。俺を見ろ」

不意に二の腕を摑み返され、リオの手がルストの腕からはずれる。顔を覗き込まれて、リオは術《すべ》なくルストを見上げた。ルストの瞳からは捨てられた犬のような色は消え、ただ切迫し、不条理に対する怒りの感情だけがこもって見えた。

「俺は諦めていない。お前を生かすつもりだ」

はっきりと言われた瞬間、息が止まった。

「今度こそ正式な手順を踏んで、次の王にお前を指名する。そうすればウルカがお前に真名と命を与えるはず……俺もそうやって王になった」

眼の前が暗くなる。

――なにを言ってるの、ルスト。

あまりに非現実的な言葉に、狂おしいほどの絶望が湧《わ》き上がり、心臓が痛んだ。

「ルスト」

リオは話を止めようと、かすれた声をあげたけれど、ルストは聞かずに続けた。

「俺は十五のとき、先代の王から後継者に指名され、真名を賜《たまわ》ったんだ。ウルカが認めれば、次代の王は王位を継ぐまで死ぬことはないとされている……お前だって生きられる」

「ルスト。ルスト――」

ねえ、やめてとリオは訴えた。聞きたくない。これ以上聞きたくなくて、頭を何度も横に振った。

(こんなに、こんなに狂わせたなんて思いたくない)

聡明《そうめい》で、非の打ち所がない王を、こんなばかげた妄想に突き落としたのが自分だなんて。

苦しくてたまらなかった。申し訳なくて、罪悪感でいっぱいになる。

「分かってる、分かってるはずでしょ？　そんなことできない。ウルカは俺を次期後継者には認めない。土人形だよ。三度も慈悲を与えない。それに俺に命を与えて、ルストはまた死ぬ気？　ユリヤ王子はどうするの？　ユリヤ王子にも、王位を譲るっていうの？」

「それは……」

ルストは言葉に詰まって、唇を閉ざす。

やりきれない――どうしていいか分からないほど、リオは切なくなった。怖くなった。どうしてこんなことを自分に言わせるのかと、恨めしくもなった。

簡単なことじゃないか。どう考えたってリオが生きる道はない。賢いルストに分からないわけがなかった。

（俺のせいで、ルストを愚かな王になんてしたくない）

一人の男として、ルストを愛している。だがそれ以前に、リオは国王ルスト・フロシフランの臣下なのだ。

この国のために善いことをしたい。路地裏で死んでいく、悲惨な子どもの死を一つでもなくしたい。そう思って『鞘』になったのに、王を乱し、国を苦しめるなど、そんなことを許容したらリオは自分のたった一つの矜持《きょうじ》すら失ってしまう。

「ルスト、お願い。お願いだから眼を覚まして。愚かな妄想に取り憑《つ》かれないで。あなたはこの国の王なんだ。俺は……自分で自分の命を絶ったこと、後悔してない。正しいことをしたと思ってる」

できればそのまま、息絶えたかったとすら思う。

「俺は……俺たち、三人の土人形は……ルストのせいで死んだわけじゃない。最初から寿命が決まってる。魔女がそう作ったんだ……」

言いながら、喉が詰まる。あと八十九日で死ぬんだよと言いかけて、口をつぐむ。

思い出しただけで暗闇の中に放り込まれるような気持ちになるその事実を、とてもルストに言えなかった。

ルストは、苦しげに顔を歪め、リオの言葉を聞いている。その顔色は、見たことがないほど青ざめていた。

それでも、と、ルストが呻《うめ》くように声を出す。

「それでも俺は、魔女の根城でお前を見つけたとき、もう二度とお前を死なせないと……お前が死ぬのを見たくないと思ったんだ」

「……だから真名をくれたよね？　あなたは十分すぎるほどのものを、俺にくれた……俺は、セヴェルで暮らせた。幸せだったよ」

これ以上はいらない。

リオは残酷だと分かりながら、そう呟いた。

「これ以上俺を生かそうとしたら、俺はルストを憎むしかなくなる」

眼差しを強くして、言い切った。ルストはたじろいだように、一瞬瞳を揺らした。

どう言えば、どう伝えれば、ルストは諦められるのか、考えても分からなかった。

「ルストを嫌いになる。あなたを一生恨む。だから、俺を生かそうとしないで」

ルストはあからさまに傷ついた顔をした。端整な面立ちが、子どものようにくしゃりと歪む。

「……お前を、こんなに大切に思っているのに、見捨てろと？」

震える声で訊かれ、リオは胸が引き裂かれそうだった。かわいそうなルスト。

かわいそう。あなたは悪くない。

悪いのは魔女と俺。

なのに、抱きしめて慰めることもできない。

「見捨てて」

それだけ、振り絞るように言うと、ルストの姿をこれ以上見ていられずに、リオは顔を背けて足早に部屋を出た。もう余裕がなくて、塔主の部屋に集まっている面々が、一人で出てきたリオを訝《いぶか》しそうに見るのにも気づかずに、「塔主様」とセネラドに声をかけた。

「退出をお許しください」

声はわずかに震えていた。塔主はなにも聞かずに、すっと部屋の壁を一つ指し示した。瞬間、そこにはぽかりと長四角の穴が開き、魔法通路が現われる。

「リオ、大丈夫？」

訊いてくるユリヤに答えることもできずに、会釈して通路に入る。眼の端に、声をかけたそうにしているアランが映ったけれど、今はどうにもできなかった。ただ足早に通路を抜けて、気がついたら与えられている客室にいた。

リオは自分がどこをどう歩いているかすら分からなかった。視界がぐらつき、全身が震えている。寝台に身を投げ出すように飛び込むと、その瞬間――ルストに会ったときから、ずっと我慢していたものが切れた。

熱い涙が、こらえようもなくぼろぼろと眼から落ちた。

「う……ううー……っ」

悔しさと、悲しみが押し寄せてくる。

胸の中を巨大な感情が暴れ回っている。

苦しみ、痛み、悲しみ。怒り、恨み、辛み。

どうやってそれを吐き出せばいいか分からず、リオは拳を作って寝台の柔らかな枕を数度叩いた。叩いても叩いても、不快な気持ちが消えない。

「ううー……っ」

叩いても叩いても、涙は止まらない。

なにも変えられない。胸に絶望が満ち、悔しくて、腹が立って、一際大きく寝台を叩く。

瞼《まぶた》の裏に、青ざめたルストの顔がちらついた。抱きしめてくれた腕が、細かく震えていた。

自分を拒絶するリオを見て、傷ついた眼をしていた。

……ルストを愛しているのに。

この世界の誰よりも愛しているのに、優しくできない。

この世の中のすべてが理不尽に思えた。なにもかもを恨みたくなった。どうしてこんな思いをしてまで、自分は生きているのだろう。

（生かさなくてよかったのに！　俺を死なせてくれたらよかったのに！）

ウルカに、そう言いたかった。

「……リオ。かわいそう」

そのとき、リオの背中を撫《な》でる手があった。ユリヤが寝台に座って、リオを慰めてくれていた。その声にようやく、リオは現実に引き戻された気がした。

「ユリヤ……」

顔をあげたリオは、自分の行動が、とてつもなく勝手だったと気づいた。リオはユリヤをもっと気にしなければならなかったのに、余裕がなくて連れ帰ってきてしまった。

「ごめん、ユリヤ、ユリヤは……辛くなかった？　ルストを見て、なにも思わなかった？」

ルストとちゃんと話をすべきはユリヤもだった。感情的になり、そこまで気を配れなかった。後悔したけれども、ユリヤは「あの人が僕の兄？」と首を傾《かし》げるだけだった。

「なにも感じなかった。きっと、僕の記憶は全部、リオのものだからじゃないかな」

「……」

それはよくないのではと、不安になる。心配でじっとユリヤを見つめていると、ユリヤは小さく微笑んで、リオの体を抱きしめてくれた。

「リオは、あの人を愛してるんだね」

よく分かる。すごく伝わってくる、と、ユリヤはリオの耳元で囁いた。

「リオがなにを考えてるか分かるよ……でも、僕はリオのそばで一緒に死ぬから。リオを置いて、自分だけあの兄っていう人の家には行かない」

だから泣かないで、とユリヤに言われて、リオはどうしてユリヤは、リオがルストに頼んだことを知っているのだろう……と思った。

「……きみとルストは、愛し合っていたんだよ。彼と一緒に王都に行ったほうがいい」

「リオとあの人のほうが、愛し合って見えるけど」

リオが言っても、ユリヤは屈託なく返してくる。

「僕は最後までリオといる」

ユリヤはリオを抱いて、腕を優しくさすってくれる。その仕草は心地よく、心はほぐれていくが、同時に抑え込んでいた悲しみが溢れて、また涙がじわじわと眼に溜《た》まる。

(ユリヤ……どこで愛を学んだの？)

ふと、そんなことを思った。こんなふうにリオに寄り添い、慰めてくれるユリヤの挙動は、愛の仕草そのものだった。なにも覚えていなかった彼が、いつどこで、こんな愛を覚えたのだろうと思う。

するとユリヤが、ふふ、と小さく声に出して笑った。

「そんなの、リオが教えてくれたんだよ」

他にいないじゃない、と囁くユリヤに、体を凭《もた》れる。俺、今の口に出していたっけと疑問に思いながら、緊張が解けたせいか、号泣したせいか、急に眠気が襲ってきた。自分を抱きかかえてくれるユリヤが、「リオはいい子だよ。僕は知ってる。エラドはきっと、きみみたいだったんだ」そんなふうに囁いていたが、リオは半分眠っていて、もうあまり、聞いていなかった。

ただ不思議だった。

エラドはいるかいないか分からない、魔女が信じる古い神の名前だった。ウルカそっくりの、黒い竜の神。

なぜ、ユリヤはリオをエラドだと言うのか。ユリヤはどこで、エラドの名前を知ったのだろうと――その疑問は、夢の中に溶けて消えたけれど。

あくる朝から、『北の塔』には王宮の調査団が派遣されてきた。

フェルナンが王家の極秘事項を『塔』に漏《も》らしていないか、調査するためだ。

『塔』は外部からの入塔に制限をかけ、リオとユリヤも調査が終わるまでの間は、客室から出ないようにとの命が下った。

調査団は窓からちらりと見ただけだが、大勢の騎士と文官の一団で、王都から到着するにはあまりに早い大所帯だった。

（ルストはあらかじめ……ツェレナの近くに、調査団を待機させてたんだろうな）

ルストのそうした手際のよさには恐れ入る。

そもそも魔女の策謀によって、王宮騎士団は騎士団長のヘッセンを失ったばかり。団員の多くが蜘蛛《くも》に変化させられたりと、被害は甚大だったはずだ。リオが自害した日も、王宮は魔女の手先である蜘蛛の大軍に襲われていた。

事後処理や、新たな騎士団をまとめあげるのには相当な労力が必要なはずだが、『北の塔』にすぐさま向かわせられるだけの人材をとっくにそろえていたのだと思うと、やはりルストは王の器だと思わざるをえない。

「今日こそあの、物売りをしてるところに行くつもりだったのに。行っちゃ駄目なの？」

ユリヤは部屋から出ないよう命じられたことが不服なようで、頬を膨《ふく》らませていた。

しかし食事を運んできてくれた賢者からは、疑いが晴れるまでフェルナンが禁固となっていること、リオたちが勝手な行動をすると、調査団の心証が悪くなるだろうとも言われているから、リオはおとなしく命令に従うつもりだった。そもそも今は、ユリヤが言う「物売り」である外部の行商人も入塔を許されていない。

（きっと……フェルナンの疑いは晴れるだろうけど）

そこはあまり心配していなかった。朝食を持って来てくれた賢者の言では、調査は三日ほどで終わるだろうとのことだ。おそらく『塔』は調査の結果を先見しているだろう。

「ユリヤ。今日はおとなしくしていよう。調査が終わったら外に出られるんだし」

リオはむくれているユリヤを説得し、本棚に誘った。

「ユリヤは字は読める？　ここは本がたくさんあるから読んでみない？」

さすがは学術都市というべきか、客室の本棚一つとっても、内容は充実している。面白そうな歴史書や小説の他にも、子ども向けの教本なども並んでいる。

「僕、字は読めない」

やはり記憶がないらしい。リオもセヴェルで目覚めた三年前には、字を知らなかった。セスに教わったらすぐに覚えたけれど、ユリヤも同じ状態かもしれない。

「じゃあ、教えてあげようか？　きっとすぐに覚えるよ。覚えたらいろんな知識が――」

行ったことのない場所や、知らない土地の人々のことまで知れる……と言おうとして、リオはふと、自分の提案が的外れではないのかという気持ちに駆られた。

また一日が過ぎ、今日は余命八十八日の日だった。

（たった八十八日で死ぬのに……今さら新しい知識なんて、必要なのかな）

行ったことのない場所や、知らない土地の人々のことを読んで楽しいのは、いつか行けるかもしれない、いつか出会えるかもしれないと夢想するからだ。

そんな夢想に意味がないと知っているのに、本を読んで楽しめるだろうか？

胸が詰まり、また黒い靄《もや》が、心の中を埋め尽くしていく。

「やっぱり、俺が好きな本を読んであげる……」

不安を無視しながら言い換えたとき、ユリヤが眼をきらめかせて、

「僕、字を習いたい。教えて」

と言ってきた。リオは思わず口をつぐんだ。じっとユリヤを見つめる。ユリヤがどんな気持ちでそう言っているのか、分からなかった。

（ユリヤ……覚えたって、俺もきみも長くないんだよ）

心の中ではそう思った。ユリヤが憐《あわ》れで、泣きたくなる。

けれどユリヤは無邪気に笑っていた。すみれ色の瞳を子どもみたいに期待に輝かせ、文字を習うということに、不安も後ろ暗さもないようだった。

もうすぐ死んでしまう自分には、不要な知識だと思うことなども、まるでない様子だ。

そんなユリヤの顔を見ると、習っても無意味だなどとは到底言えなかった。

リオは無理に微笑んで「じゃあ、教えるね」と言っていた。

その日一日、リオはユリヤと室内で過ごした。

セスが教えてくれたように文字を教えていくと、ユリヤは面白いほどにすいすいと覚えていった。リオが教わったときも、「たぶんもともと読めたんだろうね」とセスが言うくらい飲み込みがよかったらしいので、ユリヤも同じなのだと思う。

夕飯までには、子ども向けの薄い本を一冊、ユリヤは自分で読み上げられるほどになった。

「すごい、ユリヤ。上手」

リオが拍手して褒《ほ》めると、ユリヤは嬉しそうに頬を赤らめていて、夕飯の席でも次はなにを読もうとか、どんな本があるのかと、楽しげに話していた。

ユリヤの純粋な喜びに触れていると、リオは自分の命の短さを嘆くことを忘れられて、和やかな一日となった。

とはいえ、不安がまるでないわけではない。調査はどう進むだろうとか、フェルナンはちゃんと食事をとれているだろうかとか、昨日傷ついた様子だったルストは大丈夫だろうかとか、いろいろな気持ちが胸に去来した。

なにより、調査が終わるまでは部屋に閉じ込められ、短くとも三日は過ごす。

なにもできないまま、ただ寿命が縮んでいくのに耐えなければならない。

それは考えるだけで恐ろしく、全身が震え、胃が痛むことだった。ともすればその場に身を投げ出し、この世を呪いたくなる。

（しっかりしろ。考えたってなにもできない。どうせ、『時の樹』の結果が出るまではここにいるんだし）

リオは絶望感に心を支配されないよう、必死になって暗い気持ちを追いやっていた。

リオとユリヤがいる客室からは、調査がどう進んでいるのかなどなにも分からなかった。三度食事を運んできてくれる賢者に聞いても、「心配ありません」と言うだけだ。

そうやって、調査の一日めが終わり、二日めが始まった。

たびたび襲ってくる不安をやり過ごしながら、ユリヤと本を読んでいた午後。

ふと顔をあげたユリヤが、窓を見て「あ、鳥だ」と言った。

リオも同じように顔をあげ、それからぎょっとした。『時の樹』の部屋で見た、白い小鳥でもいるのかと思っていたら、窓の向こうをぐるぐると飛んでいるのは大きなアカトビだったからだ――。

（もしかして……アラン⁉）

緊張でぎゅっと心臓が縮み、リオは思わず身構えた。

赤い眼をした猛禽《もうきん》は、なぜか不自然に滑空したり、ぐるりと回ったり、妙な飛び方をしながらリオのいる窓辺まで近づいてくる。時々、アカトビの周りで銀の光がパチパチと閃《ひらめ》いていた。

そしてアカトビは、どん、とぶつかるように窓辺に足をかけると、開けろというようにガラスを嘴《くちばし》でつついた。

どうしようか迷ったが、アカトビの赤い瞳はなにか苛立《いらだ》っているようで、リオは恐る恐る窓を開けた。

とたん転げるように入ってきたアカトビが、金髪の美青年に変わる。やはりアランだった。

アランは床に座り込むと、「くそ、えげつない結界張りやがって……」と舌打ちした。

「ア、アラン？　ど、どうやってここに……すごい汗だけど」

アランは全身汗みずくで、顔にも髪の毛が張り付いていた。抜けた羽根が、ひらひらと床に落ちる。

リオはただ当惑した。アランとは——結局塔主の部屋で顔を合わせたきり、話もできていないままだった。気にしてはいたけれど、まさかこんなふうに訪ねてくるとは想像もしていなかった。

（なにか……緊急事態でもあったの？）

不安になっていると、アランはじろりとリオを睨みあげてきた。

「お嬢ちゃんには見えないだろうけどな、この部屋にたどりつくまでとんでもない数の結界が張ってあった。俺じゃなきゃかいくぐれない。さすが『北の塔』、陰険だよ」

舌打ちするアランに、リオは困った。

（結界？　結界を破ってきたの？　それってやっていいの？）

下手をしたらアランが塔主の不興を買うのではないか。心配になったが、アランは汗ばんだ髪をかきあげると、「平気さ」とリオに言った。

「塔主は俺がここへ来ることくらい先見してる。その上でくぐれる程度の結界しか張ってなかったんだから、特に困らないんだろ」

「それは……まあ、そうか」

耳を澄ましても、廊下の向こうからアランを追い出しに誰か来る気配はない。

かといって、アランが来た理由が分かるわけでもない。とりあえず水差しから水を注ぎ、アランに渡す。アランは当然のように受け取りながら、長椅子にどさりと腰を下ろした。

「お嬢ちゃんに話があって……なるべく早く、二人だけで話したかったから」

そう言って、アランがちらりとユリヤのほうを見る。

ユリヤは少し離れた場所から、やや警戒するようにアランを見ていたのだが、視線が合うとパッとリオを振り向き「僕、寝室で本を読んでるね」と言って、隣の部屋へ引っ込んでしまった。

空気を読んだのか、アランが嫌だったのかはよく分からない。わざわざ訪ねてきたアランを追い返すのも気が引けて、リオは戸惑いながら、アランと同じ長椅子の端っこに、浅く座った。

「話って、ユリヤ殿下の前ではできないこと……？」

ちょっと迷って、ユリヤとは呼び捨てせずに殿下とつけて訊いた。そのほうが、アランには分かりやすい気がしたからだ。

「いや……そういうわけじゃないけどな。それにしても、殿下とお前がこうもそっくりなんて知らなかったぞ……ルストは、よほどお前を隠したかったんだな」

歯切れの悪い口調で言いながら、アランは水を飲み干して、杯を置いた。

（そうか。俺は魔法で姿を変えられてたから……アランは本当の俺を、ここで初めて見たのか）

もし最初からリオの姿がそのまま伝わっていれば、アランの「リオは魔女の手先ではないのか」という疑惑は、すぐさま確信に変わっただろう。

（でもルストがアランを連れてここへきたってことは、アランはもう、俺が何者でルストとどういう因縁があったか……全部知ってるってことだ）

部屋にはなんとなく気まずい沈黙が流れていた。

話があると言ったわりに、アランはすぐにはなにも言わない。考え込んでいるのか、じっと視線を下に向けているアランに、リオは少しして、自分から口火を切った。

「王都は……今、平気なの？　蜘蛛の大軍に襲われたとき、死者は出なかった？　エミルや……ゲオルクやルースは、大丈夫？」

本当なら一昨日、ルストとアランに会ったときにすぐにでも確認したかったことだが、余裕がなくて聞きそびれていた。

アランはハッとしたように顔をあげると、「ああ、大丈夫だよ」と言った。

「死者は出なかった。ゲオルクとルースは、ルストがいない間王都を守ってくれてる。……レンドルフもいるしな。その……もう知ってるんだろう？　あいつがルストの影武者だって」

「……うん。アランも知ってたんだ」

言うと、「ストリヴロ家は建国功臣だから」と呟いた。

「ヨナターン家は、王族が使う別名なんだ。一般には知られてない。俺は知ってた。ルストの遊び相手として子どものときから王宮にあがってたから……」

なるほど、とリオは頷く。

ユリウス・ヨナターンはルスト自身だったし、もしかしたらルストの父である先代国王も、ヨナターンの名を使って動いていたことがあったかもしれない。

「……じゃあ、王都ではレンドルフが今、ルストの姿をしてるってこと？」

「いや、国王は『塔』へ公式訪問をしていることになってるから、レンドルフはユリウスの姿になってる。でも、ルストはそのユリウスを通して国政を回してる。……ウルカとの契約が完全になったから、前より簡単に写し身の魔法ができるみたいだ」

アランはため息まじりに「ルストは四百年の王の中でも、特にウルカの神力と馴染《なじ》みがいいようだから」と呟く。

「今やもう、化け物みたいな力を持ってる。ルストに隙がないから、魔女ももう、フロシフラン国内には出てこられない。遠隔でも十分政治は回せるってことさ」

　これ以上魔女の侵略はないと知って、リオはホッとした。王都は安泰で、みんなも元気なのだ……と思う。だが、まだ心配はある。ルストの力が完全なのは、七使徒の選定が終わっている、という条件付きだからだ。

「俺とフェルナンがいなくなったことって、みんなにはどう知らされてるの？　エミルは……俺のことで心配してない？」

　赤毛の友だちのことを思い出すと、胸が痛んだ。貴族の身分であるにもかかわらず、平民のリオに仕え、尽くしてくれた大切な存在だった。

「……ルストが適当に誤魔化したよ。『王の眼』は魔女を完全に排除するため、先んじて知恵を借りに『塔』へ行かせたって設定になってる。リオはフェルナンの先見の力で、一緒に『塔』に行ったほうがいいと出たから同行させたってさ。苦しい言い分だけど、すぐにルスト自身が公式訪問の形をとったから、まあ一応知らされた人間は納得してる」

（『王の眼』と『王の鞘』は任務で離れてるってことか）

　ふとリオは、宰相府に詰めるラダエのことを思い出して、アランに訊いていた。

「ラダエ様が……塔主様の妹だって、アランは知ってた？」

　アランは「いや、ここへ来て知った」と肩を竦めた。

　ヨナターン家が王の別名を担う家名だと知っているアランですら、ラダエ家のことは知らなかったらしい。

「ラダエ家は、うちと同じ建国功臣だってな。表舞台に出ない家系だから記憶にすらなかった。右宰相様は宰相府詰めの文官出身だ。能力がある方だから選ばれたんだとばかり……でも、ルストは知ってたみたいだな。……知らされてないことが多すぎて、さすがに嫌になるよ」

はあ、とため息をつき――アランは片手で顔を覆ったが、やがて顔をあげると、妙に真剣な眼でリオを見つめてきた。

「お嬢ちゃん……いや、リオ。リオ・ヨナターン。話があってここへ来た……ちゃんと言いたかった」

突然かしこまった調子で言うアランが、不意に床へ下りて膝をつき、リオに向かって頭を垂れた。リオはその態度に、びっくりして身じろいだ。

「ルストに、真名を返してくれたこと、感謝する」

深く深く頭を下げて、アランは静かに、けれど力強く言った。

「命を惜しまず、俺の願いを叶《かな》えてくれた。……フロシフランの家臣の一人として、リオ・ヨナターンの勇気と献身に心から感謝と敬意を示したい。そして……どうか謝らせてほしい。俺がやった数々のひどい仕打ちについて……本当にすまなかった」

言いながら、アランがぎゅっと眼をつむる。長い睫毛《まつげ》をたたえた瞼《まぶた》が、苦しそうに震えている。リオはただただ、アランが謝ってくれたことに驚き、しばらくぽかんとしていた。

心の中に、アランと出会ってからの日々がふっと思い出される。

初対面から意地が悪かったアラン。平民だとリオを蔑み、乱暴な態度もとられた。毒を飲まされて、殺されかけたこともある——。

けれど今になってみると、もはやそのことになんの苦しみも、怒りも恨みもなかった。

あるのはただただ、もうあのころには戻れないという空《むな》しさだった。

(俺の命は、結局空っぽだった……アランのしたことは、正しかった)

初めてアランに会った日。

王都に向かう船の上で言われた言葉が忘れられなかった。アランはその日、リオに問うた。

この世でもっとも下等な生き物はなんだと思うかと。

——他人の心臓を食らって生きている、魔物だよ。

——もとはただの土人形なのに。……のうのうと生きてやがるんだ。

(アランは……本当のことを言ってた)

胸が重たくなり、絶望に包まれる。リオは立ち上がり、静かに「アラン」と呼びかけた。

「いいから立って……俺はなにもしてない。最初からルストのものを奪ったのは俺で、それを返したのは当たり前のことだった」

「……俺はお前に毒まで飲ませた。態度も散々だった」

「アランが俺に、優しくできるわけないよ。居心地がよかったら、俺はルストに真名を返さなかったかもしれない。俺は殺されても当然だった……」

真実を知っているのはルストだけで、そのルストがアランにさえ、呪いの正体を徹底的に隠していた。

アランがルストを救いたくても、協力者は誰もおらず、誰かに話せば王の威信に関わる。味方のないなかで、リオを追い詰めなければならなかったアランだって、きっと苦しかっただろう。リオはアランの言うとおり、もっとも下等な生き物だったのに、それが眼の前で生きているのだ。のうのうと。

リオはアランにそっと寄って、その腕に触れて立たせようとした。

けれどリオの手がアランに触れそうになったそのとき、うつむいていたアランが勢いよく顔をあげ、リオの二の腕をぐっと摑んで顔を覗き込んできた。

「リオ、ストリヴロに来てくれ」

そして切羽詰まった声で、そんなことを言った。

リオは一瞬なにを言われたのか分からずに、アランの真面目な顔を見て、眼をしばたたかせた。

「……ストリヴロって、アランの領地の？　あのきれいな都市？」

「そうだ。『塔』がお前の自由を許したら、ユリヤ殿下は王都へ行かせて、お前はストリヴロに来たらいい。殿下がお前といたいなら、ユリヤ殿下もうちで預かってもいいさ。とにかく……俺の街で過ごすなら、なにも不自由させない。お前のしたいことは全部叶えてやる」

城に一番いい部屋を用意するし、船にだって乗せてやる、買いたいものはなんでも買えるし、馬だっていい馬がいるから、好きなのを選べばいい……。

アランは思いつく限りの贅沢《ぜいたく》を、リオに提案してくる。その声音は必死で、揺らめく赤い瞳には、どこかすがるような色さえ見える。

「俺の街にまた行きたいって……船にも乗りたいって言ってたろ？　俺の街が、好きだよな？」

まるで子どもをなだめすかすような声。

アランは微笑んだが、それはぎこちなく、焦りを含んだ、苦しそうな笑みだった。リオに断られることを恐れているように、アランの瞳はずっと揺れている。

（アラン……、俺を憐れんでくれてるの？）

リオの脳裏には華やかで、美しかったストリヴロの都市が思い出された。

金山があるから栄えていると、旅をしていたときユリウスに扮《ふん》していたルストから聞いた。

幸福そうな人々。あの街で過ごす日々はたしかに素晴らしく、楽しいだろう。

残りの寿命は既に八十七日だった。

八十七日。

一日が過ぎればそのぶん、当たり前のように命は縮む。

その残ったわずかな時間くらい、ストリヴロのような華やかな街で、遊んで暮らしたっていいのかもしれない。なにもかも忘れ、生きる意味など考えずに、刹那《せつな》的に生きたって……。

けれど、頷くことはできなかった。

「アラン。……ごめん。それはできないよ」

囁く声が、かすれた。胸がぎゅうぎゅうと、挽《ひ》きつぶされたように痛んだ。

「……ストリヴロは王都から近すぎるから、きっとエミルやゲオルクやルースから隠れられない。みんなに俺の死をどう説明するの？　このまま会わずに、不慮の事故で亡くなったって言うほうがいいと思う。それに……俺がストリヴロにいることを、ルストが許すわけがない」

リオはできるだけ、冷静に話す。

「もし、『塔』から自由が許されたら、殿下だけは王都につれていってもらって、俺自身は誰も知らない場所で死ぬか、『塔』の保護を受けるか……それくらいしかないと思ってる」

考えても考えても、それ以外にない気がした。

ルストの眼の前で、「一人め」と同じように土塊にかえるのはあまりに残酷だ。かといってユリヤをルストから奪う権利は、リオにはない。せめて自分だけでも離れて死ぬべきだと思う。

「……誰も知らないところで、一人で死ぬつもりなのか？」

アランの顔から笑みが消える。整った顔から、血の気がひいていくのが分かった。リオは苦笑し、「他にないでしょう」と言った。

「他にないよ。それに、本当はとっくに死んでたんだよ。俺も……ユリヤも、土人形だ。生まれてはならなかった」

「俺も前はそう思ってた。魔女が作り出した魔物だと……」

――他人の心臓を食らって生きている。

アランはそう言っていたのだから、そうだろう、と思う。リオは小さく嗤《わら》った。自嘲《じちょう》の笑みだった。

「アランの言うとおりだったよ。俺は下等な生き物だった……」

「違う！」

けれど焦ったようにアランは叫び、身を乗り出してリオに迫ってきた。

「あれは俺の間違いだった。お前は下等なんかじゃない……。リオは……笑って、泣いて……俺たちと変わらない。それどころか国のために、王のために自ら命を絶てる……お前のほうが」

リオの腕を掴むアランの手に、ぐっと力が入る。

お前のほうが、と繰り返したアランの声音が、かすれて、震えた。美しい赤い瞳が、涙の膜で覆われていく。

「俺よりずっと尊い……下等なのは俺だった」

「アラン……」

リオは、胸が締めつけられるように痛んだ。手を伸ばして、頬にこぼれたアランの涙を、そっと払う。

かわいそうなアラン……。

アランだけではない。ルストも、フェルナンも、リオのことで胸を痛める人はみんなかわいそうだった。

(俺にそんな価値はない。でも、みんなは優しいから……死が迫る俺を憐れんでくれる)

自分が他の人の立場でも、リオはリオを憐れに思っただろう。

魔女に作られた土人形でも、感情があるのだからかわいそうだと。

でもリオには、本当はそんな同情を受け取る資格などないのだ。王の命を奪いかけ、この国にどれほどの不幸をもたらしたのか考えたら、リオはやはり生きていてはいけない存在だった。

それでもアランは、泣きながら理不尽を訴えてくる。

「あんまりじゃないか。お前はずっと貧しかった、王都に来てからも辛いことがほとんどで……最期には自害して。生き残れたと思ったら、わずかしか命がない。なら、ならせめて残った時間くらい、贅沢して、楽しんだっていいだろう? 俺なら叶えてやれる。ストリヴロが好きだろう? ルストは俺が説得するから……」

息も接《つ》がずに懸命に、アランがリオを説得してくる。リオはただただ、悲しい気持ちでそれを聞いていた。

アランの言うことは、すべてが夢物語に思えた。実現しない夢。悲しくて、リオも泣きそうだった。

「……人の頭の中から、俺に関する記憶を消す魔法って、あったりする？」

思いつきで、言ってみる。あるわけがないと思いながら、もしあったとしても、土人形を作るのと同じくらいの禁忌だろうと思いながら。

「分からない……いや、俺ならできるかもしれない。俺は魔法操作が得意だ」

「……ルストから俺の記憶を消してくれるなら、ストリヴロに行ってもいい」

不可能だろう。分かっていて、アランをこれ以上拒めずに呟く。もしルストがリオのことを——できれば土人形の記憶をすべて忘れてくれたら、ルストはもう苦しまずにすむ。

そうすれば、リオは安穏として、どの場所でも死ねるかもしれない。

ストリヴロで楽しく過ごしたあと、ひっそりと土に還ることも、できるのかもしれない。

もっともそれは、夢想だった。

いくらアランでも、人の記憶を操作する魔法など使えるはずがなかった。あればとっくの昔に、初めて会ったときにリオの記憶の蓋《ふた》を外していただろう。

だが一縷《いちる》の希望を見つけたように、アランは「分かった」と強く頷いた。

「その魔法を探す。実現したら、俺の街へ来てくれるんだな？」

「……実現したらだよ」

できればその魔法をアランにも使って、リオのことなど忘れてほしかったが、そうとは言わずに答えた。アランはリオの腕を放し、「そうなると大学校の図書室が一番いい」と独りごちて、素早く窓辺へと移動した。

「また話そう。俺がここへ来たことは、ルストには言うなよ」

口早にそれだけ言うと、アランはアカトビに変わろうとした。けれど背中から大きな羽根が出てきたところで、不意に変身を止めて振り返る。宗教画に描かれる神の使いのような姿で、アランはもう一度リオのところまで駆け戻ってきた。

どうしたのかと立ち上がったリオを、アランがぐっと抱きしめた。

アカトビの強靭《きょうじん》で、しなやかな羽根が、リオの体をふわりと包む。

「必ず、必ず連れていくからな」

ただそれだけ言い、アランは今度こそアカトビになって窓から飛び立っていった。帰りは結界がないのか、悠々《ゆうゆう》と飛び上がり、あっという間に消えてしまった。

窓辺に寄って、リオはその姿を見送った。

体には、抱きしめられたときのアランのぬくもりがまだ残っているようで、それはルストのぬくもりとは違い、リオはそっと腕を撫でた。

――リオは……笑って、泣いて……俺たちと変わらない。

ついさっき聞いたばかりのアランの言葉が、耳の奥に反響していた。

きっと記憶を消す魔法など見つからない。

（やっぱり、あのときに死にたかった）

ルストに真名を返したとき。あのまま死んだほうがよかった。周りの人をこれだけ振り回し、傷つけるくらいなら、いっそ。

（……それか、ユリヤに全部あげられてたら）

そのほうがはるかに意味があった、とリオは思う。

記憶を消す魔法はなくても、リオの寿命をユリヤにうつす方法はないのだろうか？

左胸に手を当てると、心臓が鼓動している。この心臓は、かつてユリヤのものだったのだ。

（魔女なら……知ってるかもしれない）

リオはぼんやりと突っ立ったまま、そんなことを考えていた。

六　決断

あと八十五日。

朝眼が覚めると、一番に残りの寿命を数えるのが、リオの新しい習慣として根付いてしまった。そして次の瞬間には、わずかな寿命について考えるとおかしくなりそうで怖くなり、ぎゅっと拳を握ってなにもかも忘れようとする。

そんな朝、王宮の調査が終わったと知らせを受け、リオはユリヤと一緒に、塔主《エシュヌ・ヴアヌ》の部屋を訪れた。

この調査の結果で、フェルナンの今後が決まることになっている。

（調査は終わったとして……『時の樹』の俺たちに対する先見はまだなの？）

口にはしないが、リオは悶々としていた。

ここに着いた日には九十日あった寿命が、もう五日も消えた。早く今後のことを決めたくて、焦り始めている。けれどフェルナンの罪科がどうなるかも分からない今、こんなことを思っている自分は身勝手な気もして、胸の中がもやもやとしていた。

　塔主の部屋に到着すると、部屋にはセネラドの他に、ルスト、アラン、フェルナンがそろっていた。彼らがそれぞれに物言いたげな視線を送ってくるので、リオはあえて誰とも眼を合わせないようにして、塔主の前に並んだ。

　誰の気持ちも、リオには受け止めるほどの余裕がない。

　毎日が、ただ立っているだけでも精一杯なのだ。

「さて王よ、始めてくれ。こたびの調査で、フェルナン・リヴルの罪は晴れたか？」

　全員がそろうと、塔主はにっこりとして、ルストに問いかけた。

　ルストは無表情で「協力に感謝する」と答えた。

「フェルナン・リヴルには『塔』を出たあと、『塔』と接触した形跡はなかった。また本人の聴取により、王家に潜伏した目的はウルカの契約正常化のためだけだったと理解した。よって国王ルスト・フロシフランはフェルナン・リヴルの罪を今回に限っては無罪とし、速やかに『王の眼』としての職務に戻るよう、要請する」

　淡々と言うルストに、フェルナンは胸に手をあてて、深く頭を下げた。

　たぶん大丈夫だろうとは思っていたものの、一抹《いちまつ》の不安はあったので、フェルナンへの処罰がなかったことにリオはほっとした。

「もっとも、フェルナン・リヴルが王家に忠誠を誓い、今後は『北の塔《セヴェルニ・エシュ》』と一切の接触を絶てるならだが」

言い放ったルストに向かって、フェルナンはすぐさま、姿勢よく跪《ひざまず》いた。眼を閉じ、「誓います」ときっぱりと告げる。

「王家と国王陛下に一生涯尽くすことを——リオ・ヨナターンの名にかけて、誓います」

フェルナンの誓いの文言に、なぜか自分の名が混ざった。リオはそれに、眼を瞠《みは》った。

（どうして俺の名前に誓うんだ？）

ほんの少しうろたえる。思わずフェルナンとルストを見ると、ルストは明らかに不服そうに眉根を寄せている。

「なぜそこで、リオの名が出る？」

フェルナンはきつく言われても怯《ひる》む様子もなく、「私の名よりも、よほど誓いに値する名前です」と言い切った。

「陛下に最大の献身をした者の名です。俺の名前を出すよりも、信頼できる」

フェルナンの琥珀《こはく》の瞳が、片眼鏡の奥できらりと光った。まるでルストを、試すような眼だ。

言われたルストはただ、忌々《いまいま》しげに舌打ちする。

（……なんか、揉《も》めてる？　俺の名前のことで……）

よく分からないが、ルストとフェルナンは水面下でなんらかの感情のやりとりをしているように見えて、リオは困惑した。

「ともかくも、『王の眼』は王のもとへ戻る。『塔』としては喜ばしい。塔主の名において、フェルナンが『北の塔』と関わることは二度とないと、私も誓おう。後日、魔法誓約書を送る。それでよいな?」

　割って入ったセネラドの言葉をきっかけに、フェルナンが立ち上がる。それでこの話は終了したかのように見えた。が、ルストは「話は終わっていない」と続けて、塔主に向き直った。

「俺は『七使徒』を取り戻すつもりだ。『王の眼』だけではなく、『王の鞘』も返してもらいたい」

　自分のことだ。リオが不安になってセネラドを見ると、セネラドは眼を細めて、「ちょうどいい。それについて一つ、報告が出たところだ」と笑った。

　とたんに、セネラドの背後にびっしりと生えた樹の根が銀色に強く光った。ハッとして眼を見開くと、樹の根の光はセネラドの髪へと伝わっていく。塔主の髪がきらめきを帯び、ややあって溶けるように光が消える。神秘的なその姿は、ほんの一瞬、彼女をこの世ならぬものに見せた。

「喜べ。ちょうど『時の樹』が、そこな土人形の先見を終えた」

　いつの間にか、セネラドの手中には一枚の羊皮紙が握られていた。

(土人形って……俺とユリヤの先見が終わったの?)

　リオはごくりと、息を呑《の》んだ。

　心臓がどくどくと脈打つ。緊張で、全身から血の気がひいていく——。

ついにリオとユリヤの未来が見えた。

今この瞬間、二人はフロシフランにとって無害か、有害かが決まる。

リオだけでなくルストもアランも、フェルナンも切迫した表情で、じっと塔主を見つめている。大して興味がなさそうなのは、リオの隣にいるユリヤだけだった。

「ふむ……」

手にした羊皮紙をじっくりと見ていたセネラドが、一息ついた。やがて羊皮紙は、空気に溶けるように消えていった。

「リオ・ヨナターンと、ユリヤ・フロシフラン。二人の土人形は、この国にとって……無害」

無害——。

(俺とユリヤは、無害……)

言われた瞬間、リオは一瞬だけ、時間が止まった気がした。

束《つか》の間《ま》、全身から力が脱《ぬ》けて、胸から息が漏れていく。膝が小刻みに震え、その場に座り込みそうになるのを必死に耐えた。

ほんの数秒間で、緊張しすぎて、冷たい汗を全身にかいている。

「魔女はもはやこのフロシフラン国土に手出しはできぬ。いかに自分の作った土人形でも、ウルカの勢力下では役立たぬ。よってそなたらに危害を加えたりはせぬだろう。二人は『塔』を出るも自由。『塔』にとどまりたいならば保護しよう。そしてもう一つ、リオが『王の鞘』に戻る必要はない」

きっぱりと言い切ったセネラドに、ルストが「塔主……」と抗議しかけたが、塔主はその声を無視して続けた。

「リオ・ヨナターンが残りの命をどう使うかは、リオ・ヨナターンが決める。それがすべてのことにおいて、最善である。『時の樹』がそう決めた」

決定権はリオにある。

リオが決める進路が、最善。

残り八十五日の命を、どう使うかはリオの自由――。

そう分かった瞬間、リオは心臓が大きく脈打つのを感じた。自分の手の中に転がりこんできた自由を、どう扱えばいいのか分からなくて、困惑した。

「ユリヤ・フロシフランについても同様だ。己で決めた道が最善となる」

「僕はリオとずっと一緒にいます」

セネラドが言い終わるやいなや、ユリヤはすぐにそう答える。なんの迷いもない声だった。

ユリヤならそう言うだろうと、リオも分かってはいた。

残る決断はリオのみ。

ルストがほとんど睨むように、強い眼差しでこちらを見てくる。頬にあたる視線の強さに、リオはかえって振り向けなかった。

「リオ、王都に戻れ。お前はまだ『王の鞘』だ」

説得してくるルストの声に、強い熱がこもっている。

「王よ、そなたに命ずる権利はない。『塔』はリオが決めたことを支持し、支援する」

セネラドがルストに注意する声を遮るように、アランが「ストリヴロに来るだろう？　リオ」と乗り出してくる。

「うちで過ごせばいい。王都よりも気楽なはずだ」

「アラン、急になにを言い出す？」

ルストは今度は明らかに怒って、アランを振り返った。アランはけれど構わず、「どう考えたって、王都よりストリヴロがいいだろ」とルストに食ってかかる。

「お前、初めからリオを自分の領地に引き込むつもりでついてきたのか？」

「そうじゃないけど、リオの命が限られてるって聞いたらそう考えるのは当たり前だろ。なんであんな針のむしろみたいな王都に、もう一度リオを戻らせなきゃならないんだ」

「俺が十分に保護する」

ルストが剣呑《けんのん》な声音で応じ、

「ルストがするのは保護じゃなくて監禁だろ」

アランは鼻で嗤った。ルストは反論しなかったが、アランをきつく睨む。アランも真っ向からその視線を受けている。

自分のことで言い争われているのに、リオはどうにもまだ気持ちの整理が追いつかず、二人の様子が頭に入ってこなかった。

「急に決めろと言われても難しかろう。答えが出るまで『塔』で休んでゆけばよい」

セネラドが労《ねぎら》うように声をかけてくれる。

そうだ、急になんて決められない——けれど、リオはゆっくり休んで、答えを出す余裕などないと思った。

自分の命は残り、八十五日しかないのだ。

もしユリヤと二人合わせても、たった百七十日。それですら、夏にはもう生きていない……。

「……あの」

気がつけば、リオはセネラドを見上げて、訊いていた。

「魔女は、ユリヤの心臓を抜いて、俺の体に与えました。だから俺は生まれてきて、記憶も受け継いだ。……この心臓をもう一度、ユリヤに戻せますか？」

それは、いつの間にかこぼれていた問いだった。

言ってから、胸がぐっと痛んだ。

自ら命を捨てるのか？

そんな問いが頭の隅をよぎる。とたんに眼の前が真っ暗になる気がしたが、同時にリオは、これこそが、そしてこれだけが正解のような気もした。

「心臓を戻せれば、第二王子ユリヤ・フロシフランはもう一度戻ってきます。半年足らずですが、王宮の中で本来生きるはずだった時間を過ごせる……そう、できますか？」

リオの言葉に、あたりは水を打ったように静まりかえり、場の空気は強い緊張感に包まれた。

「できぬ」

セネラドは緊迫した空気を破るように一言で言い切った。

リオは息を止める。しかし、セネラドは「だが」と付け加えた。

「そもそも、そなたに術を施したのは魔女だ。ハーデにある魔女の根城に行けば、方法が分かる可能性はある。魔女が――とある禁書を持っていてな」

リオは息を呑み、自分の記憶を探った。セヴェルから国境を越えて少し行った場所が、魔女の根城だったはず。その旅程は経験していなくても、なんとなく位置は想像できた。

このツェレナは王都の真上、北側にある。

セヴェルから王都へはひたすら西に向かったから、ここからは東に向かえばよい。時間はかかるが、残りの寿命で行けない距離ではない。リオ一人でも、資金さえあればたどり着けるはずだ。

だがそのとき、ルストが「なにを言う、塔主！」と怒鳴り声をあげた。

「自分で話しておきながら忘れたか？　魔女はフロシフラン国土には手出し不能、だがハーデに入れば別だ。魔女の根城など危険な場所に、リオを行かせるつもりか！」

リオはその言葉にハッとなった。

（たしかに……心臓を戻す方法を知りたくても、ハーデに入ったら魔女に見つかるかもしれない）

だがセネラドは、そのことを危惧《きぐ》していないようだった。

「魔女がなにかするとして、それがフロシフランの害になるのであれば『時の樹』はそう先見するであろう。害にはならぬから、リオの選択が最善とされるのだ」

「俺が話しているのは国にとってどうかではない。リオの安全について話している」

ルストは歯ぎしりをするようにして、低い声を出す。

リオはルストが自分のことを考えてくれていることに、複雑な感情を抱いた。嬉しい。けれど、王としては、国を一番に考えてほしくもある。だから手放しで、嬉しいとは言えない。

「リオの安全については、十分な護衛を『塔』で用意できる。それに、リオが魔女のことを探ろうというのなら、『塔』にとっては渡りに船でな」

ルストの言葉などまるで構わずにセネラドが言うのに、リオは顔をあげた。

「渡りに船とは……？」

「実は、『塔』は信頼できる人物に、あることを調査してほしいと考えている。塔外の調査なので物見の賢者は派遣できぬ。かといって賢者連で扱える代物ではない。王家がフェルナン・リヴルを捨てるならばフェルナンに託すかと考えていたことだが……リオがハーデに向かうのならば、ついでに頼めるとありがたい」

セネラドがちらりとリオを見る。

「俺が……役に立てることがあるんですか？」

リオは眼をしばたたいた。本当だろうか？　自分が役に立てるとはとても思えなかったが、使ってくれるというのなら喜んで使われたい気持ちがあった。なんでもいい、残った時間を生きる意味がほしいし、せめて少しでも目標があればと、リオはずっと考えていたのだから当然だった。

これは極秘事項だが、と、セネラドは前置きし、部屋に集まる面々を一度ぐるりと見渡した。

「七年前、現在魔女の根城がある一帯を先見していた物見の賢者が失踪した。我々はその足跡をずっと追っていたのだが……どうやら魔女と接触し、先の戦争を引き起こした首謀者の一人のようだ」

——まだ生きているかは分からないが、どちらにしろその男の行動を調べてほしい。

セネラドの言葉がずん、と重たく胸にのしかかってくる。

（戦争を引き起こした……首謀者？）

想像をはるかに超えるほど、大きな案件だった。

一方でリオが思い出したのは、『時の樹』の一部が、壊死したように黒ずんでいたことだ。

（あの枝を担当していた賢者のことだ。……あそこにいた賢者が、魔女と接触してた？）

知ってしまった事実の重さに息を呑んだとき、ルストが鋭く「今、なんと？」と訊き返した。

「先の戦争に、物見の賢者が関与していただと？　王家にはそのような報告はあがっていない。今の公正性を是とする『北の塔』が、内部の不始末について隠し立てしていたというのか？　今の言葉が本当なら、『塔』の責任は計り知れないものになるはずだが」

強い糾弾《きゅうだん》の言葉に、けれど塔主は満足そうに微笑んだ。

「君主らしい顔もできるではないか。そうだ。『塔』にとってこの話は、本来ならば失踪した賢者を捕まえるまでは秘匿《ひとく》したい類《たぐい》のもの。それを今、よりにもよって王よ、そなたのいる前で話した。聡《さと》い王なら分かるであろう。わざわざここで話したわけが」

セネラドは眼を細めて、試すようにルストを見つめた。

（……え、どういうこと？）

セネラドは、リオがハーデへ行くのならついでに頼みたい、と話したのに、そこには別の意図があるらしい。

そのとき、それまで黙っていたフェルナンが「陛下」と呼びかけ、一歩前へ出て頭を下げた。

「お許しいただければ、私がリオとユリヤ殿下の護衛をしたく」

「いや、そういうことなら俺もついて行く」

アランがすぐに、フェルナンの後を追う。話が掴めずにいると、ユリヤはリオの腕に絡みついて「僕も一緒に行くからね」と言った。ユリヤは恨みがましい眼で、リオを見上げている。

「リオが僕に寿命を与えるなんてことは、全然してほしくないけど」

「……失踪者の調査に王家を使おうと？　まさか身から出た錆《さび》をこちらにどうにかしろと言うのか。『塔』がこれほど傲慢《ごうまん》だとは」

ルストがようやく、低い声で応じた。リオにはやっと、話が見え始める。

（つまり……セネラド様は、俺に失踪した賢者の調査を託すと言いながら、実際には王家に調査を進めさせようとしてるってことか）

それも王自身や、それに直属する『使徒』級の、王家の上層部にのみこの調査を託したいと示している。

だがたしかに、物見の賢者が魔女と接触した痕跡《こんせき》があり、そのせいで戦争が起きたかもしれない……と聞けば、王家としては調べぬわけにはいかないだろう。

国の頂点に立つ国王に、わざわざ『塔』の弱みを見せたのは、それだけこの件を確実に調べたい塔主の意志の表れかもしれない。

「知ってのとおり、『塔』は塔外での活動には弱くてな。公正を保つためにも、外部との連絡は基本的に絶っている。ゆえに、フェルナン・リヴルの潔白もあったわけだが……」

セネラドは頬杖《ほおづえ》をつき、暗に「人材がいない」こと、本来「国の政治に『塔』が関わることはけっしてない」ことを、ルストに訴える。

そっと窺《うかが》い見ると、ルストのほうは案外冷静で、青い瞳には静かに状況を計算しているような色が浮かんでいる。

「失踪した賢者は、『塔』からとある禁書を持ち出した。――先ほどリオに伝えた禁書で、これは早々に魔女の手に渡ったと見られる」

リオはその言葉に、身構えた。

「盗まれた書物は、およそ三百年ほど前から百年間にわたって作られた記録書。――書名は、『土人形の生成について』だ」

リオはその題名に、全身が強ばり、ざっと総毛立つ。

(土人形の生成……?)

もしかしたら、と思う。

(賢者が失踪したのは七年前……「一人め」が作られたのは八年前……もしも、賢者と魔女がそれより前から接触していて、賢者が魔女に、土人形の作り方を教えたんだとしたら?)

「……土人形は禁忌の術。今ある魔法書には、器の作り方すら書かれていない。だが実際には、作るために必要な材料はたった二つ。土の器と心臓のみだ」

セネラドはルストをじっと見て、試すように眼をすがめた。

「禁書には、外部には知られたくない過去の記載がおびただしくてな。早々に回収したい。この依頼、受けてくれるなら閲覧は禁じぬ。手に入れたら好きに読んでくれて構わない」

望む答えが書いてあるやもしれぬぞ、と、セネラドはリオを見、それからルストにも眼をやった。リオの心臓が、どくりと鳴る。

（心臓を、ユリヤに移す方法が……書いてある？）

そう思う。

「王よ。そなたも——土人形の生成には、興味があろう？」

リオはそのとき、塔主の言葉に違和感を感じた。ユリヤに心臓を戻したいリオが土人形の生成に興味があるのは分かるが、なぜルストまで興味があるのだろう？

顔をあげると、ルストは奥歯を噛みしめるような、どこか苛立った表情だった。

「無論、ただとは言わぬ。協力してもらえるのなら、こちらの情報はすべて渡そう。それから……相応の見返りも用意できる」

「相応の見返り？」

ルストが塔主を睨《ね》めつける。セネラドは、黒と紫の瞳をきらりと光らせた。

「国王ルスト・フロシフランが黙秘している七日間の記載について、黙秘権行使の年月が終了したあと、『塔』はそちらの指示に従って記載を残そう」

リオは塔主の提案に驚きすぎて、思わず息を止めた。

まさか、そんなことを提案してくるとは思いも寄らなかった。ルストも同じ気持ちかもしれない。ただ黙って、セネラドを見ている。

「王国史の改ざんは、本来ならば死刑でも通らぬほどの重罪。賢明なる王ならば分かろう？

『塔』が史実に眼をつむることが、いかに困難なことか。だが、フロシフラン国の平和と繁栄のためならば、この事実を秘してもよいと考えている」

（公正そのものでできているような『塔』が、取引のために……事実の記載をやめるなんて）

深く知っているわけではない。

けれど、予想はつく。以前、王国史の空白について、リオはフェルナンからルストが期限付きの黙秘権を行使しているせいだと聞いていたし、この四百年のうち、その権利を使った王はルストが初めてだとも聞いていた。

つまり、王国史に「事実をあえて記載しない」という選択も、『塔』にとっては四百年で初めてのことだろう。

四百年変えなかったことを、『塔』はねじ曲げようとしている。

それほどに、失踪した賢者の調査が必要で、絶対に王家中枢部にだけ、託したい事案なのだと分かる。

不意にルストが、大きくため息をついた。それからぱっと振り返って、リオを見る。まともに眼が合ってしまって、リオはその場に磔《はりつけ》になったように立ちすくんだ。ルストはもう一度セネラドに視線を戻すと「分かった」と言った。

「いいだろう。調査を王家で進める。そのかわり、条件がある。一つは失踪したという賢者について、裁量権は王家で持たせてもらう。場合によっては見つかり次第、刑に処す」

厳しい言葉だったが、セネラドは「よかろう」と頷いた。

「こちらとしては、真実の確認に優先度を置いている。賢者の身柄は引き渡そう」

「それからもう一つは……この調査は王である俺が預かる。リオが同行する必要はない。リオとユリヤは王都へ帰らせて、フェルナンとアランで調査にあたらせる」

ルストが言い放つと、フェルナンは顔色を変えなかったが、アランはムッと眉根を寄せた。

だが、リオは王都に帰るつもりなど毛頭なかった。

「待ってください」

慌てて、ルストより前に出る。

「最初は俺にいただいた話。俺は今はまだ、『王の鞘』。王直属の『使徒』です。ならば俺が調査しても問題ないはず。俺にやらせてもらいます」

セネラドは渡りに船だと言ったが、リオにとっても同じだった。

「一人め」から今の自分まで、抜け落ちることなく記憶を思い出しても、なぜか魔女のことははっきり思い出せない。調査を進めれば、魔女のことが分かる。ましてや賢者は、『土人形の生成について』などという書物を持ち出していた。

この眼で確かめたいが、もしルストがその禁書を手に入れても、リオに見せてくれる可能性はあまり高くないと直感していた。

「『使徒』への命令権は俺にある」

けれどルストは冷たくリオの申し出を否定した。かといってリオも、ここで引き下がるつもりはない。

「『塔』は俺自身の選択を最善と望みました。それでこそ、フロシフランに無害だと。ならば、陛下は俺の選択を支持するべきです。国王として」

あくまで『塔』は、最善はリオ自身の決断、と答えを出したのだ。

リオが自分で選ぶことが大切なはずだと強調すると、ルストもぐっと言葉を飲み込んだ。リオは畳みかけるように、言葉をついだ。

とにかく――ルストの言うとおりには絶対にしたくない。

「陛下が許さないというなら、俺を『使徒』から解任してください。俺を無理に王都へ押し込めようとすれば、俺は『塔』の保護下を選びます。あなたが俺を説得したいなら、まずは俺の決断を尊重してください。それすらしてくれない人に、俺だって耳を傾ける余裕はありません」

強く言うと、ルストは瞳を揺らした。塔主が後ろで小さく笑い、

「これは、王の負けであろうな」

と、呟いた。リオは急いで塔主へ振り向いて、続けた。

「塔主様。俺に任務を任せてください」

顔をあげてきっぱりと言ったとたんにルストが顔をしかめたが、知ったことではなかった。

セネラドはにっこりと頷く。

「よろしい。そなたに一任しよう。護衛については、この場の者がついて行くならばよし。そうでないならば、『塔』が見繕う」

「俺が護衛する」

セネラドが言い終わらぬうちに、アランが挙手した。フェルナンはルストを見つめ「陛下……」と物言いたげな声を出す。

ルストはぐっと拳を握ると、行儀悪く、舌打ちした。

「それなら俺が同行するのは当然だ。セネラド、調査が終わったら、『王の鞘』は王家の帰属だ。二度と介入は許さない。リオは俺の保護下に戻す」

忌々しげにルストが言い、リオは、

(まさか王様なのに、国を放ってついてくる気?)

と驚いたが、セネラドはその言葉を予想していたのだろうか。

「言うたであろう。リオのことは、せいぜい説得してみよと」

悠然と微笑み、美しい顔を頬杖に乗せた。

『北の塔』からの極秘任務、「魔女と接触していた物見の賢者についての調査」については、形式上、リオが預かることになった。

が、ルストを始めアランもフェルナンもついてくるつもりのようだ。

（王様や要人が何人も、王都を空けて大丈夫なの？）

と、リオは疑問に思ったが、そこはどうにでもなるらしい。

現在王都でユリウス・ヨナターンとして過ごしているレンドルフがルストに姿を変えればいいだけだし、ルストとアランはその魔法と神力により、一日あれば国をまたげる。フェルナンも、狼《おおかみ》の姿で移動すれば国境から王都まで三日で事たるという。

つまりなにかあっても、リオとユリヤ以外は一瞬で国の中枢に戻れるということだ。

「なにより王都は今活気づいてる。ルストとウルカの契約が完全になったから、王都の土地にも自然と神力が行き渡って、病はなくなるし儲《もう》け話も増えてくる。フロシフランは国をあげて、今やウルカの祝福を受けてお祭り騒ぎだよ」

アランにそう説明されて、リオは王都の姿を想像してみたが、思い出せたのは壊れかけた家や疲れた人々の顔ばかりで、うまくはいかなかった。

とにかく、ルストたち三人をついてこないように説得するのは無理だった。

失踪した賢者に関する資料や、調査の手順などは翌日『塔』から提示されることになり、ツエレナを出発するのも明日、ということになった。

（明日出発……寿命の残りは八十五日。最短距離で、魔女の根城を目指さなきゃ……）

うつうつと考えながら塔主の部屋を退去し、魔法通路に入ったそのときだった。

リオは右手をぐいと誰かに引っ張られた。とたんに、空間が歪曲《わいきょく》されるような感覚がある。

ハッと我に返ったとき、リオは戸外の、森の中に立っていた。

正午前の明るい日差しと、常緑樹の森。鳥のさえずり。

木々の向こうには、日時計が見える。ここはたぶん、塔に入ってすぐの森だ——そう気づいたリオの隣にはルストが立っていて、リオは右手をルストに摑まれていた。

「……ルスト」

間近に見下ろしてくるルストに、じわりと怒りが湧いた。

ここには二人きりだし、先ほどの空間がねじれたような感覚は、ルストの魔法だと思い至る。ルストは、勝手にリオを連れ出したのだ。

「塔内で無断で魔法を使うなんて……！」

思わず責めた。人を癒《い》やす他に魔法などろくに使えないリオには関係ないので説明されていないが、本来塔内での魔法使用は禁止されているはず。『北の塔』の特殊な立ち位置を考えると容易に想像がつく。

「自分の立場を分かってる？　ルストはこの国の王なのに、これ以上『塔』と揉めたら——」

「そんなことはどうだっていい」

諫《いさ》めようとしたリオの言葉を遮るように、ずいとルストが体を寄せて、リオの二の腕を両手で摑んだ。

「リオ、なぜだ。なぜ塔主に、あんな質問をしたんだ？」

切羽詰まった声音。ルストの瞳は苦しげに揺れていて、眉間には皺《しわ》が寄り、眉は垂れ下がっていた。主人に怒られたあとの、憐れな犬のように見え、リオは思わず口をつぐんだ。

「あんな質問……？」

なんのことだ。問うと、ルストはうなだれてリオの額に額を寄せてきた。

「……お前の心臓を……ユリヤに戻すと言っただろう。そのためにこんな調査に参加すると。なぜ、なぜそんなことを望むんだ……？」

ルストの黒髪が、リオの銀髪に混じってさらさらと音をたてる。

「頼むから、お前とユリヤは王都に帰ってくれ。……調査はきちんと俺が処理する。お前が知りたいことがあれば知らせる。……お前が生きている間に、俺が……俺がちゃんと、寿命を延ばす方法がないか探し出すから……」

必死な訴えだった。ルストの手は震えていて、長い睫毛も同じように震えていた。ルストが泣いていないことが、いっそ不思議なほど――ルストは憐れっぽく、心から頼んでいる。

（ルスト……）

リオは胸が詰まって、心がざわざわと乱れるのを感じた。息苦しくなり、出口の見えない真っ暗闇が、自分に迫ってくるような気がする。黒い靄が心を覆い、怒りと恨みが、どろどろと心の中に渦巻きそうになる。

「……ルスト。俺は魔女の根城で、禁書を探したいんだ。もしかしたらユリヤに、少しだけ長い時間を与えられるかもしれない。……ユリヤこそが、ルストの弟じゃないか」

静かに、けれどきっぱりと、リオは言った。

「……心臓さえ戻せば、きっとユリヤの記憶も戻る。ルストの弟が帰ってくる」

「そんなこと、俺がいつ望んだ……っ？」

激しく叫び、ルストは顔をあげた。そして俺は望んでいない、と繰り返し呻《うめ》いた。

「俺がお前を犠牲にして、弟を戻せと言ったか……っ？　弟のために死ねと？　いつ頼んだ！」

激しい剣幕に、リオは少し怯んだ。けれど言い負かされるわけにはいかなかった。

「ルストが愛してたのは弟のユリヤだろ。だから……」

リオはぐっと、腹に力を込めて反論する。

「だから俺にも、真名を与えたんだから……」

「俺はリオ、お前に真名を与えたんだ！　お前を生かすために！　俺にとって、お前とユリヤはまったく別の人間だ！」

そう言われても、リオはその言葉をどう受け止めればいいか分からなかった。

――ユリヤと自分は別の人間。

そうだ、とも思うし、そうじゃない、とも思う。土人形は結局のところ、同じ心臓を受け継いで生まれてきたのだから、一つだし、人間ですらない。

「ユリヤの体を、大事に隠してただろ？　偽名にまで弟の名前を使ってた……愛してたからじゃないの……っ？」

「ああ、愛してたさ！　弟として……俺が救えなかった憐れな少年として……遺体を保護してたのも、名を借りたのも、魔女への怒りを忘れないための戒めだった！　お前の命を、あの子にあげてほしかったわけじゃない！」

言い切り、ルストは一層顔を近づけて、迫ってきた。

「なぜ、なぜ分かってくれないんだ？　単純なことだろう？」

必死なルストの瞳が、視界いっぱいに映る。今にも泣きだしそうなその眼に、リオは息を止める。

「お前に生きてほしい。死んでほしくない。生きようと思ってほしい。信じてほしい。まだ生きられると、生きたいと望んでくれ！　ただそれだけだろう！」

生きてほしい。

生きたいと望んでほしい……ただそれだけ。

ルストの言葉に、頭の中が一瞬、真っ白になる。胸にこみあげてくる熱い感情。入り乱れて、ぐちゃぐちゃになった気持ちがなにか、リオにはすぐには分からない。喜び？　苦しみ？　いや、怒りだろうか。

黒い靄が心を覆い尽くして、胃がぎりぎりと痛む。冷や汗が、額に浮き上がる。

「俺が……生きたいと、思っていいわけないじゃないか！」

気がつくと、こみあげた感情は胸の中で爆発し、リオは叫んでいた。

ルストの厚い胸板を、ドン、と叩く。青い瞳を睨みつける。怒りと悔しさで、唇がわなわなと震えた。

「分かってないのはルストのほうだ！」

リオはもう一度、ルストの胸を叩く。ルストは身じろぎすらせず、じっと、リオを見つめている。

「俺がなんのために作られたか忘れた⁉　ルストを殺して、この国を困らせるためだ！　そういう理由で生まれたんだ。俺の生きる意味は、ルストを殺すことだった！　なのになんで生きていいんだ⁉　生まれちゃいけない命だった！　誰がどう見たってそう言うよ！」

ドン、ドン、とリオは何度も、ルストの胸を叩く。

「なのにまだ生きてる――俺は俺が許せないのに、生きてる！　なら、許すためにせめて……自分が善いことをしたと思って死にたい！　償う機会くらいもらっていいはずだ！」

誰が悪いのかと言い出せば、それは生んだ母が悪い。

魔女が悪い。

けれど生まれてきた自分が、ルストから一時でも真名をもらって、三年もの間なにも知らずに生きたことはたしかで、そのせいで国が乱れ、多くの人が苦しみ、なによりルストに呪いを負わせたことはたしかだった。

（俺は生きてちゃいけないでしょうっ？　どう言い訳したって！）

もしかしたら。

もしかしたら、自分たち土人形がいなければ戦争は起きなかったかもしれず。

戦争が起きなかったら、セスは——辺境の寂れた寺院の屋根裏で、死ななくてよかったかもしれない。

セスを殺したのは、リオかもしれないのだ。

ずっと頭の隅で考えては、見ないように気をつけていたことが不意によぎった。

全身が、重たいもので打たれたように痛い。

辛い。怖い。この重圧に、耐えきれない。

この罪悪感に、とても立ち向かえない。

耳鳴りがする。眼がくらむ。

体が震え、リオはうつむく。

「セヴェルは貧しかった……セスは賢かったのに、なにもできずに十六で死んだ……この国にはそんな人がたくさんいる。どうして？　俺がルストから、真名をもらったからだ……」

その事実を言うのが苦しくて、声がしゃがれた。

「知っているのに忘れて生きろって⁉　お城で贅沢して、守られて暮らせって⁉　百日に満たなくても、寿命は寿命。いつ死ぬかより、どう生きるかのほうが……俺にとっては大事だ！　俺は俺が決めた、善いことをして死にたいだけだよ……っ」

そうすれば――せめて、生まれてはいけなかった命でも、意味はあったと思える。

言い切ったあと、リオは息を乱していた。

いつの間にかルストの両手は二の腕からはずれ、ルストは悲しそうに、リオを見下ろしていた。リオはぐいと乱暴に目尻を腕でこすった。わずかに滲《にじ》んでいた涙を見せたくなかった。

「……それで、考えたのがユリヤに命を渡すことか？　そんなものが、なんの償いになる」

ルストが、硬い声で言い放つ。

自分の償いをすべて否定されたような物言いに、矢を突き立てられたように胸に痛みが走り、リオは息を止めた。ゆるゆるとルストを見る。ルストは舌打ちし、顔を背けて「誰が喜ぶ。お前の自己満足だ」と吐き捨てた。

「楽になりたいだけだろう？　死んでしまえば責任はないからな」

言われたとたん、腹の底にかっと火が点《つ》いた。

「ルストが言えることなの⁉」

死のうとしていたのは――リオに命を押しつけて、自分だけ死のうとしていたのは、ルストだって同じだろうと言いたかった。それもルストは王座を明け渡し、国民すべてを騙《だま》し、ウルカすら利用してリオに命を与えようとしていた。

「俺がやろうとしてることは！　ルストがやろうとしたことよりずっとマシだと思うけどっ？　土人形に国を譲るなんて——そんな人間よりは、俺はよっぽどまともだ！」

怒りで、頭の中がぐらぐらする。なにに怒っているか分からない。黒い靄がリオを飲み込んでいきそうで、急に怖くなり、ぎゅっと眼をつむった。

（違う、ルストが悪いんじゃない。ルストは俺を救おうとして。それは俺たちが、土人形が存在したせいで。だから悪いのは俺たち——）

ぐるぐると、思考が何度も同じところを巡った。ルストはしばらく黙り込み、リオは顔をうつむけて考えを整理しようとした。

「……リオ」

そっと呼ばれる。大きな体が、一歩、リオのほうに近づく気配がある。温かな手のひらが、リオの肩を撫で、落ち着かせるように背をとんとん、と優しく叩いた。

眼をきつく閉じたまま、ただ、やめてと思った。

——やめてルスト。

やめて。優しくしないで。

ほんのちょっとでも、嘘《うそ》でも、優しい仕草一つさえ、しないでほしい。

胸の中に、切ない痛みが湧いてくる。優しくされても、もうどう返したらいいか分からない。息が詰まる。黒いものがリオの心をせめぎたてている。卑怯者《ひきょうもの》。罪人のくせに、愛されたいと願うなんて。もう一人の自分が、自分を責めている。

「リオ、希望を失わなくていい」

そのとき小さな声で、ルストが言う。

「禁書を見れば、俺はお前を何度でも生かせる。お前に必要なのは、土の器と心臓だ。心臓はお前の中にある。器なら、俺でも作れるはずだ……」

十月十日《とつきとおか》が過ぎても、そのたびに、とルストが言う。

「お前のことは、何度でも俺が生かす」

頭の奥が、ズキン！　と痛んだ。

——何度でも俺が生かす。

十月十日が過ぎても、そのたびに？

（なに言ってるの……）

ルストの言葉に、全身が鞭打《むち》たれたように硬直した。

眼の前がくらくらした。冷たい汗がひやりと体ににじみ、リオはわなないた。

今聞いたことを、嘘だと思いたかった。空耳だったと思いたかった。

だがのろのろと顔をあげて見るルストの青い瞳は、いっそ清々しいほど澄み渡り、狂人のそれではなく、たしかに正気だった。

「……なにを」

声がかすれる。リオは指先まで、ぶるぶると震えていた。

「なにを、なにを言ってるの？　ルスト……おかしいよ？」

ルストはたった今、魔女に代わって「リオを作り続ける」と言ったのだ。

十月十日が過ぎてリオが死ぬたび、土の器を作り、心臓をそこに移すと。

リオが死んでも「四人め」を、さらに死んだら「五人め」を作ると。

「どういう……どういうつもり？　嘘でしょ？　ねえ、嘘だよね？　土人形は禁忌……魔女と同じことをするつもりなのっ⁉」

「もう俺はとっくに禁忌を犯した。お前に真名を与えたときに」

ルストは淡々と言った。

「今さら禁忌を犯すことなど、怖いと思うか？」

あまりにも静かな声。ルストの顔は、決意に満ちていて、これ以上考えを変える気がないことははっきりと伝わってくる。

リオは恐ろしくて、ただ混乱した。

頭の中で、ルストの言葉が何度も反響する。そうだ、そうだそうだ、と思う。

そうだった。ルストは……立派な王であり、比類なき王の器であり……けれど、リオのために国民すべてを見捨てた男でもあった。

魔女を追い詰めた戦争の最中で、あと一太刀で魔女を殺せたのに、それをせずにリオを選んだ。

そしてリオに真名を与えた。

そうすればどうなるか、分からないほど愚かな男ではないにもかかわらず——。

ルストは国を捨て、民を捨て、王としての誇りすら捨てた。

リオという、土人形のためだけに。

見上げる青い瞳が、どこまでも美しく、けれど研ぎ澄まされた刃のように強くきらめいている。

(ルストは正気なのに……正気じゃないというの?)

だとしたら、こんな純然な狂気があるだろうか?

もしも禁書がルストの手に渡ったら。

リオはいくら死んでも、何度も何度も土人形として蘇らせられる……。

(いやだ!)

たとえようもない嫌悪感が、胸に渦巻いた。そんなふうにして生きたくない。そんな命はいらない。自分はきっと壊れてしまうし、狂ってしまう。

たとえ生かされても、「四人め」はもうリオじゃない——。

「俺は……俺はそんなこと望まない！」

「お前の望みはどうでもいい。俺がそうするだけだ。俺にはできるから」

突き放すように言うルストに、リオはぐっと息を詰まらせる。

「……ユリヤは、ユリヤはどうするの？　どうでもいいの？　あの子には心臓がないんだよ！」

なんとかルストの考えを変えさせたくて、咄嗟《とっさ》にユリヤを引き合いに出す。しかしルストは、顔色一つ変えなかった。先日はユリヤのことを言うと、口をつぐんでいたのに、今日は平気な顔で「それはもう諦めるしかない」と決めつけた。

「……諦めるって」

リオは信じられない気持ちで呟き、思わず一歩、後ずさった。ルストは舌打ちした。

「仕方がないだろう。俺が……俺が生かしたいのは、リオ、お前のほうだ」

リオは震えながら、「ユリヤが、弟なのに……？」と囁く。

ルストの愛情が、ユリヤより自分に向いている。そのことを喜ぶことはできなかった。頭ががんがんと痛む。ルストは静かに息を吐き出して、「弟は……」と答えた。

「弟は、ずっと前に死んだ。もう戻らない。今いるユリヤは弟じゃないし、俺はいない人間のために禁忌を犯すつもりはない。だがリオ……お前はいる。お前の記憶、お前の魂、お前の性情……俺が、愛しているものすべてが」

ルストはリオに近寄り、リオの震えている手をそっととって、囁いた。

「俺が、惜しんでいるものすべてが、お前の唯一の心臓だ。だからユリヤに、お前の心臓を与えることを、俺は許さない」

リオはルストを見上げ、ごくりと息を呑んだ。強い意志の宿った、端整な顔には壮絶なまでの気迫がある。本気だ。逃がさないという、ルストの心が、激しく伝わる。

「たとえお前がどうあっても禁書を手に入れ、ユリヤに心臓を渡そうとするなら……俺は最後の最後に、絶対にお前の邪魔をする」

リオはその強い言葉に、びくりと肩を揺らした。

「なにがあっても、先に自分が禁書を手に入れ、俺の思うとおりにする。リオ」

ルストは、そう断言した。

リオはその場に固まり、動けなかった。握られていた手が解放され、ルストが少しリオから離れても、身じろぎ一つできなかった。

「……狂ってるよ、ルスト」

しゃがれた声で言うと、ルストは小さく自嘲するように嗤った。

「ああ。そうだ。狂ってる」

おかしいよな、とルストは眼を細めた。

「俺はお前を苦しめてる。お前が望まないことをしようとしてる。俺は愚かで……身勝手だ。

本当ならお前と初めて会ったとき、真名を与えてはならなかったし――」

ルストは眼を細めて、独りごちるように言った。

「お前を、見殺しにすべきだった」

でももう戻れない。ルストは囁いた。

「……俺しかお前を生かせない。ならばそれが罪深い道でも……進む。だからリオ、よく考えろ。調査をやめて、王都で暮らしたくなったらいつでもそうしていいんだ。お前では俺を阻止することはできない。お前は死ねない。……たとえ狂っていても、俺は王だ」

――お前では、俺に太刀打ちできない。

ルストは言いきると、そっと指を伸ばしてきて、リオの髪に触れた。優しく梳《す》き、それから悲しそうに囁いた。

「すまない。リオ……俺を憎んでくれ」

憎まれても、考えを変える気はないという意味だった。ルストはそのまま踵《きびす》を返し、リオを置き去りに、塔を出て行く。

一人残されたリオは、寒風の中立ち尽くしていた。

体は震え、胃は痛み、吐き気がした。

心臓が、激しく脈打っている。

――ユリヤに、お前の心臓を与えることを、俺は許さない。

──俺は最後の最後に、絶対にお前の邪魔をする。

はっきりと言い渡された言葉が、頭の中をぐるぐると回っている。ルストは本気だろう。ルストはリオの邪魔をするし、禁書を手に入れて、禁忌を犯す。

（……ルストが、本物の罪人になる）

真名をリオに与えるまではまだ、狂気というよりも、瞬間的な過ちだったかもしれない。けれど何年も何年も、土人形を作り、偽りの命を繋《つな》げたら？

ぞっとした。怖かった。怖くて、体が震えた。

──ユリヤに、心臓を戻すしかない！

そのとき強く、そう思った。

心臓を戻すしかない。今のユリヤに心臓を戻せば、それはリオでもなく、ルストの弟でもない、べつの誰かだ。リオと今のユリヤの記憶を併《あわ》せ持ったら、魂は変容する。ルストはそのべつの誰かのためには、禁忌を犯さないはずだ。

ぐっと、拳を握りしめる。リオの命はあと八十日ちょっと。

だが旅が終わるころ、禁書さえ手に入れて心臓をユリヤに渡せば、この命は終わる。

リオの命が終われば、ルストの狂気も終わる。

きっとしばらく経《た》てば眼が覚めて、立派な王としてだけのルストが残る──。

そのルストを取り戻させることこそ、自分ができる唯一の、そして最後の『使徒』としての役目だと思った。

顔を両手で覆い、リオは自分に言い聞かせた。

（ルストより先に禁書を手に入れて、ユリヤに心臓を戻す。絶対に、やり遂げなきゃいけない）

瞼の裏に、なにも知らずに王宮で過ごしていた日々がふと、よぎった。

目頭にこみ上げてきた涙が、ぽたぽたと地面に落ちる。

ルストと抱き合った、甘やかな日があった。

あのときでも恋人ですらなかったが、自分たちは二度と、あんなふうに愛のまねごとすらできないのだと――そのとき、はっきりと思い知った。

（ルストに……愛されたかった。でも……こんな関係は望んでなかった）

ただやりきれない気持ちが、激しく胸に押し寄せてくる。

こぼれた涙をぬぐうこともせず、その涙が頬で蒸発し、冷たい空気に消えていくまで、リオはその場でただじっと、立ち尽くしていた。

七　旅立ち

前夜はなかなか眠れなかった。

ルストの言葉に胸が騒ぎ、先のことを考えると八方塞《ふさ》がりのようで気鬱《きうつ》だった。どうして愛している男が、自分にとってもっとも困る存在になってしまったのだろう。

(やっぱり俺が生きてさえいなかったら、悩まなくていいことだったのに……)

そう考えると、生きていることがただやりきれなくて、理不尽に思えた。

それでも朝は明け、そうしてリオは、この日やっと『塔』を出ることになった。

寝不足の体を引きずりながら、リオはルストたちが待つ宿屋へユリヤとともに向かった。

今日、リオたちはツェレナを出発して、『塔』から頼まれた失踪者の調査に向かうことになっている。

だがその前に、今後の旅程の確認や、失踪者の情報を共有するため、宿屋の一室に集まって話し合う予定だった。

(……気まずい。昨日ルストが言ってたことの真意も分からないまま、打ち合わせるなんて)

リオは胃が引き絞られるように痛むのを感じていた。朝食もろくにとれず、自分でも自分の顔色が悪いと分かる。全身が重たく、うっすらと吐き気がした。

「『塔』から託された、今回の調査資料です」

宿屋の一室で、リオとユリヤ、ルスト、アラン、フェルナンの五人で円卓を囲んでいた。

円卓には、『塔』から引き受けた資料が積まれている。

「まずは、我々が追う相手について話をします。俺が一番この事情には詳しいだろうから、俺が進めてもいいか？　リオ」

一応、依頼を受けた主体者はリオなので、フェルナンは訊《き》いてくれているらしい。リオはまだ資料にも眼《め》を通していなかったので、申し出にありがたく頷《うなず》こうとしたが、それより前に確認したいことがあった。

「あの」

おずおずと切り出し、円卓を囲むユリヤ以外の三人をさっと見渡した。

「……あの、本当にみんなついてくるつもり？　俺は……一人くらいは護衛で来てくれるとありがたいけど、なにもみんなで行くことはないと思う。しかもルストは国王なのに」

そのうえ、昨日のルストの発言も引っかかっていた。ルストに禁書を見られたくないし、できれば遠ざけたくて言う。するとルストは、あからさまに眉根を寄せた。

「フェルナンとアランはよくて、俺は邪魔だとでも？」

「……」

リオとしては、そうだと言ってしまいたかった。アランとフェルナンは少なくとも、リオを何度も蘇生《そせい》させるつもりはないはずだから。かといって、そんなことは口に出せない。

（ルストがそこまで危険なことを考えてるって……家臣の二人には知らせたくない）

ルストが愚かなのは、リオに関することだけだ。自分が死んだあとに、アランとフェルナンにはなるべく禍根《かこん》なくルストに仕えてほしかった。

さらには、ルストの考えを伝えて二人がどう思うか、リオには予想がつかず怖い。

（どうせルストはなにを言っても絶対についてくる。最後には、俺を邪魔するのが目的なんだから）

リオはここでルストと言い合いになっても無駄だと思い、黙った。

「お嬢ちゃん。正直言うと、俺はこの調査に乗り気じゃない。今からでもストリヴロに来ることにして、『塔』の依頼はルストとフェルナンに預けたらどうだ？」

と、横からアランが口出ししてくる。リオはびっくりして、アランを見た。

「アラン、反対だったの？　昨日、真っ先に護衛をやるって言ってくれたのに？」

アランはある程度、リオの決断を支持してくれているから護衛を買って出てくれたと思い込んでいたので、寝耳に水だった。支持しているどころか乗り気ではないとまで言われて、単純に衝撃を受ける。

「そりゃ塔主の前だったからだよ。あそこで駄々こねても話が長引くと思っただけさ」

「アラン。『北の塔』の決定は、リオの選択を支持するというものだ」

　俺は本当は初っぱなから、ストリヴロに誘うつもりだった、と言いのけるアランに、フェルナンが咳払《せきばら》いして注意する。アランはじろりとフェルナンを睨《にら》み「なんだ？　まだ『塔』の狗《いぬ》だったか？」と揶揄《やゆ》した。

　フェルナンは無言になったが、琥珀《こはく》の瞳には冷たいものが浮かんでいる。ルストは忌々《いまいま》しそうに舌打ちし、

「ストリヴロに来いだと？　話にもならない。リオが帰るなら王都だ」

　アランを牽制《けんせい》した。いやな空気が室内に流れ、三人が三人とも、ぎすぎすと睨みあっている。

（なんなのこれ）

　リオの気持ちなど無視して争う三人に、リオは呆《あき》れた。

　だが一方で、この三人が最初からリオのことをそれほど理解してくれていたことがあったろうか、とも思う。

　全員がそれぞれに勝手な方法で、リオに親切だったり、横暴だったりする。だがそれはリオも同じだった。

（俺は、ユリヤに心臓を渡す。それだって誰も望んでない。だけどやらなきゃ……ルストを狂った王にしないために）

ぐっと、奥歯を嚙《か》みしめる。

もう迷わないと、昨日決めた。短い命のことも、いちいち嘆かない。

心を強く保ってやり遂げないと、ルストを出し抜くことは絶対にできないと分かっている。

（俺が揺らいだら、みんながその隙をついて、やめさせようとする）

ルストもアランも、おそらくはっきりと言わなくてもフェルナンも、リオがこの旅をすることにさほど賛成ではないのだから、誰も本当の味方ではないと思って、自分だけでも自分を強く保たないといけない。

（揺らぐな。一人でも進む覚悟でやるんだ）

ぐっと拳《こぶし》を握りしめ、大きく息をついて、「俺はどこにも行かない」とはっきりと断言した。

「失踪者の足跡を追って、ハーデにある魔女の根城に行く。そして禁書を取り戻す。受けた依頼は最後までやる。——みんながついてきたくないならいい。ユリヤと二人で行くから」

きっぱり言うと、三人は思い直したように睨み合いを解いた。

「ひとまず情報を共有しましょう」

フェルナンが場の空気を変えるように、小さく咳を払った。リオももう、余計な感情は捨てて、調査のための情報収集に集中することにした。

「七年前に失踪した賢者の名は、トラディオ・ツラダといいます」

手元に紙が配られる。そこには似顔絵があり、茶色の髪に茶色の瞳の、ごく凡庸《ぼんよう》な、特徴のない男の顔が描かれていた。

「失踪時は三十二歳。生きていれば現在は三十九歳。大学校出身の平民です。二十二で入塔し、物見の賢者となり、現在は見ることができなくなっている、魔女の根城があるハーデ国境一帯を先見していました」

「この描画が、トラディオ・ツラダか？」

「はい。失踪後、『塔』で描き起こしたものです。トラディオの在塔十年間の行動記録はこちらです」

ルストに訊かれたフェルナンは、分厚い冊子を机に載せた。開いてみると、毎日、トラディオがどう過ごしていたかが事細かに記されている。先見していた内容はさすがに書かれていないが、何件の記録をとったとか、どこの地方のどの客人からの先見要請について、断ったとか受けたとか、そういうことも書かれている。

「フェルナンは……このトラディオ・ツラダって人と、面識はあるの？」

ふと気になって訊いてみると、フェルナンは「いや……」と呟《つぶや》いて首を横に振った。

「ないと言っていい。俺はトラディオが失踪した年の春先に入塔した。トラディオの失踪は初夏だ。物見の賢者同士はほとんど会話もしないからな。覚えがない」

『時の樹』の部屋の様子を思い出して、リオはなるほど、と頷いた。たしかに物見の賢者同士が、仲良く交流している姿は想像できなかった。

「でも……魔女との接触が失踪前から始まっていたなら、どこかで連絡を取り合ってたってことだよね」

行動記録のうち、先見の要請を承諾した相手の名前をリオはいくつか書きだしてみた。

(この中の誰かが、魔女だったり?)

そう考えるが、確証はない。

「とはいえ、物見の賢者と塔外の人間が直接会うことはないだろ。外部から来た人間は、賢者連が仲介するんだから」

アランが肩を竦《すく》める。リオもそれは『塔』に入らせてもらって知っていた。

『時の樹』の枝で仕事をする物見の賢者たちは、精霊のように静かで、俗世間から切り離されていた。先見をお願いする人たちは、まず賢者連が相手をするという。

フェルナンも頷きながら、推測を口にする。

「物見の賢者と直接話ができるのは、賢者連のみだ。だが、魔女の魔法の能力が、陛下の練度と同じだと考えると……」

「……写し身の術があるな」

ぽつりと、ルストが呟いた。リオはそこでハッとなった。

写し身の術は、ルストが日常的に使っている魔法だ。高度な技術と、高い魔力が必要なので、ほとんどおとぎ話にしか出てこないような術だが、ルストはその魔法を使って架空の魔術師ユリウスを作り出し、自分が王都を離れる際には、王ルストの姿を写し取って、王都に置き、国中を自由に旅していた。

「魔女が賢者連の一人に写し身の術で乗り替わってたら……接触できる?」

「本来ならそうした行動は、すべて先見に引っかかるが……魔女自身が大学校を出て、賢者連の一人になっていた可能性はある。姿形だけ変えて」

フェルナンが言う。リオは息を呑《の》んだ。賢者連に選ばれるのは狭き門だろうが、魔女くらい魔法が巧みなら、その程度のことはできるかもしれない。

「トラディオの失踪に合わせていなくなった賢者連はいるのか?」

アランの問いに、フェルナンがすらすらと答える。

「前後に一名が病で死亡、一名が地方都市に派遣され、その先で事故死。いずれも記録を見る限りは勤勉で、勤続年数も十年ほどあり、疑わしい点はない。事故死した賢者連は、何度かトラディオの行動記録に名前が出ている。トラディオが監視していたハーデ国境一帯の干ばつ問題について、当時の地方領主から相談があり、担当していたようだ」

「……魔女の根城になったあのあたりか。たしかに干ばつの問題があったな。当時の地方領主は魔女と抗戦して命を落としたが……」

ルストが思い出したように口を挟む。

「ええ、実際に問題があり、相談もたびたびあがっていたので、賢者連の行動に不審な点はありません。地方都市へ向かったのも、王家から行政指導を依頼されて、『塔』が派遣した形です」

フェルナンが言うと、ルストは「王家のほうでも記録をあたらせよう」と頷いた。

「道中で事故死したっていうのは、どういう理由で？」

アランが問い、フェルナンが「馬車の転落だ。これもよくある事例で、不審な点はなかった」と説明した。

「遺体は回収されて、故郷に返されたしな。そいつが魔女自身だったとしても、写し身の術で依《よ》り代《しろ》をたてて、たびたび入れ替わっていたというほうが自然だろう」

物証がない以上、すべてが憶測だった。だがなにかが利用されて、魔女とトラディオ・ツラダは繋《つな》がったのだろう。と、フェルナンが懐から小さな紙を出して、円卓に広げた。

「トラディオ・ツラダが失踪直後、部屋に残していた走り書きです」

黄ばんだ紙片を、リオは身を乗り出して覗《のぞ》きこんだ。

――『フロシフラン王家とウルカの神は二百年前、契約違反を犯した。塔は知りながら看過した。欺瞞《ぎまん》に満ちたこの世界にはもはや存在価値はない。罪は償われるべきだ』

文字は怒りにまかせて書いたかのように乱暴で、呪詛《じゅそ》のようにも見えた。リオはなんだか怖くなり、背筋がぶるりと震えた。思わずちらりと、ルストを見た。

「……王家と神が契約違反か。『塔』が看過とは、なかなか衝撃的な見出しだ」

「二百年前だって。ルスト、思い当たる節は？」

アランに訊かれたルストは唇に指をあてて考えていたが、「いや、さすがにない」と呟いた。

だがなにか引っかかるのか、ルストはなにやら考え事をしているように黙り込む。

リオは少し焦った。ルストは王家の事情にも当然詳しく、知識はリオの何倍もある。一緒に調査を進めていけば、途中までは頼りになる相手だが、最後の最後、目的が違う以上、ルストが知っていてリオが知らないことがあるのは不利だった。

「なにか分かってることがあるなら、ちゃんと言ってほしい、ルスト」

だからつい、責めるような口調で言ってしまった。

ルストは小さく息をつきながらリオを見やり、肩を竦めた。

「二百年前というと、王家の血筋が一度途絶えた時期だから、それに関係があるかと思っただけだ。『王国史』を読めば載っている内容だ。気になるなら書籍を取り寄せるから突っかかるな」

自分の不勉強を指摘されたようでリオはぐっと黙ったが、こんなことで感情的になっていても意味はないと、頭を切り替えた。

「そうですか。なら今度自分でも調べてみます」

さっと退いて、フェルナンを見る。フェルナンはリオに頷き、ルストに向き直った。

「『塔』で捉《とら》えたトラディオの足跡です。地図上のこの地点で、魔女と接触していたのではと」

フェルナンが次に広げたのはフロシフランの詳しい地図だった。

地図にはハーデの国土も含まれており、戦前のフロシフランの形が分かる。

西と東を山に囲まれた楕円形《だえんけい》の国。それがハーデも含めたフロシフランだ。

リオは今いるツェレナを、その楕円の左上に見つけた。王都は左下にあり、この二都市は大河沿いにある。

国全体で言えば、ツェレナは西側の、北の街で、王都が西側の、南の街になる。

一方セヴェルは、ハーデを含む地図上ではほぼ中央に位置している。だが、ハーデの国土を他国と見ると、国境ぎりぎりにあり、最東部の街になるようだ。

（ここから俺が、ユリウスと……王都に向かった道筋は）

立ち寄った街の名前を思い出しながら見ていくと、リオはセヴェルから南側に延びる街道を使ったようだ。

だが、ハーデに通じる街道はもう一本あり、それはセヴェルの北側を通っている。

「トラディオは『塔』を出奔してから、主に北の街道沿いに東へ向かい、現在の国境を越えてハーデの土地に入っています」

言いながら、フェルナンは地図上に印を書いていった。

「最初の報告は、都市ウドリメの近く、ルードリヴェス渓谷。その五日後に、城塞《じょうさい》都市メドヴェ、それから一巡月後……」

眼で追うと、失踪者トラディオがハーデに向かった道筋は、ちょうどリオがセヴェルから王都へ向かったのとは反対の、北側の街道を使ったものだった。セヴェルのすぐ真上にある都市、イグラドにも印が入り、もしやセヴェルも通ったろうかと身構えたが、フェルナンはそのまま東へ腕を動かして、ハーデの街に印をつけた。

どうやら、トラディオはセヴェルには寄らなかったらしい。

「そして、城塞ヴィニゼル。ここが魔女の根城です」

リオはじっと、終着点であるヴィニゼルという名前を見つめた。

「……トラディオが動いたのは七年前のことでしょう？　そのときは、ハーデはまだフロシフラン国土だったと思うけど、国境を越えたあとなにをしていたか分からないの？」

ふと不思議に思って、フェルナンを見る。

七年前には戦争も始まっておらず、ハーデは他国ではなかった。

それなら、『時の樹』で見られるはずだ。失踪者がいかに素早く移動したのだとしても、先見できる『塔』がなぜ事前に捕まえられなかったのかと不思議だった。

フェルナンはリオの問いに頷きながら、ため息をつく。

「ハーデ国土も、『時の樹』で先見はできる。……ただ、トラディオ・ツラダは、自分の管轄区域について先見ができないよう、枝を壊してから失踪した。『塔』がその対応に追われている間にヴィニゼルに到着し、そのあとはそこから出てきていない。それで、これ以上の足取りが摑《つか》めていないんだ」

　黒ずんで壊死していた枝を思い出して、リオは納得した。あれはトラディオの仕業なのか。

　どうやってやったかは分からないが、『塔』が絶対に先見できない場所を先に作っておいて、そこへ向かったということだ。

（じゃああらかじめ、魔女とトラディオは、どこに根城を置くか考えてあったってこと）

　うーん……、と、アランが首を傾《かし》げた。

「これ、ヴィニゼルを拠点にした理由はなんだろうな。もともとその土地に意味があったから、トラディオに接触したか。たまたまトラディオが扱いやすかったから、担当していた土地を根城にしたのか」

　言われてみればたしかにそうだと思う。セヴェルと、その東向こうの国境について思い出すが、あのあたり一帯は乾燥した地域でさほど豊かな場所ではない。

　そのさらに東にあるヴィニゼルも、セヴェルと似たような環境ではないかと思う。ヴィニゼルは国境をはさんで、セヴェルのちょうど斜め右上にあり、それほど距離は離れていない。

（なぜ……魔女はここを選んだんだろう）

　なにか意味があるはずだが、いくら地図を見ても答えは見つからなかった。

「……さて、依頼を受けた主体者はリオだ。……一応、お前としてはこの調査をまず、どう進めたいか、考えはあるか？」

そのときフェルナンに訊《たず》ねられて、リオはハッとする。自分が計画をたてていいのかと驚いたが、すぐにそうだ、これは俺が自分で選んだことなのだと思い出した。

これからいよいよ発《た》つのだと思うと、もう逃げ場がなくなりそうで胃が小さく痛んだ。だが、さっさと答えないとまた調査から下りろと言われそうで、口早に告げる。

「地図にある順番のまま、トラディオ・ツラダの足取りを追うのがいいと思う。現場を見ればなにか手がかりがあるかもしれないし……魔女と会っていたなら、目撃者がいるかもしれない。一つずつ潰《つぶ》しながら、最終地点としてハーデの魔女の根城、ヴィニゼルを捜索しよう。それと」

そっと、ルストを見る。

「この、接触してる時点で魔女は既に王妃だったから……王宮に、王妃の行動記録があれば照らし合わせたい」

リオの邪魔をするつもりのルストに、頼み事をするのは気が引けた。が、王宮の、それも王妃の行動記録など、フェルナンやアランに頼んでも簡単には出てこないだろうと思う。ルストはため息をついたが、「分かった。手配する」と請け合ってくれて、リオはホッとした。

（とにかく、最後の最後までは、ルストの力を最大限借りなきゃ……）

心の中で、気を引き締める。

「あと……三人に頼みがあって」

と、リオは付け加えた。

「時間のあるときに、聞き取りさせてもらえないかな。魔女……王妃について知ってること。たぶん行動記録にはそう怪しい点を残してないと思う。その……どうやって、魔女が王妃になれたのか経緯を知りたいし、普段どう見えていたのかが知りたい」

魔女が王の妻になれたのは、どう考えても不思議なことだった。

それにリオが引っかかっているのは、それだけではない。

魔女が『七使徒』を王から引き離せたのは、なぜだろう？

他人が王と『使徒』の絆《きずな》を断つのは、相当難しいと思う。自分をはじめ、アランやフェルナン、ゲオルクやルース、よくは知らないがレンドルフにも、ルストを裏切る理由があるようには見えないせいだった。

（みんながルストに忠誠を誓ってるっていうより……なんとなく、ウルカの神力で結びついている以上、『使徒』が王を裏切るなんて……難しいと思うんだけど）

なにしろ一度はルストを裏切った形になったフェルナンも、そして一度は死んだはずのリオも、まだ『使徒』のままであり、そしてルストの力には到底及ばないと、本能的に感じ取っている。フェルナンの「裏切り」も、本質的にはルストを呪《のろ》いから解き放ったわけで、臣下としては忠を尽くした行動ととれる。

王と『使徒』は、そう簡単に分かたれるものではない、とリオは感じている。

「……どうやらお前の調査方法に、誰も異論はないようだ。まずはトラディオの足跡をたどる。決まったならば、日があるうちに最初の場所へ向かおう」

フェルナンが言い、地図の、ツェレナに一番近い場所を示した。

――ルードリヴェス渓谷。

ルストが息をつき「野営の準備が必要そうだな」と呟いて席を立った。


ルードリヴェス渓谷は、ツェレナから北の街道沿いにある場所だった。

すぐそばには、ウドリメという街がある。

七年前の某日、トラディオは『塔』を出奔し、その足でルードリヴェス渓谷に向かい、初めて魔女と接触している。

リオたちはまずは現場に行き、トラディオと魔女の接触について探ることになった。

『塔』がリオを支援すると約束してくれたのは本当だったらしく、いざ出発することになると、宿の外には四頭の馬が準備されていた。

食料や野営用の毛布など、必要なものもすべて馬に積んである。

「四頭か……リオは一応馬に乗れるな。殿下は俺の馬に乗っていただくのでいいでしょうか？」

フェルナンがそう、ユリヤに声をかける。

ユリヤは昔は乗れたのだろうが、今は馬術を忘れている。「リオと乗りたい」と言われたが、リオはあいにく、人を乗せられるほどの技量はない。リオはちらりとルストを見やる。

（ルスト……ユリヤを自分の馬に乗せないのか？）

もう本当に、ルストにとってユリヤは弟ではないらしい。

ユリヤがどこでなにをしていても、ルストはほとんど気にする素振りがない。それはアランも同じだったが、「二人め」の記憶ではアランとユリヤは親密ではなかったので、まだ分かる。

（……死んだ体だけ大事にしてた。あっちのほうが、ルストにとっては弟だったってこと）

ユリヤが死んだのは、ルストがたった十八歳のときのことで、その死から七年も経過している。今さら記憶のないユリヤを見ても、ルストの中では見知らぬ人間なのかもしれない。

（でも、ルストがユリヤに興味がないほど、ユリヤに心臓を戻す意味はある）

残酷なことだが、リオはそう思って、心を奮い立たせた。

リオの記憶も含めた三人分の命を引き継いだユリヤは、きっとリオでもユリヤそのものでもなくなる。

それにリオがユリヤに心臓を戻せば、ユリヤは今より長い寿命を好きに過ごせるし、ルストが土人形を作り直すなんてこともしなくなるはず。そうだと思いたかった。その可能性に賭《か》けるしか、リオにはルストを止める術《すべ》がない。

「食料も水も一通りそろっているようだな」

確認していたルストが言い、ふと、リオへ振り向いた。じっと見つめられて居住まいが悪くなり、身じろぐ。

「なに？」

訊くと、ルストは眼を伏せて「いや……馬を見ても喜ばないんだな」とだけ、言った。

リオはどきりとする。アランとフェルナンもリオを見ていたが、リオはそれを無視するようにして馬の手綱をとった。

ふと、昔の自分なら……と思う。以前までの自分なら、四頭もの立派な馬を見れば、少しくらい驚いたり、はしゃいだりしていたのだろうなと感じた。

実際フェルナンに連れられて馬を前にしたユリヤは、

「リオ、すごいね。馬って大きい！」

と、嬉《うれ》しそうにリオを振り向いた。リオは小さく微笑《ほほえ》んでそれに応えたが、ユリヤは気楽だなとも感じた。

――今の自分には、馬を喜ぶ余裕なんてない。

そのとき、ルストの体がさっと黒衣で覆われていった。青い瞳が緑に変わる――。

（ユリウス……）

辺境の街で初めて出会った、謎の魔術師《コゼニク》。

ルストは旅の間、ユリウスの姿をとるつもりらしい。あっという間に黒ずくめの男に変わったルストを見ても、リオはもう知っているので驚きはしない。ただ、言いようのない懐かしさが胸にこみあげてきた。

(またユリウスと旅をするなんて……思わなかった)

あのころとは違う道のりを、今度はセヴェルの方角に向かって、旅をする。

次ユリウスと旅立つなら、もっと幸福な道中がよかった。

そう思うと胸が締めつけられたが、リオは急いでその気持ちを振り払った。

胃の腑《ふ》が痛み、吐き気がしたが、いつもの体調不良だと決めつけて、リオは我慢して鞍《くら》にまたがった。

ツェレナは入るのは難しくとも、出て行くのは簡単な街だった。入塔制限が解かれたのもあってか、街の中は初日に見たとおり活気づいていた。塔の前には行列が連なり、街の門前にも朝から長蛇の列ができていた。

白い小鳥の群れが、高い冬の空を舞っている。

リオたちの向かう渓谷は川の上流にある。

二股に分かれた河のうち、東にのびる大河に沿って、街道をひたすら馬でいく。

フロシフランは西側の山脈群と、二本の大河が特徴的な国だ。南北は水路が発達し、東西は街道が貫いている。都市や城塞はこれらの交通路に沿って発展している。

「リオ、船がたくさん」

フェルナンの馬に同乗しながら、リオの横を併走していたユリヤが声をあげた。

リオはあまり周りを見ていなかったので、ユリヤの一言で街道沿いの河を見た。

ストリヴロで見たような巨大な船はないが、それでもその半分くらいの大きさの船はいくつか見かけた。荷物をいっぱいに積んだ小舟や、人を乗せた乗客船ともすれ違った。

街道にも、多くの旅人を見かける。

「……思ったより交通の行き来があるんだね」

「ウルカの神力が国土に行き渡ったからだろ」

ぽつりと呟くと、やや後ろに馬を走らせていたアランが応えた。

「作物は息を吹き返して豊かになって、あちこちで恵みがもたらされてる。この先の街じゃ、温泉が湧《わ》いたって話だし、そろそろ新しい鉱山が見つかったり、家の倉庫から古い宝石が出てきたりしてるはずさ。それでみんな冬の前の最後の商売をしに、移動しはじめた」

アランがおかしそうに続けて、「な、ルスト」とユリウス姿のルストを振り返ったが、ルストは眼しか出ていない服装でも、それと分かる程度にはうるさそうに眼をすがめた。

「ウルカの神様と王の契約が完全になったら、宝石が見つかったりするの？」

リオは想像もしなかったので眼を瞠《みは》ったが、フェルナンが「神の祝福といってな」と補足してくれた。

「契約が万全となったときに、国土の民に大なり小なりの吉事が起こるとは言われている。なくしていた靴が見つかったとか、しゃっくりをしたら喉に詰まっていたものがとれたとか、そんな程度の話もあるが」

「でも、お嬢ちゃんがまだこうして生きてて、殿下にも命が与えられたってのは、ウルカの祝福かもしれないだろ?」

アランがおかしそうに付け足す。フェルナンは内容を不謹慎だと思ったのか、アランをじろりと睨んだ。

「でも、通行証がないと商人は商売が難しいだろ? 戦争のあと、ほとんど発行されてないって……」

二人が言い合いになっては困るので慌てて言うと、フェルナンが「それなら俺が宰相府にいたときに、あらかた片付けた」と言った。

「自分だけ働いたみたいな言い方はどうかなあ、俺も相当数、片付けたけどね」

「お前の管轄は王宮内の人事だっただろう。商人や一般国民相手の調整は俺に一存されていた」

「お前が書類に溺《おぼ》れてたから何回か手伝ってやったの、忘れた?」

フェルナンとアランは、結局言い合いになっている。

（ちょっと珍しいな……）

と、リオは思った。フェルナンとアランはもともとは、さほど言い争う関係性ではなかった。とはいえ気の重いこの一行の中では、二人の応酬は軽いほうだ。

ルストはというと一行のしんがりにつき、じっと黙っていた。

なにか考えているのか、それともなにも考えていないのかは、リオには分からなかった。


日が真南にさしかかるころ、最初の目的地である河沿いの街、ウドリメに到着した。

ウドリメは城塞がなく、街の西側に河があり、その周囲に市場と宿屋が集まっている。職人や民家、農家などは、森に沿って街の外側に広がっていた。

「まあまあこれが、第二貴族以下の貴族領地の、一般的な首都の一つだと思うといいよ」

と、アランが教えてくる。

「このあたりはルースのカドレッツ家の領地だ」

フェルナンが付け足したことに、リオは少し驚いた。

王都にいる『七使徒』の一人、『王の弓』、ルース・カドレッツ。

ルースからは故郷のことを、田舎だとか、貧しいとか聞いていたので、以前ユリウスと訪れた村のような場所を想像していたが、思っていたよりも栄えているように見えた。

だが食事のために食堂を訪ねると、

「こんなに旅人が戻ってきてくれたのは、ここ最近のことだよ」

と、女主人が嬉しそうに言ってきた。

「農作地も不作続きでもうダメかと思ってたんだ。それが急に、秋の最後の収穫で持ち直してねえ。国の穀物倉庫からも大盤振る舞いの支給があって、やっとまともにパンにありつけるようになったところさ。しかも、少し前から猟に出ると必ず大物が捕まるってんでね、街中お祭り騒ぎだよ」

女主人は最後に手を合わせて、ウルカの神に祈った。

ウドリメがそれなりの規模である、といっても、王都から離れた街の宿屋の食事がどの程度なのかはリオも大体分かっていたので期待はしていなかったのだが、意外にも、提供されたのは柔らかなパンとチーズ、鹿肉の入った濃厚なシチューだった。

「ルースは故郷が貧しいって言ってたけど……今は違うみたいだね」

ユリヤはもう、食事の仕方は完璧なので、リオは教えることもない。ゆっくり食事を楽しめるはずなのだが、食べると胃の奥がむかついた。

このごろは、満足に食べられない体調が続いている。けれど誰かにそれを見咎《みとが》められることがいやで、リオは無理やり喉に料理を流し込んでいた。

途中でユリヤが、「もうちょっと食べたいな」と言ってくれたので、「俺のをあげる」と渡すことができ、リオはほっとした。

「カドレッ家は街の農業地に面して邸宅を構えてる。家業として小麦を育て、山羊《やぎ》や羊を飼ってる。まあ豪農ってところだな。街の管理もしてるけど、しばらくは旅人の行き来もないわ、農作物は不作だわで、たしかに困窮してたはずさ」

と、事情に詳しいのだろう、アランが説明する。

「『使徒』として一家の人間が王都で働いてるんだ。カドレッ家に、鉱山の一つくらいやったらどうだ?」

アランがルストへ振り向いて言い、ルストは顔布の下に器用にパンを差し込みながら、「働きに応じて考えておこう」と答えた。

食事がすむと、おのおの二手に分かれて、街の人たちに魔女と失踪した賢者――トラディオについて知る人がいないか、聞き込むことになった。

「実際に魔女とトラディオが接触した場所は街のウドリメじゃなくて、この森の奥……ルードリヴェス渓谷のようだけど……もしかしたらその前に、二人の姿を見てる人がいるかもしれないから」

一応責任者なので、リオがみなに指示を出す。

「七年も前のことだから、そう収穫はないと思うけどな。だからさっと回るくらいでいいだろ」

アランが言うことももっともなので、街の時計が鐘を一つ鳴らすまで、と時間を区切った。

馬を宿屋に預けて、リオはユリヤとフェルナンと三人で回ることにした。

アランとルストと一緒では、また調査をやめろだのストリヴロに行こうだのと言われる気がするし、アランはともかくルストとは二人になりたくなかった。昨日のように、リオを何度でも生かすという話を聞いたら、正気でいられそうにない。

（とはいえフェルナンも……本音では俺の決断を、どう思ってるんだろう）

一緒に街を回りながら、リオはちらりと、片眼鏡の男を見た。

訊くわけにもいかず、あちこち歩いていると小高くなった丘の上に、他の家よりも大きな建物が見え、フェルナンからルースの実家だと教わった。

街は活気を取り戻していたが、ルースが自分を田舎貴族と笑っていた理由が分かる程度には、それは素朴な建物だった。屋敷の周りには畜舎や穀物倉庫も並んでいた。

森を切り開いて耕した農地に出ると、農民たちが冬支度に励んでいる。干した果物をつけ込んでいる女や、豚の腸詰めを作っている男。猟でとってきたらしい、獲物の毛や皮をなめしている者もいて、リオはその人たちに近況を聞くふりをしつつ、七年前に変わった旅人を見ていないかを聞き込んでいった。

「最近のことでしたら、痩《や》せてた豚が急に肥ってきて、冬も心配なくなりましたよ」

「領主様のお家から、毛織りが十分に支給されたんです。なんでも冬麦の収穫が思いのほかよかったとかで」

などなど、どの人からも景気のいい話が聞けた。職人街でもそれは同じで、急に街の寺院を建て直すことになったからと、ガラスの大量注文が入ったとか、旅人が行き交うようになったので、彫刻細工が売れ始めたとか、あるかなきかは分からないが「ウルカの祝福」はそこかしこに見られた。

（こういう変化が、国のあちこちに起きてるってこと……？　それならやっぱり、ルストに真名を返してよかったんだ……）

リオは自分のしたことが正しかったと知れた一方で、三年もの間、自分一人がルストの命の恩恵に預かっていたという事実を今一度、自戒させられて落ち込みもした。

街が豊かに変わった話が積もるほどある一方で、魔女やトラディオについての情報は、ほとんど得られなかった。

「七年前の旅人？　さあ……そう変わった人が来ていたかねえ。なにしろそのころは戦争の前で、ウドリメにも常日ごろ旅人が行き交っていたからねえ」

リオはフェルナンと顔を見合わせて、農家の女の前で少し肩を落とした。

が、女は外套《がいとう》についた頭巾をかぶり忘れていたリオの顔をじっと見て、

「それにしてもあんた、きれいな顔だね。もしやお貴族様かい？　そうじゃなきゃこんなきれ

いな子、見たことないよ。うちのルース坊ちゃんもお小さいときはそりゃあ可愛《かわい》かったよ。あんたと一緒で、お貴族様でも鼻にかけずにあたしらの畑にも遊びに来るような方でさ……」

リオは苦笑しながら、ユリヤに頭巾をかぶせておいてよかった、と思う。ユリヤは自分が興味のないことを話しているときは、とことん静かなので今もそうだった。

思いがけず幼いころのルースの話が聞けたのは、少しだけ嬉しかった。彼のことを知ってますと言って、もっと話を引き出したかったくらいだ。

懐かしさが胸に灯《とも》り、ルースはどうしているだろう……と思う。

「あ、でもそういえば」

そのとき女が、思い出したように手を打った。

「あんたみたいにきれいな銀色の髪した女がね、森の奥へ歩いていったことがあるよ」

リオはその言葉に、ドキリとした。

農家の軒先では豚や子牛が好き勝手に歩いていて、そのへんの草むらに頭を突っ込んでいたりする。そののどかな風景の中で、リオは一人緊張して息を詰めた。

「あれは……そうだ、たしか七年ほど前だったよ。森の奥は途中で道がなくなるし、あとにゃ渓谷しかないから、危ないしやめておきなって声かけたんだけど……聞こえなかったみたいで、行っちまったねえ。でも、その女は幽霊だろってうちの旦那は言ってたよ」

「幽霊？」

渓谷、という単語が出てきて、にわかにその女が魔女であろうという確信が出てくる。

それにしても幽霊とはどういうことだろう。

「あたしが怖くなってねえ、翌朝猟に出る男衆に、渓谷のほうへ行くなら女が行き倒れてやしないか見てきておくれって頼んだんだ。男衆は渓谷まで行ってくれたようだけど、そんな女、影も形もなかったとさ」

普通女が一人で、あんな場所で夜は越せないからね、と女は息をついた。

「幽霊でも見たんだろって。だからすっかり忘れてたけど、たしかに、あんたみたいな銀色の髪だったよ」

女は冗談めかして、「あんたも幽霊じゃないだろうねえ」とリオに笑った。

「話を聞かせてくれて助かった。少ないが、足しにしてくれ」

黙っていたフェルナンが横から言って、女に銀貨を渡した。女は喜んで「あれまあ」と声をあげた。


昼の鐘が一つなり、リオは別行動をしていたルストとアランとも合流した。ルストたちのほうではこれといって収穫はなかったらしい。が、ルードリヴェス渓谷についていくつか話を聞いてきたという。

「この地方の言い伝えらしいから俺も知らなかったんだが、ルードリヴェス渓谷はその昔、初代フロシフラン国王が結婚式を行った場所だって話だ」

「結婚式？　王族が……渓谷で？」

集まった広場には人が大勢行き交っていたが、行商の馬車がいくつも止まって店を広げているため、リオたちに注意を向ける市民は誰もいなかった。

それにしても、農家の女の話では渓谷は森の奥にあるようだったし、そんなところで王族が結婚式を挙げるだろうか？　と、思わずルストを見る。ルストはリオと眼が合うと、黒ずくめの姿のまま首を緩く横へ振った。

「王宮では特に知られていない。四百年近く前のこととなると、いくら自分の国のことでも記憶が薄れる。まして、初代から二百年間は、ほぼ今の王家とは血の繋がりがなくてな」

朝話したこととも繋がるが、と、ルストが言葉を接《つ》ぐ。

フロシフランの王は指名制なので、法律上は平民からでも次期国王が生まれることはできる。が、実際にはほとんどの王が、自分の子どもや親戚から次期国王を指名している。

つまり、それなりに血統が維持されてきているというのが、リオの認識だった。

「……二百年前に王家の血統が途絶えたって、今朝は言ってたけど」

ルストは顎があるあたりを布の上から押さえて、「まあ、そうだ」と頷いた。

「二百年前の王、第十六代国王ハラヤには、子どももおらず、親戚もみな早死にした。それで、王妃の外戚から国王を指名したと言われている。現在の王室はその血統をある程度継いでいる」

(王の血筋が変わるとき……なにかあった? だからトラディオは、あんな走り書きを残したの?)

——『フロシフラン王家とウルカの神は二百年前、契約違反を犯した。塔は知りながら看過した。欺瞞に満ちたこの世界にはもはや存在価値はない。罪は償われるべきだ』

考え込んでいると、ルストが話を引き戻す。

「いずれにしろ、初代国王の挙式の話については、特に聞いたことがないな。記録も残っていない」

ルストの話だけを聞くと、ルードリヴェス渓谷で結婚式があった、というのは、ただのおとぎ話のように思える。

(この地方の言い伝えなら、ルースは知ってるのかな?)

なんにせよ、ルードリヴェス渓谷へ行って実地調査すべきだろうという話になり、リオたちは宿屋から馬を受け取って、森へ入ることになった。

八　ルードリヴェス渓谷

森の中は、定期的に人の手が入っているらしく、馬に乗ったままでも移動ができた。

冬枯れの木立が続いていたが、やがて針葉樹が群生した場所へ出ると、あたりは急に鬱蒼《うっそう》としはじめた。

「手前は狩猟場として使われてるらしいが、ここから先はあまり人が入らない場所のようだ」

しんがりにいるルストが、あたりを見回しながら言う。

普通、王が最後尾を務めるなど聞いたことがないが、馬の順番はフェルナン、リオ、アラン、ルストで固定されている。先頭は危険があるかもしれないと、今だけユリヤはアランの馬に乗っていた。

二人は会話をするかとリオは思ったが、ユリヤはアランになにも話しかけないし、アランも空気のように扱っている。

（やっぱり記憶が戻らないと、第二王子とは思えないってことかな……）

以前は交流があったのに、アランもルストと同じでユリヤと第二王子を同一に見ていない様子だった。

日が落ちてしまうと渓谷を調べるのは難しくなる。焦る気持ちがあったけれど、道のりについては街にいた猟夫にフェルナンが詳しく聞いていたようで、歩きやすい場所を選んで難なく進んでいき、やがてやや勾配のきつい下り坂になった。

「馬を下りて徒歩で進みましょう」

フェルナンが提案し、馬の手綱を引きながら、ゆっくりと下りていく。

やがて森が消え、せせらぎが聞こえてきた。視界が拓《ひら》けると、眼の前に川がある。ウドリメの街沿いにある大河の上流に出たのだろう。後ろを振り返ると、山々が高くそびえていて、たしかに渓谷の底へ下りてきたらしかった。

「もっと険しい道かと思ってた」

「猟夫たちが百年以上かけて楽な道を作ったらしい。渓谷を越えて森へ入ると、熊がとれるとかいう話だ」

熊は大きすぎる獲物だが、とれると一冬が楽に過ごせる。カドレッ領はここから広く北部に位置しているので、熊猟も盛んだという。

「もしかしてルースの領地とゲオルクの領地って近い？　ゲオルクは小さいころ熊を斃《たお》したって話してたような……」

「隣の領地だよ。あいつらは辺境貴族なんだ。いつ隣国と戦争になるか知れないから、幼いころから武芸を仕込まれる」

アランが口を出して言った。

渓谷は一見すると、穏やかな場所だった。川沿いに少し空き地がある。リオたちはそこに立っていて、すぐにまた勾配のきつい山肌が行く手を阻んでいる。

着いたときには、日は大分短くなっていた。

「ここが目的の場所だったよな？　なにもなくないか？」

「待て。あそこに洞窟がある」

あたりを見回したアランはがっかりしていたが、フェルナンが、石灰岩でできた山肌を指さした。群生した蔦《つた》植物の間に、たしかに洞窟らしい隙間が見えた。

不意にルストが右手をかかげ、なにかを払うような仕草をした。

とたんに、山肌にからまっていた蔦が取り払われて、消える。

「えぐい魔法の使い方するなよ」

アランが不快げにルストを見たが、ルストは気にかけるでもなく、

「蔦を消したわけじゃない。移動させただけだ」

としれっと言っている。

「かなり大きい洞窟ですね」

フェルナンが声をかけて、リオも他の者も、まじまじとその入り口を見た。たしかにかなり

大きく、入り口だけでも二階建ての建物くらい高さがある。

「ここに入るの？　怖くない？」

いつの間にかリオの横に来ていたユリヤが、ぴたりとくっついてきた。アランは洞窟の入り口に立つと両手を突き出して、光の球を作り始めている。りんご大の光球が数十個洞窟の中へ送り込まれ、暗かった入り口は明るくなる。

「リオ、中へ」

フェルナンに促されて、リオはユリヤと一緒に中へ入った。相変わらずしんがりはルストが務めている。

「うわあ、広いね」

入る前は怖がっていたユリヤだが、入ってしまうと平気になったようだ。アランの光球はあちこちをふわふわと浮いていて、洞窟の全体像がよく見えた。

人の手でならしたように床部は平坦《へいたん》で、中も人がくりぬいたような半円型だった。土の壁は山のため込んだ水気のせいか湿っており、洞窟内の空気は外より一段冷えている。

「これは……」

奥の奥で洞窟が行き止まりになる。そこでフェルナンが足を止めて、洞窟の壁を見つめた。アランの光球が集まってきて、その壁を照らした。

一番奥の壁には、壁画があった。かすれて、色も褪《あ》せていたが……そこに描かれているのは、不思議な図だった。

　向かって左手に白い竜。右手に黒い竜。

　二頭の竜は向かい合い、それぞれその膝元に人間が描かれている。白い竜の下には、若い男らしき絵があり、その頭に王冠のようなものを抱いていた。黒い竜の下にいるのは若い女のようで、長い髪に花冠をかぶり、手に花束を持っている。

「……結婚式？」

　ぽつりと、リオは呟いた。

　どう見ても、それはウルカの神とエラドの神、そして王と花嫁の姿だった。

「エラドの教団が描いた絵か？」

　アランが言ったが、壁画に近寄り、子細に調べていたフェルナンが「いや、かなり古い絵だ。三百年は前のものだろう」と否定した。

「エラドの教団ができたのはここ五十年ほどのことだ。これはもっと以前に描かれている」

「言い伝えにあった、結婚式……っていうのは、この壁画があるからかな？」

「そうはいっても、なにも起こってない場所にこんな意味深な壁画は残さないだろ」

　リオの疑問を、アランがすぐに打ち消した。それもそうだ、と思う。ということはこの壁画は、なにか意味があるのだ。

（古い壁画は本でもいくつか模写を見た。でも……ウルカとエラドが両方描かれてるものは、

見たことなかったな）

――かつてこの地には、二柱《ふたほしら》の神がいた。

魔女の手先となって死んでしまった元騎士団長のヘッセンが、リオにそんな話をしてきたのを思い出す。リオを殺そうとしたエラドの教団関係者が、本来フロシフランの神だったのは、エラドだと言っていたのも聞いた。

リオはずっと神様といえばウルカだと思ってきたが、古い時代では違ったのだろうか？

（エラド……黒い竜。もしかして……「一人め」のときに見たあの竜が……？）

記憶の底に、うっすらと蘇《よみがえ》る地下神殿を、リオは思い出した。

ウルカと直接契約をし、通じ合っているはずのルストはこの壁画をどう思っているのだろう。ルストを見やると、顔を覆っていた布や頭巾をはずしているところだった。変装のために変えていた眼の色が、すうっと青に戻っていく。

「どうやら古い史料を調べる必要があるな。アラン、あとで飛んでくれるか」

「俺？」

アランはあからさまに嫌そうな顔をしたが、すぐに逆らえないと思ったらしい、舌打ちまじりに「分かったよ」と言う。

「フェルナン、魔法探知はできるか？」

ルストの問いに、フェルナンは懐からなにやら布きれを取り出して頷いた。

「トラディオが使っていたローブの切れ端です。これを使って探知します。七年前なので、映像はさほど鮮明とはいかないでしょうが」

「アランは魔法石に記録してくれ。できるな？」

「俺にできないことがありましたっけ？　陛下」

顎で使われるのが嫌なのか、アランは生意気な返事だったが「魔法石」らしい、透明な石を手元に出した。ユリヤがリオに「魔法探知って？」と訊いてきたが、リオもよく分からなかった。ただ、フェルナンが「では行います」と言って布きれを両手に包み、なにやら長い古代語の詠唱を始めてから数秒後――はっと、息を呑んだ。

見えていた壁画が歪《ゆが》んだのだ。いや、壁画だけではない。空間そのものがぐにゃりと歪み、まるで水面に映る景色のように揺れ始めた。

そのうち、なにもない虚空に小さな光がいくつかまたたき、やがてそれは人の形になった。

黒いローブを着た男と、同じようなローブを着た女が、それぞれ向かい合って立っていた。

女の頭巾から、ちらりと銀髪が見える――。

（魔女……！）

リオは全身を、きつく殴られたような衝撃を受けてその場に立ち尽くした。

魔女がいる。目の前に、魔女が。

うっすら光る銀髪を見つめ、喉の奥がきりりと痛むように締まった。全身に冷たい汗が溢《あふ》れ、目眩《めまい》がする。だがそのとき、自分にくっついていたユリヤが、リオの腕をぐいと強く引っ張ったので、我に返った。

「リオ、大丈夫？」

ユリヤが心配そうに、リオの顔を覗いてくる。リオは自分の心拍が激しくなり、息も乱れていることに気がついた。

「……大丈夫。ユリヤは？」

「平気」

ユリヤは本当に平気そうだった。リオは頷いて、今度は冷静に、魔女とローブの男――おそらく、トラディオだろう――の映像を見た。

映像は荒く、ぼやけていて、二人の表情も分からないほどだった。だが、やがて二人がなにか話しているのが聞こえてきた。

『あれは持ってきたの？』

話しかけているのは魔女だった。覚えのある声だった。今度は冷静さを欠かないように、リオはぐっと拳に力を込めた。ぼけた像のトラディオは、懐から薄い本を出している。

古びたその本の表紙に、古代語で『土人形の生成について』と書かれているのが分かり、リオは息も忘れて、そこに集中してしまう。

（あの本の中に、俺の知りたいことがある――）

だがそう思ったとき、本を開いて確かめていた魔女が、映像の中で失望したように言った。

『たったこれだけ？　こんなことふとっくに知ってるし、もう土人形は作ったの。これは単に、「塔」と王家が隠蔽《いんぺい》した証拠にしかならないじゃない』

（『塔』と王家が隠蔽した証拠……？）

不穏な言葉に、リオは眉根を寄せた。

トラディオは魔女に、『なぜですか』と問いかけている。

『完全に作るには、結局エラドの力が必要でしょう。今のままでは不完全な人形よ』

『あなたが作った器に、エラドが少し手を加えれば可能です』

『そんなこと、あの方はなさらないわ』

『土人形がそれほど必要ですか？　「七使徒」を本来の姿に戻せば十分ではないですか』

トラディオの口から『使徒』の単語が出て、フェルナンやアランの眼にも、ぎらりときつい光が走ったのに、リオは気がついた。

『それはお前に働いてもらわねば。私は王宮での立場があるの。契約を無効にする方法なら、十六代国王、ハラヤの記録を調べれば分かるはずよ』

そこで像はぼやけていき、やがて最初からなにもなかったかのように消えると、あたりは元に戻っていた。

「これ以上は探知が働くほどの魔力が残っていません。いずれにしろ、このあと二人とも立ち去ったのでしょう」

フェルナンが、ルストに振り返って報告する。

「『塔』の調べどおり、ここで魔女とトラディオが接触してたのは事実だったな。つまり他の補足地点でも、接触があった可能性は高い」

「さっきの映像を記録したものだけど、俺はこれをどうしたらいい？」

そのときアランが言って、リオに魔法石を見せてきた。透明だった石は、「記録した」からか、赤く変わっている。問われて、リオは自分が調査の主体者だったことを思い出した。

「なくさないように、どこかに保管できる？　安全な場所で、ルストやフェルナンならあとから取り出せるようなところ」

少し考えて、アランに言う。

自分が取り出せる場所、という考えはリオにはない。すべての調査が終わるころ、自分には、どれほど寿命が残っているか分からないからだ。そもそもとっくにユリヤに心臓を与えて、死んでいるかもしれなかった。

それにしても、一応自分の意見を聞いてくれるアランに、リオは内心驚いた。

公平なフェルナンがそうしてくれるのは以前からなので当然のように受け取っていたけれど、アランが自分をたててくれたのは初めてな気がする。

「それなら王宮内がよさそうだな。ちょうど王国史を調べに一度戻るし、隠してくるか」

言ってから、アランがルストを振り返る。

「それでいいか？」

問われたルストが「ああ」と言葉少なに返事をした。

ルストはなにか考えているようで、口元に手をあてて、じっと地面を見下ろしていた。

頭の中を覗きこみたかったが、変に質問をするとルストの手札だけが増えそうで、リオはぐっと抑えた。

じりじりと、胃が焼けるように感じる。焦ってはいけない、と自分に言い聞かせる。

そのとき、アランがリオへ振り向いた。

「リオ、エミルに手紙書くか？　今から一度王都に戻るから、届けてきてやってもいいぞ」

親切な申し出に、リオは驚いてアランを見上げた。

エミルの名前を聞くと、急に気持ちが凪《な》ぐ。けれどすぐには、返事ができなかった。

赤毛にそばかすの、美少年。リオの友だち。

思い出すと初めは柔らかい気持ちになるのに、だんだん胸が締め付けられて、悲しくなってくる。エミルはたぶん、今リオがなにをしているかよく知らないだろう。

リオの寿命はそう長くなく、死ねば次の『王の鞘《さや》』の選定が始まるだろう。

もしかしたら、新しい『鞘』はエミルになるかもしれない。

（そんなエミルに向かって、俺がなにを言えばいいんだろう……）

ぎゅっと拳をお腹に当てて、リオは首を横に振った。

「……ううん、今はいい。ごめん、でもありがとう」

隣のユリヤが、心配そうにリオを見ている。アランはしばらく黙っていたが、不意に間合いを詰めてくると、リオの頭を撫《な》でた。

「まあ、いつでもお使いしてやるから。書けたら渡してくれ」

その言葉に、びっくりして顔をあげる。とたんに、ルストから「アラン、さっさと行け」ときつい声が飛んだ。

アランは肩を竦《すく》め、直後にはアカトビに変身し、洞窟の中をまっすぐに飛んで出て行った。アランがいなくなって、無数の光球はゆっくりと光度を落としていく。

(今、アランに気遣われたのかな……?)

慣れていないアランの態度に、しばらく驚いていると、ルストがその場に膝をつき、洞窟の地面に大きな手を押し当てた。

「やっぱりあるな……」

ルストはじっと地面を見つめて、なにか発見したような顔で囁《ささや》いている。リオとフェルナンは、眼をしばたたいてルストを見た。

「陛下、どうかされましたか？」

「いや。ここに……神脈がある。古くて、途切れているし……従来の神脈よりは細いが……たしかにある」

ルストが言い、リオは困惑した。

（神脈？）

フェルナンはその言葉の意味が分かったのか、はっとしたようにルストのそばへ近寄った。

「本当ですか、陛下」

「……ああ、間違いない。ただ、奇妙だ。これは……俺が知っている神脈とは違う」

「神脈って？」

リオも慌てて訊いた。情報は一つでも多く知りたい。

ルストはなにか考えている顔で立ち上がりながら「ウルカの力の流れだ」と説明した。

「お前たちは『使徒』とはいえ普段感じてないと思うが……俺はウルカが土地に流す神力を常に感じている。一度、像として見せよう」

ルストがそう言ったとたん、地面にぱっと青白い光が瞬いた。光は絹糸よりもっと細い、髪の毛のような細さで広がり、編み目状に織り上げられる。

「これがウルカの神力だ。フロシフラン国土全体に、こうやって網のように張り巡らされている。この力が強いほど、土地は豊かになる……」

リオはごくりと息を呑んだ。網目状の青白い光は、洞窟内を煌々《こうこう》と照らしている。

（こんなに細かく……国中に、ウルカの神様の力が巡ってるの？）

「この布のような脈は便宜上、細神脈と呼んでいるものだ。言うなれば毛細血管のようなもので、神脈はもっと太い、大きな血管のようなものを言う。土地の主要な場所に流れていて、人《ひと》気《け》の少ない場所にはそう多くない。それが……なぜかここにある」

ルストが地面のある場所を指さした。するとそこに、糸よりは太く、幹よりは細い、蔦草、あるいは枝のような形状の赤い光が、めりめりと浮かび上がってくる。光は洞窟の入り口から伸びてきて、洞窟の奥で切れていた。

「……神脈にしては細いですね」

「そうだ。それに切れている。神脈は普通切れない。……おそらくこれは、かつてあったがなにかの理由で廃棄された脈だ」

説明を終えたルストが、洞窟内に見せていた光を消したので、地面はまた元の通りになった。

「神脈はウルカの神様から流れてるの?」

リオが訊くと、ルストは神妙な面持ちで頷く。

「神脈の源は西の、神々の山嶺《さんれい》にある。細神脈と一緒に国土の主要な場所へ流れ込んで、ウルカの恵みを強めている。地下水脈とでも言えばいいか……。だが、今現在俺が知っているかぎりこういう切れ方をしているものはない」

(……廃棄された脈って、さっきルストが言ってたっけ)

リオは思わず、壁画を振り返った。エラドとウルカの並んだ絵。

（理由があって神脈の位置が変わったのなら、その理由にエラドがいたりは……しない？）

日が落ちる前、リオは川沿いの空き地に天幕を張るのを手伝った。

『北の塔《セヴェルニ・エシュ》』が用意してくれた野営用の天幕は大きく、以前リオがユリウスと旅をしたときのようなささやかなものよりはかなり立派だった。

たき火のための枝を拾い、枯れ草を刈って、火口を作った。くるくると草を回して火口を作るやり方を教えると、ユリヤもすぐに覚えた。

「うまいうまい」

たき火のやぐらを立てながら褒《ほ》めると、ユリヤは嬉しそうだった。

「リオはどこでこういうの知ったの？　前に言ってた辺境の街？」

「それは、ユリウスに習って……」

言いかけて、リオは口をつぐむ。ユリヤは無邪気に首を傾げているが、それ以上はなんと説明していいか分からなくて、リオは小さく笑った。

まだなにも知らなかったころの、ユリウスとの静かな旅。あの旅で、リオはユリウスを好きになり、そしてそれは結局、ルストを愛することに繋がっていた。

（……幸せだったな）

今となっては、そう思う。考えていると胸の中にまた、もやもやとした気持ちが溢れそうで、リオはそこで思考を止めた。

ユリヤは初めての乗馬や探索で疲れたのだろう。食事を終えて、日が落ちると早々に眠ってしまった。ルストとフェルナンはそれぞれ見回りに出ていき、リオは一人たき火のそばで、『北の塔』に提出するための報告書を書くことにした。

アランが魔法石に記録しているが、調査を受けた身としてこれくらいはやりたい。ウドリメで見聞きしたことや、実際にルードリヴェス渓谷についてからのことも事細かに書いていく。正式な記録なので、古代語を使わねばならず、苦労する。

そして書きながら、リオはだんだんと不安に駆られていった。

（残り八十四日の寿命で、一体どこまで行けて、なにが分かるんだろう……）

明日になれば寿命は八十三日になる。毎日少しずつ、命が削れていく。

あまりにも、時が過ぎるのが早い。なにもできぬまま死んでしまうかもしれない。そう考えるだけで、心臓が鼓動し、胃が痛み、リオは腹部を押さえると、「うう……」と呻《うめ》きながら前のめりになった。

「リオ？　寝てないのか」

そのとき、ルストより一足先に戻ってきたフェルナンが、森の奥から声をかけた。

リオはハッと体を起こすと、無理やり笑顔を作った。なぜだか、弱っているところを見せてはいけない気がした。

「フェルナン、ちょうどよかった。古代語で分からないところがあるんだけど、訊いてもいい？」

冷や汗が浮かぶ額をさりげなく拭《ぬぐ》いながら、書けずにいた単語を訊く。フェルナンは小さく微笑み、「もちろんだ」と言ってリオの隣に腰掛けた。

『塔』から支給された上質な紙を束ねた帳面を、リオはフェルナンに見せた。

ざっと読んだフェルナンが「よく書けている」と褒めてくれる。

「お前は少し努力すれば、ツェレナの大学校にも入れただろうな。そうすれば、賢者連になれたかもしれない。外部に出す文書作成も彼らの仕事だ。この記録はそれと比べても十分遜色ない……」

珍しく弾んだ声で言いかけたフェルナンがふと、口をつぐんだ。

ありえない未来の話を、仮定の話を、自分がしてしまったことに気がついたのだろうか。

リオは無言だったけれど、フェルナンの気持ちが分かるような気がした。

（俺も……夢見たもの。セスが生きてたら……ツェレナの大学校に行けたって……）

そうだったらどれだけよかったろうと思う。でもそれは叶《かな》わないし、リオがべつの人生を生きることも叶わない。しんみりとした気持ちになったが、あえて無視するように話題を変えた。

「古代語で、花嫁ってどう書くの？　綴《つづ》りが分からなくて」

「花嫁は……プラージュネヴィエだな」

フェルナンは木の枝を拾うと、地面に綴りを書いた。たき火の明かりが、その美しい筆跡を照らしている。記録にうつそうとして、ふとリオは手を止めた。

「……この単語、鞘の古代語と同じ綴りが入ってるんだね」

不意に王宮で、自分に与えられた部屋のことをリオは思い出した。

扉に貼ってあった陶製の板。鞘の絵とともにプラージュと書かれていた。

「言われてみればそうだな。語源に似たところがあるのかもしれない」

考えたこともなかったというように、フェルナンが綴りを見る。たいしたことではない。語源が近しくて、たまたま似ていても、そんなことはよくあることだろうと思ったが、リオはなにかが引っかかった。

(なんだろう……そもそもなんで、あの洞窟には結婚式の絵が？　ウドリメでは、初代国王の結婚式の言い伝えが残ってた。それが真実なら——なぜあの場所で？)

なんだか大きなことを見落としている気がする。ウルカの古い神脈が残されていたことも奇妙だが、もしあそこで結婚式があったというのなら、その当時には神脈が生きていたのかもしれない。

「あの洞窟の中で……魔女がトラディオに言ってたよね。『七使徒』の契約を無効にするために、十六代国王、ハラヤの記録を見るようにって」

リオはフェルナンを見上げて、「でも、ルストはそれを知らないのかな?」と訊いた。

「知らないことってある? 血統が違っていても、自分の先祖の話だよね」

十六代国王が、なんらかの方法で『使徒』にまつわる契約破棄のようなものを犯しているのなら、それが現在の王室に伝わっていないということはないだろう。大事件だ。

(俺になにか、隠してるのかも)

疑いたくないが、ルストの目的が自分と違う以上、気になってしまう。

「フェルナンはなにか知ってる?」

元賢者のフェルナンなら知らないことはあるまいとリオは詰め寄るように訊いた。

「……お前の考えはもっともだが。十六代国王までと、十七代国王からは、『使徒』の選定方法が違っていてな。陛下がなにかを隠している可能性は低いと思うぞ」

フェルナンはけれど、ルストを疑ってはいないようで、やや庇《かば》うようにそう言った。

「国王のみならず、『使徒』も十六代国王の御代までは世襲制だった。今のように指名制になったのはなぜか……正直はっきりとは分かっていない。単純に、人材不足だったのだろうと言われている。たしかに同じ家門に代々『使徒』を継承させるより、国中から候補を募ったほうが、より適した人間を選べる」

合理的な手法だ、とフェルナンは肩を竦めた。

「それに……『使徒』と一言で言っても、王によってその存在の意味は変わる。陛下は我々にかなりの権限を与えているほうだ。先王陛下は『使徒』との仲が悪く、あまり重用していなかった。『使徒』たちは魔女を王妃に迎えることにも反対していたし、そのほかにも、些細《ささい》な意見の食い違いは多かったそうだ」

「……ルストと『使徒』も、そんなに仲がいいとは思えないけど」

ぽつりと言うと、「だが、能力に制限をかけたりはなさらない」とフェルナンが答えたので、リオは少し驚いて息を呑んだ。

「先王陛下は……意図的に『使徒』の能力を制限してたってこと？」

そっと訊くと、フェルナンはわずかにリオから眼を逸《そ》らし、持っていた枝をたき火に投げ入れた。ぱちぱちと火が爆《は》ぜて、火の粉が宵闇に舞う。

「そのような王もいる。……『使徒』は王に次ぐ力の持ち主。為政者として、警戒するのは当然だ。だが……先王陛下はそうしたことで、結果的に自らの首を絞めた。『使徒』たちは王陛下への不満があったろうから」

「……」

リオはしばらくの間、先代の王のことを思い出そうとした。

「一人め」と「二人め」の記憶の中に、うっすらと残る王の姿。

ルストと同じ黒髪に青い瞳の壮年だった。だが親しく口をきいたこともなく、いつも遠目に見るばかりで、リオは先王になんの印象も抱いていなかった。

（魔女がなにかしたんだとしても……先王と『使徒』には、そもそもつけ入れられる隙があったってことか）

考えこんでいると、ふと、フェルナンが隣で身じろぐ気配があった。

「リオ……本気で、自分の心臓をユリヤ殿下に渡そうと思っているのか？」

控えめながらも、真剣な声音だった。突然フェルナンから訊かれたことに、リオは顔をあげた。フェルナンは、本当の答えを見逃すまいというような真剣な眼でリオを見ている。責められている気がして、リオは緊張する。

「お前は陛下から真名をもらい、命をもらっただろう。そのとき、嬉しかったか？」

問われると、即座に答えられない。なぜならちっとも、嬉しくなかったからだ。だからリオは泣いてウルカに懇願した。この人に名前と命を返してと。

「お前がユリヤ殿下にしようとしていることは、それと同じことではないのか？」

責めるというよりは、ただ単に事実を確認するような口調だった。リオは黙り込み、自分の心の中を顧みる。

瞬間的に、真っ黒な靄《もや》が自分を覆う気がした。黒いもののなかに沈んでいる自分が、とてつもなく醜く、憐《あわ》れで、無価値に思えた。心臓が引き絞られるように痛くなり、脈拍が速くなる。

「……そうだね」

そう答えるだけで、精一杯だった。きっと、フェルナンが正しいのだろうと思う。

ユリヤに生きてほしいと思うのは、リオの自己満足だ。わがままでもある。

（だけど仕方ないじゃないか……そうしなかったらルストが……）

考えると頭が重たく痛んだ。

沈黙が落ち、たき火がぱちぱちと爆ぜる。

フェルナンはルストが禁書を手に入れて、リオを何度も作ろうとしていることには、気づいているだろうか？　疑問に思ったが、知っているわけないなとリオは思う。

（いくらなんでも、あまりにも常軌を逸してる……普段まともなルストがそんなことするなんて……俺だってとても信じられない）

時折リオは、『北の塔』でルストが言ったことは全部嘘《うそ》なんじゃないか、と思うことがある。自分が何度も作られたという記憶があってさえ、そんなことをルストがするとは想像ができなくなるからだ。

（そんなひどいこと。そんなむごいこと……本当にする？）

考えれば考えるほど分からないし、ただただ息苦しくなる。

一方で、自分がユリヤにしようとしていることも残酷ではないのか、と悩ましくなる。心が揺れるのがいやで、深く考えないようにしてしまう。

「フェルナンは……ルストに忠誠を誓ったけど。ルストのこと、いい王様だと思う？」

そっと訊くと、フェルナンはしばらく、無言でたき火を見つめていた。

「……大局的な眼で見て、陛下は優れた為政者だ。お前のことだけは、ときに眼が眩《くら》んでいると感じるが……」

「ルストを裏切ることは、もうないんだよね？」

フェルナンはしばらく口をつぐんでいた。なにか考えているのだろうか。炎が反射して、きらきらと輝く片眼鏡の奥の眼を、リオは見つめた。

「先代の『使徒』のように、陛下に叛意《はんい》を持つことがあるか……というと、それはない」

そもそも最初の裏切りも、陛下への叛意からではないと、フェルナンは囁いた。

――フェルナンにルストの考えを打ち明けて、諫《いさ》めてくれと頼めば。

（止めてくれる？　俺のことを、助けてくれる？　俺が……ユリヤに心臓を戻す手伝いを、してくれるかな？）

数秒間、リオはそんなことを考えた。フェルナンはなにか言いたげに「リオ」と囁いた。

「その……」

リオが顔をあげると、フェルナンは口を開けて、また閉める。言いあぐねているフェルナンが珍しく、リオはどうしたのだろう、と首を傾げた。

と、そのとき森のほうから強い視線を感じて、リオはどきりと顔をあげた。暗がりの向こうから、鋭い眼光でじっとこちらを見ている男がいた。ルストだ。

どこか怒りを感じる眼差《まなざ》しに、リオはルストと話すのを避けるために慌てて立ち上がった。

そうでなくとも今していた会話は、ルストに聞かれたい内容ではない。

「俺、もう寝るね。綴り教えてくれてありがとう」

慌ててフェルナンに礼を言い、ルストが戻ってくる前にと天幕に入った。

――リオと、なんの話をしていた?

天幕の向こうから、ルストの声が聞こえてくる。

リオは急いで眠ろうと、寝息をたてているユリヤのそばに身を横たえ、毛布で体をくるむ。外套の頭巾をかぶり、ぎゅっと眼をつむっても、眠気はやってこない。

――ただ、記録を少し手伝っただけです。

聞き耳をたてているわけではないのに、二人の会話が聞こえてきて、リオは耳を両手で覆った。指先がかじかんでいて、冷たい。

心臓がどくどくと脈打つ。慢性化している胃の痛みが再び蘇ってきた。

それをこらえながら、冷えきった足先を擦《こす》り合わせた。頭がひどく痛む。脳に直接、釘《くぎ》でも打たれているように。

――お前は陛下から真名をもらい、命をもらっただろう。そのとき、嬉しかったか?

ふと、フェルナンの声が耳の中に返ってくる。

――お前がユリヤ殿下にしようとしていることは、それと同じことではないのか?

そうだね。俺は、最低の人間だ。

俺はただ、ルストのために。

（ルストのためだけに……ユリヤを利用しようとしてる……）

頭痛がひどくなり、もう外で話している、ルストとフェルナンの声は聞こえなくなった。意識がだんだんよどんでいく。リオはほとんど気を失うようにして、眠りについた。

九　城塞《じょうさい》メドヴェ

次の目的地、トラディオが魔女と二度目の接触をした街、メドヴェに到着するまで、結局四日がかかった。

十二の月の初め、リオの寿命はついに残り八十日だった。

この旅の間、リオは常に体調を崩すようになっていた。

吐き気と、心拍が急にあがる症状は常態化し、夜中にひどい頭痛で目が覚めたり、食事が喉を通りにくかったりする。眠りは浅く、時折血の気が足りなくなって目眩《めまい》がした。

だが、誰にも言わなかった。

唯一ユリヤには分かるらしく、二人きりのときに「大丈夫?」と訊《き》いてくる。リオはただ、「そのうちよくなるよ」と虚勢を張るしかなかった。

(俺の心が弱いから……きっと、体に響いてるんだ)

同じような体のユリヤが元気で、自分だけが具合を悪くしているのを見ると、そうとしか思えなかった。

（早く……早く全部終わらせたい）

心の中でずっと焦っていたが、旅慣れないユリヤに強行軍は強いれないし、そもそも自分も長時間馬に乗れるわけではない。ルストとフェルナンが移動の配分を決めてくれているのだから、それに従おうと思っていた。無知な自分の意見は、この調査には邪魔だと思ったからだ。

それでも、時折無性に我慢できず、「まだなの？　まだ着かないの？」と言いたくなることはあった。

だからこそ、ようやっと二つめの目的地、メドヴェに着いたときには安堵《あんど》した。

メドヴェは北の都市で、着いたときにゲオルクの出身、エチェーシフ家が統治する街だと聞いた。

「普通は領主の本城がある都市が首都だが、エチェーシフ領の本城は国境沿いにある。隣国との戦争のためにな。だから、首都のメドヴェには本城がない」

そう教えてくれたのはフェルナンだ。

メドヴェには水路はないが北の街道が通り、行商人が行き来する。

この地方は良質な毛皮が特産品で、秋のころは特に商売が盛んだと言うが、それでももし、本城が敵に破られた場合のことを考えて、メドヴェは要塞としても機能する。そのため街は高い丘の上にあり、四方に何重もの石壁を張り巡らされた、物々しい様相だった。

「ねえねえ、リオ。前に行ったツェレナともウドリメとも全然違う感じだね」

具合が悪くて、ただただ街門を通り抜けただけのリオは、ユリヤにそう話しかけられてやっと街中を見渡した。

ウルカの祝福があったからなのか、メドヴェにも大勢の人が出入りしていた。

水路を構え、外に拓《ひら》けた文化的な雰囲気と、牧歌的な雰囲気が入り交じっていたウドリメとは違って、街の中も無粋な石造りで覆われ、路地の入り組んでいるメドヴェは、どこか無骨で街ゆく人々も体が大きく、まさに熊のような男や、たっぷりした体の女が多かった。

洗練とはほど遠いが、誰もが陽気で、活力があるように見える。

商業区はさほど大きくはなく、店は露天で毛皮がどっさりと無造作に置かれていたり、食べ物もかごに入れて豪快に並んでいる。

（ゲオルクの街って感じだ……）

人は環境が育てるのかもしれない、とリオは思った。アランの街、ストリヴロは、たしかにメドヴェに比べるとずっと貴族的だったとも思える。

ユリヤは今日も、フェルナンの馬に乗せられていた。不思議なのだが、ユリヤは誰の馬に乗っていても絶対にリオにしか話しかけない。ルストのことも、アランのこともまるきり無視していた。べつにいやな態度をとっているというわけではなく、リオのことしか眼《め》に入らない様子だ。

「この街でも、魔女とトラディオは接触してるんだよね？」

宿屋に落ち着いたあと、部屋に地図を広げて調査方法を確認した。

『北の塔』からもらってきた地図には、メドヴェに印がついており、ルードリヴェス渓谷での接触から五日後、王妃とトラディオはここで落ち合ったとある。

「ルードリヴェス渓谷はある意味分かりやすかったが、この街中で魔女とトラディオが接触した場所を絞るのは厄介だ。魔法探知もその場所に行かなければ使えない」

「それじゃ、聞き込みして回るしかなさそうだね」

フェルナンと、リオは二人で話し合っている。同席しているルストは黙っている。

この四日、ルストはずっと寡黙だった。なにか考えているのかもしれないが、ルストと個人的に話すことを避けているリオには、よく分からなかった。

「アランもそろそろ戻ってくるだろう。それまでに俺とリオ、陛下とで聞き込みをして回ろう。ユリヤ殿下はどうしますか？」

「リオと行く！」

ユリヤはくたびれて寝台に転がっていたが、フェルナンに訊かれるとぱっと起き上がって言った。アランは王都に戻って以降、ぱたりと音沙汰《さた》がなかった。史料をあたってからくると聞いていたので、その調査が難航しているのかもしれない。

「メドヴェはこう見えて治安がいいから二人でも大丈夫だと思うが……陛下、念のため、リオと殿下に一時的な姿変えの魔法をかけられますか？」

ユリウスに扮装《ふんそう》しているルストは、フェルナンに言われるとリオとユリヤの前に手をかざした。なにか温かな風がすっと体を通っていった気配がしたあと、ユリヤが「あっ、リオ、髪と眼が黒い！」と叫んだ。

振り向くと、ユリヤも同じように黒髪黒眼になっているし、よくよく確かめれば元と同じ顔なのだが、一見すると妙に凡庸《ぼんよう》で、なんの特徴もない顔立ちになっていた。

（なるほど。俺って姿を変える魔法をかけられてた間、こう見えてたのか）

どうりで目立たないわけだ、と思う。ユリヤも不思議そうにリオの顔をまじまじと見ている。

「リオ、なにかあったらこれを使え」

そう言って、ルストがなにやら手渡してくる。それは小さなガラス玉だった。

「地面に叩《たた》きつければ魔法が発動する。俺かフェルナンが気がついて助けに行く」

言われて、リオはこくんと頷《うなず》いた。

（一緒に行くって言わないのか）

ルストならそう言うかもしれない。リオをまだ、説得したいと思っているはずだから……と考えていたのだが、ルストはあっさり宿を出て行った。

見送ったフェルナンが、比較的治安のいい商業区をリオとユリヤに任せて、自分はそれ以外を回ると申し出てくれたので、リオはユリヤと二人で、露店の立ち並ぶ通りを回った。

「ねえ、リオ。あれなんだろう。すごいよ」

街には様々な匂いが溢《あふ》れていたが、一番強く香るのは獣の匂いだった。熊の毛皮が大きく広げて売られていたり、イノシシや熊の肉が焼かれて振る舞われていた。巨大な肉の塊は、他ではあまり見ないものだ。

ユリヤは調査などそっちのけで、街の様子をとにかく楽しんでいる。何度もリオの袖を引っ張り、あれなにかな、これなにかな、と好奇心いっぱいに訊いてくる。その様子は可愛《かわい》いが、調査を優先したいリオは少し困った。

「ユリヤ、一応……この調査はユリヤ自身にも関係してるから……」

「あっ、ねえ、あれ食べよう！」

リオがついに小言を言おうとすると、ユリヤはそれを遮って店頭で焼いている肉の串焼きに飛びついた。

リオは仕方なくため息をついて、串焼きを二本、買い求めた。

肉は熊のものだと聞き、食べ慣れていないリオは少し怯《ひる》んだ。が、口に入れてみると予想に反して柔らかい。

「熊ってすごく大きくて乱暴なんでしょ？　なのに美味《おい》しいんだね」

「そうだね……」

気がないリオの返事に、ユリヤが呆《あき》れたように「もう、リオ」と息をついた。

「もっと楽しんで。もっと笑って。せっかく来たことない街に来れたのに！」

　リオはぎこちなく笑ったが、ユリヤの呑気《のんき》さと気楽さがもどかしくもあった。この調査は自分事だと、ユリヤは本当に分かっていないのだろうか。

「あんたたち、双子《ふたご》かい。かわいらしいねえ。いくつだね。十二歳かそこらだろ」

　そのとき、熊肉を売ってくれた女店主にそう話しかけられた。

（十二歳？）

　さすがにそこまで幼くない、とリオは思ったのだが、この街にもとから住んでいる子どもたちは、隘路《あいろ》を駆け回る幼い子でもずいぶん体が大きかった。小柄なリオとユリヤはそれと同じに見えるらしい。

「あの、おばさん。俺たち人探しをしてるんです。心当たりないですか？」

　子どもだと思われているならそれでもいいかと、リオはトラディオか魔女を知らないか訊《たず》ねてみたものの、あまり持っている情報がないので上手《うま》く説明ができない。

「人探し？　もしかしてあんたら、みなしごかね。蒸発した親でも探してるのかい」

　女店主は同情するように言うと、リオとユリヤがなにか答える前に、すぐ隣の店主に声をかけた。

「ちょっと！　この子らが、いなくなった親を探してるそうだよ。知ってる人はいないかい。なんでも七年も前にこの街に来たらしい」

　隣の店主もリオとユリヤを見て、「それはかわいそうに」と同情した。そしてまたすぐ隣に

声をかける。リオとユリヤが行方不明の親を探している、哀れな双子という情報は、瞬く間に通り中に広がり、人によっては接客を止めて、他の店に情報を伝えにいく。

「待ってな、誰か心当たりがあるか探してあげるからね」

リオはすっかり驚いて、その様子を見ていた。ここに住まう人々は、実に素朴で親切だと感じる。そう思うと、ゲオルクのあのまっすぐさ、純真さが理解できるような気がした。

「……あの、ゲオルク・エチェーシフ様って知ってますか？『使徒』になられたんですよね」

待っている間に、リオはこっそり訊いてみた。

新しい『使徒』の話題はあちこちに広まっているだろうから、話に出しても不自然ではないだろう。

女店主はリオとユリヤを店先の椅子に座らせて、温かいスープを出してくれた。外套《がいとう》を着ていても寒かったし、椀《わん》を持っているだけでも温まるので、それは正直ありがたかった。

「ゲオルクぼっちゃんは、街の誇りだよ。偉い『使徒』様になられて……子どものころは、普段本城にいらっしゃったけど、吹雪の時期だけこちらに滞在されてね。そりゃあ元気がよくて、お優しい方だった」

ゲオルクが普段暮らしていたという本城は山の中にあり、真冬には猛吹雪に襲われる。

その時期は国境沿いからの敵の侵攻もまずないため、エチェーシフ家の子どもたちは吹雪がやむまでメドヴェで過ごしていたと知ることができ、リオは嬉《うれ》しかった。もう会うことはなくても、友人の幼いころの話を聞けるのは、ルースの時もそうだったが、楽しいものだ。

「けどもまだお若いときに、戦争に出られたろう？　あのときは街中悲しみにくれたよ。なにせまだ、十六歳だったからね……」

そのときのことを思い出したように、女店主はため息をついた。

リオはスープの入った椀を、思わずぎゅっと握りしめた。

胸の中に黒いしみが落ちて、広がるような気がした。ただひたすら、申し訳なさで心が痛む。

（その戦争を引き起こした原因の一つに、俺がいます……）

言えなかったが、そう思う。

ごめんなさいと謝れればいいのに、謝ったところで、戦争で傷ついた人々の癒《い》やしにすらなれない。

「まあでも無事『使徒』様に選ばれて、この国はこれから豊かになるよ。実際秋に入ってから、急に猟果があがってねえ、質のいい毛皮が出そろったから、商人たちがこぞって買い付けにきてるんだ」

女店主は嬉しそうに話す。

「長らく王宮にも明かりがともらなかったそうだけど、やっとこさ王様が『使徒』を決められたろ？　花嫁探しも始まるんじゃないかって、貴族のお姫様がたが、上質な毛皮の襟巻きや外套なんかを、ずいぶん買ってくれてるようだよ」

まさかその王様が同じ街にいるとは夢にも思わないのだろう、女店主は眼を輝かせてうっとりとした。見たことがない王宮の様子を、思い浮かべているかのように。

けれどリオは聞きながら、そうか……と、なにか納得するように感じた。

(この調査が終わって、魔女の問題が片付いたら……ルストはそりゃ、結婚するよね)

リオは王宮にいたころ、若い娘の姿を見かけたことはなかった。

しかし戦争前の平和な王宮では、定期的に夜会や茶会が開かれて、着飾った男女が結婚相手を探しに来ていたということは、知っている。事実、「一人め」の記憶にも「二人め」の記憶にも、そういう場面がある。

あのころも、貴族の美しい娘たちは、誰よりルストと結婚したがっていたはず。白ウサギの毛を存分に使った贅沢《ぜいたく》な肩掛けや、柔らかな狐《きつね》の毛で仕立てた美しい襟巻きは、リオの古い記憶にもうっすら残っている。

それらを身にまとって、ルストの花嫁となることを夢見ている娘たちのことに想《おも》いが及ぶと、リオは暗闇の中にぽつんと一人、取り残されたような気がした。

(俺が死んだあと……もし、ユリヤがまだ生きてても俺は死んでるからこの世界のことはもう、見られないし……もしユリヤに寿命をあげられたって、夏までにはユリヤも死ぬ)

リオとユリヤが土塊と消えたあとも、フロシフランは続いていく。

人々の営みは変わらず、王宮にはやがて、戦前の華やかさが戻っていくだろう。ルストもそのころにはリオのことなど忘れて、お妃選《きさき》びをするかもしれない……。

ぼんやりとそんなことを考えていると、頭が痛んだ。数日前から悩まされている体の不調がぶりかえしてきて、リオはぎゅっと眼を閉じた。

（そうなることを誰より望んでるのに）

なのになぜ、ルストが自分を忘れてしまうことを思うと、全身が震えてしまうのだろう。真っ暗な靄《もや》が、自分を覆って世界から消えてしまうような、そんな心地になるのだろう。

「親を探してるってのはここの子たちかい」

そのとき、店先に体の大きな、髭面《ひげづら》の男が現われて声をかけてきた。

女店主が「ロイ。あんたなんか知ってんのかい？」と言いながら、男を屋根の下に引き入れる。リオは慌てて立ち上がった。よろけそうになったが、必死に踏ん張る。

ロイと呼ばれた男は、大きな弓と斧《おの》を装備していて、ごわごわの長い髭に枯れ草が絡まっている。いでたちからして、猟師のようだ。

「かわいそうになあ、まだほんの子どもじゃねえか」

ロイはリオとユリヤをいくつだと思ったのか、眉根を寄せて哀れげに言った。

「この子ら、親の顔も覚えてないそうなんだ」

「そりゃあ今から七年前じゃ、こんなチビたち、物心ついたばかりだろうよ」

もしや十二歳どころか、それより下に見られているのかもしれないと思いながら、リオはペこりと頭を下げて「なにか知ってたら教えてください」と頼んだ。

「いや実は、お前らの親の話だかは分からねえんだ。ただ七年前の夏ごろって聞いてな。そういや変わったものを見たんで、ありゃ夜逃げしてる夫婦だったのかと思ってよ」

ロイは女店主の出した椅子に座った。体が大きいので、椅子は今にもひしゃげそうに見える。

「いつもどおり狩りに出てな。その日はなんにも狩れなくて、やたら粘っちまったのが悪かった。とっぷり夜も更けて、狼《おおかみ》の鳴き声もし始めてな。こりゃあまずいと森から出たんだ。ちょうど北東側の森だ」

「あそこは出たら荒れ地だろ。あんた、道に迷ったとはいえあんな場所に近づくなんて」

女店主が呆れたように言う。ロイは情けなさそうに肩をすくめて、

「そうさな。獲物を追ってあちこち動いてるうちに変なとこまで行ってたらしい。メドヴェの連中はあの荒れ地には近づかないだろ」

「……荒れ地ですか？」

リオが訊くと、「なんもない場所なんだが、悪い言い伝えがあってなあ」とロイが言う。

「今はもう使われてない、古い寺院がある。寺院というには名ばかりの、廃墟《はいきょ》だよ。昔そこに悪い神が来てな、人を惑わしたとかで、街の人間は近づかない」

女店主はそれを聞いて、「ああ恐ろしや」と呟《つぶや》くと、ウルカの神に祈りを捧《ささ》げる仕草をした。まるでたった今話を聞いたことでおびき寄せられた、なにか悪いものを追い払うような仕草だ。

「その寺院の横を通ったとき、明かりがついてた。俺は驚いて、こっそり中を覗《のぞ》いたんだ。そりゃあ怖かったんだが、好奇心に負けてよ」

そしたら中に、男と女がいた、とロイは言う。

「二人とも真っ黒な長衣を着てたからな、顔は見えなかったが、背格好や話し方を見るに、このへんの人間じゃなさそうだったな。互いにひそひそ話してたから、内容はよく分からなかったんだが。俺ははじめ、悪魔の使いかと思ってびびったよ。でもよくよく耳をすましたら、どこやら逃げるだの なんだの言ってたからよ、こりゃあ夜逃げの恋人同士が、人目を忍んで隠れてるんだろうと思ったんだ」

貴族の娘が平民と駆け落ちだとか、そういうことも世の中にはないわけではない。てっきりそういう事情だろうと、ロイはそのとき感じたという。

ロイは気になって、翌朝もう一度行ってみたが、そのときにはもう男女はいなかったという。

(夜逃げした風の男女……古い寺院……もしかしたら本当に、魔女とトラディオかも)

それに言い伝えにあるという悪い神、とはエラドのことかもしれない。

リオは女店主とロイにお礼を言い、ユリヤと一緒に露店を出て宿屋に帰ることにした。

道々、店のあちこちから声をかけられて「元気を出しなよ」「きっと見つかるさ」と励まされ、ちょっとした食べ物を持たされたので、宿に着いたときには両手いっぱいにお土産を持っていた。

宿屋でルストとフェルナンに合流したが、二人はそれらしい情報は得られなかったようで、結果的にリオとユリヤの持ち帰った「古い寺院で密会していた男女」が一番の有力情報になった。

「ひとまず明日にも、その荒れ地の寺院に行ってみよう。魔法探知すれば真実が分かるだろう。それに……」

なにか言いかけたルストが、口をつぐむ。なにか隠されていないかとリオが緊張したとき、部屋の窓が勝手に大きく開き、冬の冷たい風が吹き込んできた。

暖炉《だんろ》の火が揺れ、同時に、アカトビが飛び込んできた。

アカトビは一瞬でアランに変わった。アランは外套をはたきながら「ああ、重労働だ!」と悪態をついたが、雪のある場所を飛んできたのか、外套からは羽根と一緒に雪粒が宙に舞いあがった。

「一晩で千里を駈《か》けるアカトビにしては時間を食ったな」

ルストは文句を言うアランをねぎらうでもなく、しれっと嫌みを言う。アランはむっとして、「俺がどれだけ苦労したと思う?」とうなった。

リオは立ち上がって窓を閉める。アランの体からはひんやりと冷たい空気が漂っていて、飛

行中はよほど冷えただろうと心配になり、温かいお茶を淹《い》れてやった。アランは眼に見えて嬉しそうに微笑《ほほえ》み、

「優しいな、お嬢ちゃん。俺を心配してくれたんだ？」

とリオの髪に触れてきた。とたんにルストが「さっさと報告しろ！」とせっついた。

「外套も脱いでないのにか？　男の嫉妬《しっと》は見苦しいぞ」

これ見よがしにため息をつきながら、アランは外套の奥から紙束を出して、卓上に置いた。どれも古代語で書かれた記録で、何種類かある。

「全部王宮外に持ち出し禁止の文書だ。宰相府の眼を盗んで転写するのに、時間がかかったんだよ。おまけにルストやフェルナンがやり残してきた仕事も片付けてきてやったぞ。感謝してほしいね」

アランは外套を床に放ると、あとは勝手にやってくれとばかり、卓上に残っていた夕食の肉をとって食事しはじめた。

ルストとフェルナンが書類を手にしたので、リオも余っていたものをとる。リオが手にしたのは、王妃の行動記録だった。

（魔女の……お母様、の）

王家に嫁いできたその日から、フロシフランを裏切るときまでの行動が、ことこまかに記されている。しかしその記録には、不審な点はなかった。王妃は外出することも極端に少なく、

ほとんど国王のそばに侍《はべ》りきりだった。

先日、ルードリヴェス渓谷で魔女とトラディオが会っていた日のことも確認したが、ちょうどその時分、王妃は簡単なお茶会を開いて第一貴族の夫人たちと交流している。そしてその日はお茶会以外、ずっと王の隣で過ごしていたとある。

(写し身の魔法を使ってたとしか思えない。それも、ルスト並みの技術で)

「ねえアラン。魔女って……王妃になる前、どこかの貴族だったりした？」

書類を読んでいるルストとフェルナンには遠慮して、アランに訊く。アランは品良く肉を食べながら、「まあ一応、田舎の第三貴族の出身ってことにはなっていたな」と話した。

「若いころに結婚して一児を授かったが夫は事故死。そこそこ裕福だがいまだ夫の死から立ち直れず、気晴らしに王都に逗留《とうりゅう》していたとき、知人のつてで夜会に出て、国王陛下に見初められた……っていう筋書きだった。当初はな」

「じゃあその身分は、一応どこかで作るなり、忍び込むなりして手に入れたんだね」

魔女ほどの魔力なら、低位の貴族身分くらい手に入るだろうと思う。金を積めば、身分を売る者もいる。国王を惑わした方法は分からないが、先王はルストほどの能力はなかったというから、魅了する方法ならいくらでもあったのかもしれない。

「当時の貴族社会には少なくない衝撃が走ったよ。先王陛下は気が触れたとすら言われた。いきなり田舎の女狐にそそのかされて再婚するばかりか、その女の連れ子を養子に迎えるなんて……ってな。まあでも、後継者指名は終わってたし、先王の治世はそう長くない。王がルストに変われば、いけ好かない王妃もその息子も王宮を出ていくだろうと、貴族たちは黙ってた。――ああ、勘違いするなよ。べつにお前たちを責めたいわけじゃない」

アランはすらすらしゃべりながら、途中でリオとその隣のユリヤを見て付け足した。

「ううん、どう考えたって貴族の反応はそうなるよね。だって怪しすぎるから」

貴族たちが極端に侮蔑的だというわけではなく、普通に考えても、当時の王宮を取り巻く混乱は想像がつく。

想像に過ぎないが、どうにかして身分を確保して結婚にこぎ着けたにしろ、高位の貴族たちからすれば、魔女は突然出てきた得体の知れない女だったろう。

「王妃との再婚について、一番反対してたのは『使徒』たちだ。でも王はその意見を聞き入れなかった。結果『使徒』たちと先王陛下との間には溝ができて……でもまさか、『使徒』が王妃側について裏切るとは、誰も予想しなかった。なにせその結婚騒ぎのせいで、王妃と『使徒』たちは犬猿の仲だったからな」

アランがため息交じりに言うのに、リオはこくりと頷いた。

「……どちらにしろ、魔女が写し身の魔法を使って暗躍していたなら……その技量はすさまじかったって考えたほうがよさそうだね」

第一貴族の夫人たちと交流する、となると発言には相当気をつけねば難しいだろう。魔女は好かれていなかっただろうから、なおさらだ。

それなのに、写し身の魔法を同時並行で使って、トラディオに会っていた。どちらが本体かは別として、魔術師と国王とを同時に使い分けて、旅をしながらも国政を抜かりなく行えるような、ルストに近しい能力と考えられる。

（ルストにはウルカの神力がある。だけど普通の人間が、ルストほどの魔力や魔法操作なんてできるもの？　……魔女は生まれつきそれほどの魔力を持っていたのかな）

考えると迷宮に迷い込んだような気分になる。ウルカに匹敵する力を、魔女が一人で持っていたなら……。そう思うと怖くなり、ぞくりと悪寒が走った。

（対峙《たいじ》してもないのに、怯《おび》えてどうする）

リオは急いで、別の史料を手にした。王国史から抜粋したらしき、十六代国王、ハラヤの記録だ。

「該当しそうなところだけ抜粋してきた。正直、二百年前にそんな事件があったとは、よく知らなかったな」

アランはリオが読んでいる書面をちらりと見ると、ため息交じりに言った。

読んでいたリオは、すぐに頭から血の気がひいていくのを感じた。

『十六代国王ハラヤは、六人の「使徒」を斬首刑に処し、新たに七人の「使徒」を選定しなおした。「使徒」の罪科について、国王は反逆罪をあげた。以下に記す文官、武官数名が罪状を真実であると証言した……』

「斬首刑？」

思わず、声が出る。ルストとフェルナンが、リオの言葉に反応して顔をあげる。

「……最初に決まってた『使徒』を殺して、選定しなおした？　なぜ……」

ルストとフェルナンにも史料を渡す。ルストは読むと眉根を寄せ、フェルナンも考え込むようにじっと文書を睨《にら》んでいた。

「そういえばハラヤは『使徒』を一度入れ替えていたな。子どものころに読んだが、昔のことだとあまり気にしていなかったが……。考えてみれば証言などいくらでもねつ造できただろうし、処刑された『使徒』たちが本当に罪を犯していたかは分からないな」

ルストが言うと、アランが「そういう記録が詳細にないか調べたけど、なかった」と答える。

「妙なのは処刑した人数は六人で、新たに選定した人数が七人であることです」

フェルナンがルストに言う。リオもそこには、引っかかっていた。

「最初の選定のときは王がなにか兼任してて、二回目のときは兼任しなかったとか？」

アランが言う。

たとえばルストは国王でありながら『王の剣』だし、『王の鍵』として選定されたはずのレンドルフは、実際にはルストの真名を知らない状態だったので、記憶を失いつつも真名を保持していたリオが、『王の鞘《さや》』と『王の鍵』を兼任していた……ということらしい。

現在はどういう契約になっているのかよく分からないが、ウルカの祝福が国土にあるということは、王と『使徒』の契約は正常だということになる。

「兼任……。待て。そういえば、十七代国王以前に『使徒』を兼任する王はいなかったはずだ」

そのとき思い出したように、ルストが呟いた。

「今のように選定の館で次期王が『使徒』を選び始めたのは十七代国王からだ。それは……直系が途絶えたからだと言われている。それまでは、『使徒』たちも血統で受け継いでいた。だがおそらくこの処刑で、それまで『使徒』を担っていた家門が途絶えたのだろう」

言いながらも、ルストはこの事実に齟齬《そご》があることに気づいたらしい。顔色を曇らせて、「妙だな」と囁《ささや》いた。

「血で選んできていたなら、なおさら七人になるはずです。なぜ、新しく選んだときに増えたのでしょう」

フェルナンも顔をしかめている。

「フェルナン、お前国中の書物を読んでるだろ？　てことは、三十四代全部の『使徒』たちのことも記憶してあるよな？　十六代国王ハラヤの前まで、『使徒』ってどんな人たちがいたんだ？」

アランが訊く。フェルナンは片眼鏡をかけ直すと、記憶の底をさらうように空を見つめた。

ルストもじっと、フェルナンを見る。

「幼いころに覚えたのではっきりとは……十六代より以前の記録は曖昧《あいまい》で、『使徒』の名前が記録にないことも多々ありました。ただ代表的な家門として、六つの家があった。……そういえば、子どものころ記録を読みながら、おかしいと感じていました」

すっかり忘れていましたが、と言いながら、フェルナンがルストへ振り返った。

「なんだ？」

「『使徒』が必ず選ばれる家門が六つなのはどうしてだろうと。そのときは、もう一枠は代々、王がそれぞれ指名していたのかと思っていました。ですが今考えると……」

リオも話を聞きながら、次第に違和感に気づいた。

「十六代国王までの記録は杜撰《ずさん》な点が多く、抜けもありますから、誰がどのように『使徒』を担い、役目を果たしていたかはっきりしていません。……ただ、陛下が言うように国王が『使徒』を兼任するようになったのが十七代以降だというのが真実なら……」

「……『使徒』は建国から二百年の間は、六人だったということか？」

王家への不敬にあたると思ったかのように、一瞬先を言いよどんだフェルナンにとって代わって、ルストが続けた。フェルナンは神妙な面持ちで「はい」と頷く。

（『使徒』が六人だった？　それが……なぜか七人に？　魔女はそれをトラディオに調べさせて、なにを見つけたんだろう）

部屋の中には重たい沈黙が流れる。数秒ののち、最初に口火を切ったのはルストだった。

「……フロシフラン王家とウルカの神は二百年前、契約違反を犯した。塔は知りながら看過した。欺瞞《ぎまん》に満ちたこの世界にはもはや存在価値はない。罪は償われるべきだ……」

その言葉に、リオはぎくりとした。顔をあげてルストを見ると、ルストもリオを見ていた。ルストの青い眼に、怯えたような自分の顔が映っている。

「トラディオが『塔』に残した走り書きだったな。どうやらあれは、トラディオの妄想ではないらしい」

ルストが続け、フェルナンがやや青ざめながら「陛下……」と囁いた。常に冷静なフェルナンだが、ルストがこれから口にするだろう言葉を、恐れているようでもある。

「十六代国王ハラヤは、建国当時のウルカとの契約に違反したのだろう。もしかしたらハラヤの血統が途絶えたのは、そのせいかもしれない。ただ、どうしてかそのあともフロシフラン王室は続いた。そして……フェルナン、お前には信じがたいことだろうが、十六代より以前の記録が曖昧で、抜けがあるのは、『北の塔』がハラヤの違反を看過した……手を貸したとは言わないが、少なくとも王家にとって都合の悪い記録は残さなかった、という可能性が出てきたな」

言われたフェルナンは、一瞬観念するように瞼《まぶた》を閉じた。それから、「否定できませんね」と頷いた。

（……正史に残さなかったなにかがある？）

塔主《エシュヌ・ヴアヌ》はそれを知っていただろうか、とリオは考えたが、その答えはない。

「……十七代国王と、ハラヤには血の繫《つな》がりはなかったんだよね？」

そっとルストを見て訊く。

「俺が知る限りは、ハラヤの血統はその治世のうちにすべて途絶えたはずだ。傍系の親戚に至るまで、事故や病など様々な理由で死に、ハラヤ自身、子どもに恵まれなかった」

（なんだか……呪《のろ》いみたいだ）

それほどにあらゆるところで血縁者が死んでいるなんて。

「じゃあ……十七代国王の指名って誰がしたの？　ハラヤ？　ここには記録がないけど」

アランは必要なところだけ抜き取ってきたと言っていたので、実はどこかにあったのだろうか。そう思って振り返ると、アランは「ハラヤは指名してない」と答えた。

「記録じゃ、七人めの『使徒』がハラヤから直に依頼を受けて、次の後継者を決めた……とあった」

「七人め……」

記録上は、名前が分かっていないという。アランは一応十七代国王についても調べたが、彼を指名した人物名は残っていなかったと話した。

「いや……もしかするとその人物はミロヴァ・プラジュリじゃないか？」

そのときふと思いついたかのように、ルストが言った。聞いたフェルナンが、なにかに目覚めたようにハッとしてルストを見つめる。

「ミロヴァ・プラジュリって?」

知らない名前にリオが首をかしげると、フェルナンが振り向いて「十七代国王の時代に、宰相を務めた人物だ」と答えた。

「ミロヴァは『ウルカの代理人』と言わしめた人物で、新しい『使徒』選定の方策を作り、後継者指名制度を整えた宰相だった。国王そのものよりも、よほどウルカの心に通じていたと、なかば伝説的に語られている。……だが、そういえば」

「ミロヴァ・プラジュリ。プラジュリ家といえば、先王陛下の時代までは、代々『王の鞘』を輩出してきた家門だったな。……先の戦争で、一族は取り潰《つぶ》され、もう血統も途絶えたはずだけど」

アランが、食事を終えてお茶を手に取りながらぼやく。

(『王の鞘』の血筋?)

リオは息を詰めた。

(代々、『王の鞘』は同じ血筋から選ばれてた……ってこと?)

現在のフロシフランでは、後継者は必ずしも血族から選ばれるわけではない。

それは『使徒』も同じだが、それでもルストは先王の直子だし、リオが選定の館に入ったとき、平民が『使徒』に選ばれるわけがないという空気があった。

それは、常に同じ血統から同じ『使徒』が選ばれるわけではなくとも、大体はいくつかの、限られた高位貴族の家門から、『使徒』が選ばれることが多かったからだ。ルストの『使徒』選定が混迷を極めたのも、『鞘』がいつまでも決まらなかったせいもあるが、それまで多くの『使徒』を輩出してきた由緒ある家門が一斉に取り潰されたから、というのもあっただろう。

「……プラジュリ。ハラヤが最後までそばに置いた側近の名前でもあるな」

ルストが呟く。リオは手元の記録を眺め直した。晩年のハラヤの行動に、お伴するようにたびたび出てくる名前があり、それがプラジュリだった。

「あえて記録では伏せているのかもしれない。ミロヴァ・プラジュリは十六代国王ハラヤの『王の鞘』だった。そして王亡きあと、十七代国王を指名し、『使徒』選定の方策を定めた」

ルストの言葉に、リオは息を呑《の》む。それが本当なら、十七代から先のフロシフラン王室を作りあげたのは、元は『王の鞘』だった、ということになる。

（王を癒やすこと以外に、特性がないはずの『鞘』が？）

言うなれば、リオが宰相になるようなものだ。務まるのだろうかと疑ってしまう。

いや、ミロヴァが稀《まれ》にみる政治的手腕の持ち主なら、そういうこともあるだろう。分からないのは、それが記録に反映されていない点だった。

「『塔』が王家におもねって、秘匿《ひとく》したことがミロヴァに関係している可能性はありますね。

ミロヴァのことを隠していると思われないよう、後世、他の『使徒』のこともぼかしたり、あえて情報を抜いて残したかもしれません」

フェルナンがそう付け加える。言いながら、ほんの一瞬だけフェルナンは瞳を曇らせ、

「『塔』は、王家の過失を看過した……というトラディオの言い分も、正しいかもしれない」と囁いた。

リオはこれまでの情報を、頭の中で整理してみる。

『使徒』の処刑と選定し直し。

ハラヤのやった大きな事件がこれだとして、なぜ魔女は、先王の『使徒』たちを裏切らせるために、この情報を使えとトラディオに言っていたのだろう?

（そもそも『使徒』たちは王妃を迎えるのに反対していて、仲が悪かった……。なのになぜ、魔女の味方をしたんだろう?）

「そういえば、初代国王の挙式についてはあちこち調べたけど分からなかった。ルードリヴェス渓谷で執り行われたっていう記録もなかった」

アランがそのとき、会話の向きを変えるように言った。ちょうど初代国王の記録を手元に寄せていたらしい、ルストが書面を見ながら「そのようだな」と頷く。

「王妃の名前はヴィシ・ドラク・ネ・リオだが、これは『神の子』という意味だ。当時は『人間』を表す言い回しの一つで、人物名ではなく、単なる表記上の名前だろう」

古い記録では、女性には名前がないことが多いという。だからそれ自体は珍しくないそうだ。だが続けて、「初代から十六代ハラヤまでの最初の王妃は、みなこの呼び名で記述が統一されていて……」と言ったルストが、顔をしかめる。

「またハラヤか」

「よくよく、問題の王様だったみたいだな」

アランが呆れたように肩を竦《すく》める。

「そういえば陛下のおっしゃる通りです。記憶に間違いがなければ、十七代国王からの王妃は正式に御名が書かれています。ですが……ハラヤもたしか、どこかで王妃の名前が記述されていたはず」

フェルナンが言い、アランが「一通り読んできたから覚えてるけど」と相槌《あいづち》を入れた。

「さほど重要な内容と思わなかったから転写してこなかった。ハラヤが最初の『使徒』を処刑した翌年、王妃エリャを娶《めと》った……とあった。エリャは旧姓がプラジュリ。ミロヴァ・プラジュリの妹だ」

「……もしミロヴァが本当にハラヤの『鞘』だったなら、ハラヤは自分の『鞘』の妹と結婚したの？」

思わず、リオは驚いてしまった。『鞘』となると自分のことに思えて、なんだか妙な気持ちで胸がざわつく。

「まあそうだな。悪趣味だよな」

アランはリオの質問に、ハラヤを嘲《あざけ》るように笑いながら返す。悪趣味、の意味は、『鞘』だからミロヴァとも肉体関係があっただろうに、その妹を王妃に迎えたということだと、いくら鈍いリオでも想像がつく。

「いや、だとしてもおかしい。ハラヤは『使徒』を処刑する前にも結婚の記述がある」

それはアランが転写してきた部分に載っていたので、ついさっきリオも読んだ。簡潔に一言書かれていただけなのであまり気にしなかったが、ハラヤは『使徒』処刑のほんの数日前の記録で、『ヴィシ・ドラク・ネ・リオを娶る』とあったのだ――。

「……エリャがその王妃だったってこと？」

「そうだとして、なぜ一年後にまた娶ったと記載を？　表記名が変わったのもおかしい。『塔』は表記の統一を怠るような機関じゃない」

リオの疑問に、ルストが答える。

「言われてみれば……。古い記録だから杜撰なんだろうと思い込んだな」

アランもルストの言葉に眉をしかめた。

六人の処刑された『使徒』。

新しく選ばれた七人の『使徒』。

現在の王室の基盤を作ったというミロヴァ。

初代から、エリャに至るまでの、名前のない王妃たち。

考えても、どこがどう繋がっているのか分からない。

（でも、ハラヤの時代になにかが起きた）

分かったのはそれだけだ。

「まあ、次の魔法探知で魔女とトラディオの会話を聞けばなにか分かるかもな」

アランの一言で、会議はお開きとなった。

明日は、荒れ地の寺院に行こうということで決まる。

いつの間にか窓の外は暗くなり、冬の長い夜が忍び寄ってきていた。

ユリヤは話し合いが退屈だったのか、リオが振り向くと暖炉の前でうたた寝をしていた。

ここはリオとユリヤの部屋なので、話し合いを終えたみなが出て行く。リオは毛布を持って来て、眠っているユリヤの上にかけた。かけながら、ため息が出る。

（ユリヤ……ずっと興味を持たないつもりなのかな）

ユリヤのことなのにこれでいいのかと、リオは安らかな寝顔を見つつも、少し不安だった。

「お嬢ちゃん」

そのとき背後から声をかけられ、リオはびっくりして飛び上がりそうになった。

ぱっと振り返ると、すぐ後ろにアランが立っていてじっとリオを見つめていた。

「び、びっくりした。アラン……出ていったんじゃなかったの」

心臓が、どくどくと鳴っている。胸を押さえていると、アランが大股に一歩近づいてきて、息がかかるほど距離が近くなっていた。思わず背を仰《の》け反《ぞ》らせて離れると、アランはぐっと身を乗り出して余計に近づいてくる。

「アラン、近い……」

息がかかりそうな距離なので、慌てて囁く。だがアランはその声を遮るように、

「寿命はあと何日だ？」

と、訊いてきた。リオは答えられなくて、黙った。喉元に、塊のようなものがこみあげてきて、息が苦しい。

アランの華やかな顔が悲しげに歪《ゆが》み、「八十日だろ？」と言ってくる。

「俺だって、毎日数えてる。……なあ、俺は調査のために三日もお嬢ちゃんと離れたんだぞ。貴重な時間のうちの、三日も」

アランの大きな体が、リオのほうに傾いてくる。けれどリオは、身じろぎもできなかった。アランは子どもが大人にすがるように、リオの細い肩に額を押しつけながら、抱きしめてきた。

「考えてたよ。こんな調査……べつにリオがする必要ない。もうやめて、俺と一緒にストリヴロに行こう」

胸がぎゅっと痛んだ。

耳元で囁かれたアランの声はかすれて、今にも泣き出しそうに聞こえた。冷たい雪をかぶっ

てこの部屋に入ってきたときよりも、もっともっと凍《こご》えていそうだった。リオは言葉に詰まり、どう答えていいのか分からなかった。

（そうしようか……）

一瞬だけ、心が揺れた。ユリヤも連れてストリヴロに行けば、もう、体調不良を気にすることもなくなる。迫る死は変わらなくても、今より穏やかかもしれない。

（でも……ルストは？　ルストは……どうなるの。禁書を手に入れて、本当に俺を作ろうとしたら……）

背筋がひやりとし、胸がざわめく。吐き気がして、リオは駄目だ、と思った。

（ルストにそんなことさせられない……俺が逃げたら、いけない）

「ストリヴロに行くのは……記憶を消す魔法が見つかったら……って、約束したろ」

それだけ、アランに言う。きっとリオを憐《あわ》れんで言ってくれているだろうアランを、突き放すようで苦しかった。

アランは「探してるよ」としわがれた声で言って、「探してるさ」ともう一度繰り返した。探してる。でも、ないのに違いなかった。あったとしても、使えないのだろう。

「リオ」

顔をあげたアランが、リオの手を握りしめ、説得するように揺すった。アランの赤い瞳は濡《ぬ》れていて、目尻は赤くなっている。

「なんでそう頑《かたく》ななんだ？　本気で残りの寿命を、殿下に渡すつもりか？　ただでさえ少ないのに――明日になれば、あとたったの七十九日じゃないか！」

――あとたったの七十九日。

アランの言葉が頭の中に激しくこだました。

自分でも寿命の短さなど分かっているのに、人から言われるとその言葉にはさらなる衝撃を受けてしまう。

「俺と逃げよう、どこへでも連れてってやる。こんな最期が、本当にお前の望みか？」

リオはなにも言えずに、ただぼんやりとアランを見上げていた。

「違うだろう、リオ。ルストだって……このままお前と一緒にいたら……」

アランは言葉を区切り、悲しそうに眼を伏せた。

（ルストだって……なに？）

続きを聞こうにも、訊ねられない。訊くのが怖い。

「アラン！」

どこかでルストが呼んだ。怒ったような声だ。アランは反応しなかった。ただじっと、リオの手を握っている。しばらくしてルストが部屋に踏み込んでくる直前まで、アランはそうしていた。

十　トラディオの道程

——あとたったの七十九日じゃないか！

その言葉は冷たい刃のように、何度も何度もリオの胸を突き刺して、絶望に落とした。

目覚めればあとたったの七十九日。

翌日には七十八日。

そして八日も経《た》てば、七十日から下るようになる。

当たり前のことだし、リオが眠ろうが眠らなかろうが、時間が経つのは変わらない。

それでも眼を閉じて、次に眼を開けたとき死が近づいているのが怖くて、リオはその晩結局一睡もせず、眼を開けたまま朝を迎えた。

翌朝早く、まだ日も昇らぬ薄暗いうちに、一行は荒れ地の寺院に行くことになっていた。

そこで魔法探知を行い、トラディオと魔女の接触を確認する予定だ。

リオは朝からずっと体が重たく、何度か強い吐き気に襲われたが、こんなことで予定を遅らせるわけにはいかないので黙っていた。

メドヴェの北東に位置する荒れ地はだだっ広く、硬い岩と土ばかりの土地で、たしかにそこには廃墟と化した石造りの建物があった。古い上に小さく、リオたち五人が入るだけでいっぱいになるような広さだ。

魔法探知を行った結果、やはりそこで魔女とトラディオの密会があったことが分かった。ただ、新しい情報はさほど得られなかった。

トラディオは『北の塔《セヴェルニ・エシュ》』が自分を追跡しているだろうと恐れており、一刻も早く根城に隠れたがっていた。そして国王は、既に魔女によってある程度行動が制限されているのだから、『使徒』への根回しは魔女がやればよいと主張した。

――『私はあの方を安全にお連れせねばならないの。お前ができることはお前にしてもらわねば。それに、国王の目くらましをするだけで、相当な力が必要なのよ』

いくら力の弱い王とはいえ、ウルカの神力が使えるのだからと魔女は話していた。

――『あの方はまだ、あの場所にいればいつか……と信じている。連れていくのは私でなければ無理よ』

あの方とは誰だろう、というのが、疑問としては残ったものの、ルードリヴェス渓谷で二人が話していたことと、それほど大きな差はない。

もう一つ気になることといえば、その廃墟にも、うっすらとだが古い壁画が残っていた。それもまた、渓谷で見たように白竜と黒竜、若者と娘の絵で、どう見ても結婚式の絵だった。

探知の記録をとったあと、リオたちはメドヴェには戻らず、そのまま街道に出て、次の魔女とトラディオの接触地点に向かうことにした。

地図を広げて場所を確認し、各自が自分の馬に飼料をやっている時間、リオは寝不足の重たい体でぼんやりしながら休んでいた。

（しっかりしなきゃ……）

そう思っても、何度となく胸に去来する絶望感は拭《ぬぐ》えなかった。自分の周りだけ、真っ暗な闇に覆われているような気分だった。

「昨日、あいつとなにを話してた？」

そのとき急に横から訊かれて、リオはハッとした。見ると、すぐ隣にルストが立ってリオを見下ろしていた。あいつ、と言われたのが誰か察する。アランのことだろう。

昨日、ルストはリオの部屋に踏み込んできて、その場にいたアランを追い出したから。疲れ切っていたリオは、なにか言いたげなルストに「もう寝るから」と言って出て行ってもらった。結局眠らずに、暖炉の横で寝ているユリヤのそばに寝そべっていただけだったが。

「……なにって」

頭が上手く働いておらず、リオはなにをどう言えばいいのか分からなかった。

「ストリヴロに来いと言われたんだろう？　それでお前も、それに揺れてるのか」

責めるような言い草に、リオはムッとしてルストを睨んだ。ルストは舌打ちし、不機嫌を露《あら》わに腕を組み、イライラと片足を踏みならしている。

「まさか行く気はないよな？　忘れたか？　アランは一度お前に毒を飲ませて、殺そうとしたやつだぞ。今さら、信じるなんて言うなよ」

断定的なルストの口調に、リオは苛立《いらだ》ちを感じた。たしかにアランには毒を盛られたことがある。だがあれは、リオも承知の上だったし、アランはリオを死なせようとしたわけではなかった。たとえ死ぬ危険性はあったとしても――。

「よくそんなふうに言えるね。もとはと言えば、アランが俺に毒を飲ませたのは、ルスト、あなたのためじゃないか！」

気がつくと、そんなふうにルストを責めていた。一度口にすると、腹の奥からむらむらと怒りが湧《わ》いてきて、頭の中にかっと火が点《つ》いた気がした。

「フェルナンが王家を欺いたのもそう！　もとはと言えば、ルストが俺に真名を与えて生かしたせいだろっ？　ストリヴロに誘ったからってなに？　ルストが今考えていることよりは、何百倍も俺にとって親切だよ！」

ルストの青い眼に、さっと怒りが走る。ルストはリオに一歩詰めより、「俺がお前を生かしたことが、お前にとって災いだったか？」とうなった。

眼の前がくらくらした。一瞬、遠い記憶が蘇《よみがえ》る。瓦礫《がれき》の下敷きになりながら、助けを求めたとき、駆けよって助けてくれた騎士。ルストが自分に与えてくれた、セヴェルでの日々や、人との出会い。初恋の美しい思い出が、リオの胸を焦がした。

「そうだよ、いらなかった。俺がこんなに苦しんでいるのは、ルストのせいだ。それなのにまだ俺を生かそうとして……これ以上、苦しめたいんだね」

こんなひどいことを言いたくない。それなのに、言葉は気持ちと関係なく溢れてくる。怒りをたたえた恐ろしい形相でルストが自分を見ていても、リオは自分のほうがもっともっと恨んでいる、と思った。

「恨んでるよ、ルスト。あなたなんて愛さなければよかった……」

一瞬正気を失ったように、ルストが手を振り上げた。ぶたれる、と思ったが、手は下りてこず、ルストは震えながら腕を下ろした。その青い瞳が揺れ、ルストはうつむいた。

「恨めばいい、いくらでも。俺を愛さなくていい。……一生恨みながら、それでも、側《そば》で生きてくれるならそれでいい」

囁かれた言葉に、リオは眼を瞠《みは》った。ルストの気持ちが理解できない。衝撃を受けて、全身がわななないた。

「正気なの？　そこまでして……恨まれてもいいから禁忌を犯したいなんて……俺にそんな価値があると本気で思ってる？」

「俺が狂ってるからってなんだ？　もうずっと正気じゃないんだ、お前のせいでな！」

弾《はじ》かれたように、一瞬ルストが怒鳴り声をあげた。

リオはその言葉に、頬を叩かれたかのような衝撃を受けて黙り込んだ。

さすがに気づいたアランやフェルナンが顔をあげて、こちらを見る。ルストはリオから顔を背け、不意に懐から小包を出して渡してきた。

「薬だ。飲め。ずっと顔色が悪い」

それだけ言うと、ルストは踵《きびす》を返して自分の馬のところへ戻っていく。駆け寄ってきたユリヤが「リオ、大丈夫？」と心配そうに顔を覗き込んできた。

リオはうまく答えられず、もらった薬の包みをぎゅっと握った。

――俺が狂ってるからってなんだ？　もうずっと正気じゃないんだ、お前のせいでな！

ルストの叫びが、頭の中で反響する。

……狂わせたのは自分だ。

そう思うと、胃の腑《ふ》が痛み、気がおかしくなりそうだった。

痛い、痛い、痛い。

（悪いのは俺……俺がルストの正気を犯してる）

頭を抱えてこの場にうずくまり、声をあげてこの世をなじりたい。

生まれてこなきゃよかった！

そう叫びたい衝動を、とっさに抑え込む。

（早く禁書を見つけて……早く、早く死ななきゃ）

それ以外に、自分に許される道がない――。

「リオ……変なこと考えないで」

隣でそっと言うユリヤの声も、リオにはよく聞こえなかった。追い詰められて、なにも見えず、感じることさえ難しくなっていく。

薬は飲まずに、リオはそれを外套の中にしまいこんだ。


旅は続いた。

トラディオの足跡を追い、三つ目の接触地点、四つ目の接触地点を見つけたが、そのどちらでもあまり大きな情報はなかった。

魔女とトラディオの話し合いもほぼ同じような内容で、『七使徒』を謀反に導く方策について話し合っていた。彼らの戦争の要は、『七使徒』に反乱を起こさせることだった。

接触地点に共通していたのは結婚式の壁画が残っていたことだ。人目につかない藪《やぶ》の中だったり、小さな洞窟の中だったりはしたが。

五つ目の接触地点、都市イグラドに向かっている途中、リオたちは一泊の野営を入れた。

ツェレナを旅立ってから十一日が経っており、リオの残りの寿命は、もう七十三日に縮まっていた。

夜が深まる中、火を囲んで話し合いが行われている間、リオは心臓に走る痛みと、じりじりと胃の腑を焼く気持ち悪さに耐えていた。毎日拷問《ごうもん》のように続く不調を我慢するので、精一杯の日々が続いていた。調査書は毎日書いているが、時々書いている指が震えるほど具合の悪い日も多かった。

（こんなに心が弱いなんて……）

『鞘』は本来、性質上健康で、弱い毒くらいならすぐに浄化できる。それなのに心が弱ると、こんなにも脆《もろ》いものかと思う。

それでもリオは、自分の気持ちに向き合う勇気がなかった。考えようとすると、もう一歩も動けなくなる気がして、怖かった。

野営の夜、早く横になりたいという気持ちを押しこめながら、帳面に今日の記録を書き付け、同時にたき火を囲んだみなの話し合いに耳を傾けていた。

ユリヤだけは話を聞かず、拾った木の棒でたき火をかき混ぜ、火の粉があがるのを面白そうに眺めている。

「妙なことがある」

今はルストが、そんな報告をしていた。

「初回に訪れたルードリヴェス渓谷からここまで、魔女とトラディオの接触地点に共通していることがあった。壁画以外にな」

それはさすがに新しい情報だった。リオは一瞬体の不調も忘れて顔をあげ、ルストの言葉を待った。フェルナンとアランも、似たような面持ちでルストの言葉を待っている。

「渓谷でリオとフェルナンには見せたが、古くて不完全な神脈が残っていただろう。実はこれまでの地点にも、同じ形跡があった」

ルストは眉根を寄せて、考え込むような様子だった。

「どの神脈も不思議なのは、不自然な途切れ方をしていることだ。まるで途中から、無理矢理引きちぎられたかのような……以前は、どこかにあの脈が繋がっていて、なにか役目をなしていたはずだが、いくら探ってみても元の構造が分からない」

ルストは言いながら、私物らしき地図を取り出して、指を押しつけた。途端に、その地図上には青白い光の線が葉脈のように連なり、フロシフラン国土を埋め尽くした。

「これが現在の神脈だ」

言われたものを見るに、その脈は西の山嶺《さんれい》から発して、王都にもっとも濃く集まりつつ、ハーデを除いた国土にあまねく広がっている。

「魔女とトラディオの接触地点には、この神脈に連なっていないぶつ切りの神脈が存在していた。これがフロシフラン全土にどれほどあるか、実は毎夜、調べていたんだが……」

ルストは空いた時間を使って、西や南にも移動していたらしい。もう一度指を地図に押しつけると、赤い光が、フロシフラン上にぽつぽつと点在して現われた。

「まるで小さな蜘蛛《くも》の巣のように、現在の神脈とは別に存在している古い神脈だ。かつては、これらが繋がっていた可能性がある……」

思わず身を乗り出すと、ルストは地図をリオに渡してくれた。普段話し合いに興味のないユリヤも、二色の光が地図の上にまたたいているのが不思議なのか、覗き込んできた。

赤い光は想像よりも多く存在していて、王都の周辺にもある。そしてたしかに、魔女とトラディオの接触地点は常にこの光の上に存在していた。今向かっている五つ目の接触場所にも含まれている。

（……なんでこっちの古いほうは、使われなくなっちゃったんだろう？）

考えたが、もちろんルストが分からないことをリオが分かるはずがなかった。ルストは眼をすがめ、

「よく分からないのは、古い神脈があることもだが……既に使われず、意味のない神脈をウルカがわざわざ残しているところだ。消したほうが効率が良いだろうに」

と囁いた。たしかにそうだろう。座に加わった全員がしばらく考え込んだが、神の考えなど知るよしもない。

「あの……ルスト」

リオはここしばらくの調査で、ずっと気になっていたことをルストに問いかけた。

「魔女が先の王に目くらまししてる、って何度かトラディオとの会話にあったでしょ。実際……近くにいたルストから見て、先王陛下は洗脳されたような状態だったの？」

その問いかけには、いくらか王家への不敬が混じっている。ルストはしばらく黙っていたが、

「そうだな……」と、呟いた。

「傍目《はため》には、若く美しい王妃に夢中で、臣下や……息子の俺をも遠ざけている、愚王の振る舞いをしていた。父はウルカに認められた王だが、歴代の中ではさほど力の強い王ではなかったから、日常的に魔女に魅了をされていたのなら、裏切られるまでは気づかなかった可能性がある。……それ以前から、『使徒』を遠ざけていればなおさら」

なるほど、とリオは頷いたものの、そんなことは可能なのだろうかという気持ちもあった。ウルカの神力を持つ王を、一時的とはいえ騙《だま》せるほどの魔力とはどういう種類のものなのか、と考えてしまう。

それはこの場にいるアランやフェルナンにとっても謎のようで、「普通に考えたらありえないよな」と、アランが肩を竦めた。

「まあ、ウルカの神力がいくら大きくても、器には容量というものが最初から決まっている。父は器が小さかったから、『使徒』一人一人の神力も、歴史上でいえばそう大きくない時代だったと言える」

「魔女が長い間機を狙《ねら》っていたなら、ルスト相手じゃ負けるのは分かってるから、先王に取り入ったっていうのはあるだろうな」

　アランがぼやく。

　リオがルストの真名を聞き出すよう言われていた理由は、魔女は先王を殺すことはたやすいと考えていたが、ルストを崩すのは難しいと思っていた。だから真名を聞き出して、その力を根源から絶つよう進めていたのかもしれない。

（……でも、そこだけ杜撰な計画にも思える。ルストは優しい性格だったから、二度の弟の死を受け入れられずに俺に真名をくれたけど）

　普通は王が、自分の力と命を土人形に明け渡すわけがないのだ。弟の死を引きずってそうする、というところまでは魔女も予想していただろうが、確信はなかったと思う。

　もしルストが魔女を討ちにくる前に『七使徒』を選定していたら、魔女は生き残れなかっただろう。もっとも、戦場で王になったルストが、目前にいる魔女を討ち取ってから王都に帰還しようというのは当然でもあった。

『使徒』選定を終えてからになると、一年以上は間があいただろうし、その間に魔女が勢力を拡大したら厄介だ。

（不完全な状態のルストを、根城までおびき寄せるところまでは、魔女の計画にあっただろうし、かなり確度も高かったはず。でも、そのあとルストが俺に真名を与えなかったら、魔女は

滅んでた。……なのに、どうしてこの最後の作戦だけまるで賭《か》けみたいなんだろう）

リオは思ったが、まだどうやって、魔女とトラディオが『使徒』を籠絡《ろうらく》したかも分かっていないから、なにか他の確信があったのかもしれないとこの場で言うのは控えた。

「まあでも……案外と、先王陛下だけが愚かな王とも言えないいんじゃないか？」

そのとき、アランが膝に頬杖《ほおづえ》をつきながら、揶揄《やゆ》するように口を挟んだ。フェルナンが眉をうっすらとしかめてアランへ振り返り、ルストは冷静な顔で、アランを見ている。

「どういう意味だ？」

ルストの声は冷たかった。リオはハッと緊張して、体を竦めた。心臓が、どくどくと鳴る。

いやな予感がした。

アランは嘲笑《ちょうしょう》するように嗤《わら》って、ルストを見た。

「先王陛下は王妃に眼が眩《くら》んで愚王になったけどさ。お前も同じだって気づいてるか？　ルスト。お前はリオ一人に眼が眩んで、この国と国民を苦しめた。しかも、今もな」

リオは予想していた最悪の言葉が、アランの口から飛び出て固まった。心臓が痛い。ルストは動じていなかったが、アランの挑発を流しもしなかった。

「リオに振られたから八つ当たりか？　眼が眩んで役に立たないなら、俺はいつでも王位を譲る覚悟はある。譲位を勧めたいならそう言え」

冷たい声でルストが言い、アランは顔から笑みを消した。

「誰が譲位しろだって？　お前のために、俺がどれだけ働いたか忘れたか？」

アランは自分の主《あるじ》を睨みつけると、恨みがましい声音で言う。ルストは逆に口の端で嗤った。

「そうだな。俺のために、リオを殺そうとしてくれたよな。お前も。――フェルナン、お前も」

ルストが、ちらりと視線をフェルナンに向ける。突然名指しされたフェルナンは、どう答えたものか分からないのか、じっと黙っていた。

「も……もうやめてよ！」

リオは自分を巡って言い争われることに、これ以上は耐えられず立ち上がっていた。膝の上の帳面が地面に落ちるのにも気づかず、震えながら座を見渡した。

「誰も悪くない……アランとフェルナンは正しいことをした」

とたんに、ルストが「はっ！」と嘲笑《あざわら》った。

「リオ、お前の慈悲には頭が下がる。自分を殺そうとした連中を庇《かば》って、唯一お前を生かそうとしてきた俺を突き放すんだからな！　俺が！　自分の命まで差し出してお前を生かしたことを――お前は恨んでるんだから当然か！」

心臓に、刃を突き立てられたような鋭い痛みが走り、リオは血の気がひいていくのを感じた。

違う――。

そうじゃない。ルストが俺に命をくれたこと、恨んでいるばかりじゃない……。

そう思うのに、言葉が出ない。つい先日、恨んでると言ってしまったのだから、ルストにこう言われるのも当然だった。

「あのとき、お前に真名など与えずに……見殺しにすればよかったことは、分かっている」

そうすればお前も楽だったろうに。

突き放すような口調に、胸が引き裂かれる気がした。与えてもらった命のおかげで、自分が得たものすべてを思い返す――。ルストがリオに真名を与えてくれたことに、一度は恨んでいると言ったけれど、本当は感謝していた。

なにも知らなかった日々、リオは幸せだったと思うからだ。

けれどルストに、生かさなければよかったと言われてしまったら、幸せだった時間さえまがい物だった気がしてくる。

(なんだよ……ルストだって……俺は生まれないほうがよかったって……思ってるんじゃないか)

リオがリオに対してそう思っているように、ルストだって思っている。初めから土人形の存在さえなかったら、ルストはこんな気苦労を負うことはなかったと。

リオの目尻に、じわじわと涙が浮かんでくる。

「……楽だったのは、ルストでしょう」

気がついたら、そう呟いていた。

――俺を殺しておけば楽だったのは、ルストも同じはず。

ルストは答えなかった。あたりがしんと静まりかえり、たき火の爆《は》ぜる音だけがする。

「陛下……言いすぎです。リオも」

フェルナンがそっとルストとリオを窘《たしな》めてきたが、ルストは青い顔をしたまま立ち尽くす、リオだけを睨むように見つめている。

リオはうつむき、涙をぬぐった。不意にアランが、「おい、ルスト」と再び低い声で呼びつけた。

「リオに絡むなよ」

「絡むな？　今さら騎士気取りか」

アランの言葉を嘲弄して、ルストが返す。

「お前たちと言い合うのも面倒くさい。過去がどうあっても、俺はリオを生かした。これからも同じことをする」

フェルナンとアランが、怪訝《けげん》な顔になる。

「同じことをするって、どういう意味だ？」

アランが訊いたが、ルストはそれを無視して立ち上がり、「見回りをしてくる」と背を向けてしまった。アランが大きく舌打ちし、地面を蹴《け》った。

「おい！　答えないつもりか!?　ふざけんな……」

アランはリオへ振り向き、なにか言いたそうに口を開けた。けれどなぜか、なにも言わなかった。

ルストが森に消えた方角をぼんやりと見つめて、リオはただ突っ立っていた。


その晩、リオは珍しくまどろみ、浅い眠りのなかで夢を見た。

黒い竜がぐったりと眠っている。薄暗く、窓のない地下神殿。

「一人め」のときに、最初に見た場所だった。

銀髪の少女が竜のそばにうずくまり、少年の体を抱きしめて泣いていた。少年の顔は見えないが、体つきはリオとよく似てほっそりとしている。

少女は嗚咽《おえつ》しながら、言っている。

――なぜ愛してくれないの？　愛するという約束だったでしょう。

――これで三人め。もう三人も殺されたのよ。

少女の腕から、少年の頭がこぼれる。半開きの瞳は紫色。白磁の肌の、整った顔。

それはリオそっくりの顔だった――。


リオ。誰かが耳元で自分を呼んでいる。リオ……。

その声を遠くに聞きながら、リオは汗だくになってゆっくりと眼を覚ました。

起きたときには心臓が激しくがなり、心は得体の知れない悲しみでいっぱいになっていた。ついさっきまで夢の中で泣いていた少女に、知らず知らず同調してしまったかのように。

(さっきの夢……なに)

体を起こそうとすると、全身がきしむ。頭がくらくらし、また吐き気に襲われる。かすむ視界に天幕の中の闇が映り、すぐ隣では、ユリヤがぐっすりと眠っていた。まだ時刻は夜中のようだ。

「リオ。眼が覚めたか」

不意に、リオは自分の顔を覗き込んでいる人物に気がついた。ハッと振り向くと、それはアランだった。

「アラ……」

「静かに」

アラン、どうしたの。そう言う前に口を塞《ふさ》がれて、リオは混乱した。気がつくと、リオはアランに抱き込まれるようにして起こされていた。毛布で体を巻かれて、リオは口を塞がれたまま天幕の中から連れ出される。

(なに……どういうつもり)

手のひらで口を押さえつけられているせいでうまく空気が吸えず、頭がくらくらとする。

「ルストは今王宮に戻ってる。明日の朝までは見つからない。フェルナンはさっき見張りに出た。この機会にお前を連れてくぞ」

不意にそう言ったかと思うと、アランは真っ暗な森の中へ分け入った。気配を消して、フェルナンに見つからないよう気にしている様子だ。

リオは暴れようとしたが、手足ともしっかりと毛布の中に包まれていて、ちょっと身じろぎするので精一杯だった。

（アラン！　放して！）

天幕からかなり離れたところで、リオは突然口を解放された。

「アラン……っ」

怒鳴りつけようとした瞬間、全身が宙に浮いていた。巨大なアカトビがリオを包んだ毛布を両足にしっかりと摑《つか》んで、空高く舞い上がったところだった。

「あっ、あ……っ！」

声にならない悲鳴が喉から迸《ほとばし》る。斜め上に上昇するアカトビの素早さはとんでもなく、リオは気がつくと星のまたたく夜空にいて、冷たい風がびゅうびゅうと吹き付ける中、なすすべもなくアランに連れて行かれようとしていた。

遠くに見えた天幕のたき火が、ほんの一瞬で遠ざかって消えていく。

「アラ、アラン！　どこ、どこへ行くつもり！」

――ストリヴロ。連れて行く。

猛禽《もうきん》の鳴き声が混ざったような、アランの声がアカトビから返ってくる。

「誰が行くって言ったの⁉ 放して！ 放せよ！」

リオは暴れたかったが、動くと真っ逆さまに落ちそうで怯えていた。体が浮かんでいる状態が恐ろしい。血の気がひき、全身が冷たく感じる。

――このままじゃ、埒《らち》があかない。ひとまずお前を連れていって、ストリヴロの俺の屋敷に隠す。

わけが分からない――。リオは無断で運ばれているこの状況に、怒りが湧いた。なんとしてでもやめさせなければ、アランは本当にリオを軟禁するだろう。

「やめて、アラン。やめなかったら、ここで死ぬ」

かたかたと震えながら言っても、アランは答えなかった。リオの言葉など、そよ吹く風ほどにも気に留めていない。

なぜこんな横暴なことをするんだろう？

なぜアランも、ルストも、いつもリオに勝手に権力や力を使って、いいようにしようとするのか。それはリオが、脆弱《ぜいじゃく》だからだ。

リオは不意に、まだなにも知らなかったころ、セヴェルから王都へ向かう旅の前にユリウスに言われたことを思いだした。

――お前はいつでも、己の命を楯《たて》にし、剣にして戦える。

リオは意を決した。

毛布の中で体を動かし、ぐっと力をこめて、前のめりに下を向いた。

ずるり。毛布から体がはずれ、落下していく――。

落ちる！

「リオ！」

ぎゅっと眼をつむり、恐怖に耐えたリオの体を、誰かが抱き留めた。背中から大きな羽根だけ出したアランが、リオを抱いて地上に降り立った。

そっと草むらに下ろされたリオは、小刻みに震えながら、自分の体を抱きしめた。

（し……死ななかった）

とたんに、全身を安堵が包み、体から力が脱けていく――。

死ぬための旅をしているのに、今生きていることが嬉しかった。それが滑稽《こっけい》だからか、それともたんに安心したからか、わけも分からず涙がこみあげてくる。

「……どうしてだ」

隣に跪《ひざまず》いたアランが、唾棄するように言い、ついでリオの両肩を摑んで揺さぶってきた。

「なぜそこまで嫌がるんだ⁉　お前にとっても、こんな調査を続けて死ぬより、余生をストリヴロで過ごす方がいいだろうっ？　なんで抵抗する！」

アランは立ち上がり、怒りにまかせて地団駄を踏んだ。闇に慣れてきた眼に、金髪を振り乱しているアランの姿が見えるようになった。

いつまでも泣いているわけにはいかない。アランときちんと話し合わなかったら、また同じことが繰り返される。

リオは涙を拭うと、よろめいて立ち上がった。

「アラン……アランだって、なんでここまでするの？　なんのために？　なんで……俺の意志を尊重してくれないの？」

動くと、全身がばらばらになりそうなほど痛かった。

近くの木に片手をついて寄りかかり、必死に訊く。アランはリオの眼の前に立ちはだかり、

「なんのためだって!?」と怒鳴った。

「お前のためだ！　リオ、お前の！　お前の目的が、魔女の調査をして、殿下に心臓を与えることだなんて俺は認めない！　認められない！」

「俺がそうしたいって言ってるのに……」

「どうでもいい！　お前は大嘘《うそ》つきだからな！」

アランはリオの胸を指さし、人差し指をぐいと押し当ててくる。

大嘘つき？

言われたことの意味が分からず、アランを見返す。

「お前は大嘘つきだ。自分さえいなくなればいいと思ってる？　まさか！　ユリヤ殿下がかわいそうだから、寿命を分ける？　嘘だ！　最期まで役に立ちたい？　大嘘だ！　大嘘だろう

が！　一体いつまでいい子のふりをするんだっ？」

木についていた腕をとられる。リオはよろめいたが、もう片方の手首もアランにとられる。

怒りに満ちたアランの顔が、間近に迫ってくる。

「お前がそんなだから、俺が連れ出してやるんだ。ストリヴロで、せいぜい被害者面して暮らせばいい！」

激しく、アランが地面を蹴った。枯れた草の下、地面がいくらか割れる音がした。リオは気が遠くなるような、前後が不覚になるような感覚で、ただその場に突っ立っていた。

「なにを言ってるのか……分からない」

かすれた声で、やっと出たのはそれだった。なぜ嘘つきだと罵《ののし》られ、被害者面をしていろと命じられるのだろう？

頭がくらくらした。

アランは喉の奥で「くっ」と息をつき、それからリオを解放すると、髪を振り乱して手を額に当て、うなだれた。

「……ルストにひどいことを言われてたじゃないか。お前は傷ついてたろ」

眠る前の、たき火を囲んでいた時間のことだろうか。たしかにリオはルストに罵倒《ばとう》されて、傷つき、なにも言えなくなっていた。

「ルストは道理にはずれたことをするつもりだろ。……お前に真名を渡したときのように」

だけどお前は望んでないはずだ――、アランは苦しそうに呻《うめ》いた。

「お前は静かに死にたいだろ？　なるべく誰も悲しまないように。俺は、俺ならそうやって死なせてやれる――」

言いながら、アランの赤い瞳に涙が盛り上がり、ぽろぽろと頰を転げ落ちるのが見えた。アランは「くそ」と悪態をつき、「くそ、くそ」と何度も呻いて、地面を蹴った。駄々っ子のように。

「死なせてやれる。死なせてやることしか、できない」

リオは突っ立ったまま、だんだんと気持ちが凪《な》いでいくのを感じた。ただ悲しみが、深い波のように自分のもとへ押し寄せてくる。死ぬことだけがリオにとって正しく、それ以外はすべて間違いなのだと――アランも、思っているのだ。

（それでもそれを、憐れんでくれてる……）

胸が痛み、アランに対して同情のような、愛《いと》しさのような不思議な気持ちが湧いた。

そっと手を伸ばし、アランの前髪を撫《な》でると、アランはハッとしたようにリオの手を振り払った。泣き濡れた眼で、リオを見下ろして、アランは「本音を言ってくれよ」と唸《うな》った。

「本当は、殿下に寿命を渡したくなんかないだろ？　最後の最後まで、ルストのために働いて死ぬのか？　お前はもう、十分尽くしたのに」

怒ってないのか？

と、問われた。

こんなのあんまりに、理不尽じゃないか——。

（アラン……）

はたかれた腕を引き取りながら、リオは、腹の奥がじんじんと痛むようだった。小さな声で、

「怒ってるよ……」と囁くと、アランが「それなら……」となにか言いかける。リオはそれを遮るように顔をあげた。

「でも、誰に？　なにに？　どう怒ったらいいの？　俺が生まれてきたことが間違ってたのに。わめきちらしたって、なにも変わらないのに！」

考えるな、考えるな。

頭の中でいつもそうやって、自分の気持ちを振り返らないよう気をつけている。考えたら立ち止まってしまう。なにもできなくなる。

全身黒い靄で覆われて、その中に体も心も溶けて、リオはいなくなってしまう。

「誰にも俺を救えない。ストリヴロで贅沢をしたって……きっと毎日不安で、苦しいだけ。それならせめて、意味のあることに自分の命を使って死にたい」

「その意味あることが、ユリヤ殿下に寿命を渡すことか？　そんなの、お前が逃げてるだけだろうが！」

カッとなったように、アランが言い返してくる。

「お前の傲慢《ごうまん》だ！　だから嘘つきだって言ってるんだ！」

心の深いところに傷が入れられたように感じて、リオは二の句が継げなくなった。アランの手が伸びてきて、今度は優しく肩に触れられる。

「……俺と行こう。な？　リオ。俺の街で、船に乗せてやる。残りの人生くらい……俺に、優しくさせてくれ」

顔を覗き込まれる。アランの赤い瞳は、まだ先ほどの涙の名残に潤んでいる。

「考えてみてくれ。お願いだから。……お前とルストは、二人とも不器用で、互いに傷つけあってばかりだ。俺はもう見てられないんだよ」

不器用と不器用がぶつかる。鈍いナイフの刃先同士が擦《こす》れ合うように、治らない傷を増やし合っていると、アランは苦しげに囁いた。

「二人して相手を想って……想うことで間違った選択をする。お前とルストは、ずっとその繰り返しをしてる。ストリヴロでいい思いをさせてやりたいし……穏やかに最期を過ごしてほしいってのは本当だ。でもそれ以上に……お前とルストは、一緒にいたら駄目になる」

リオは息を呑んで、アランを見つめた。

――リオとルストは、一緒にいたら駄目。

その言葉が、妙にくっきりと、心に刺さる。

「……俺は現場を見てないけど、お前は、ルストの眼の前で命を絶ったんだろ？　ルストに真名を返すとき」

アランの赤い眼に、暗い影が差していた。それは魔女の、蜘蛛の大軍に襲われたあの雨の日、リオが自らの胸にガラスのナイフを突き立てた――あのことだろうと、頷く。

「あのあと……ルストがどんな状態だったか想像できるか？　ルストは尖塔《せんとう》の屋根の上で……獣のように咆哮《ほうこう》して……」

その怒りの声で城は落雷に見舞われ、蜘蛛という蜘蛛が一瞬で死んだ。

あまりにも壮絶な光景だった。ついさっきまで騎士たちを苦しめていた無数の化け物が、一瞬で死に絶えたのだ。

アカトビに姿を変えたアランは不安に襲われながら、ルストの様子を見に飛び立ったという。

そして、屋根の上に突っ伏し、狂ったように怒鳴り続ける王を見た……、と話した。

「ルストは……ウルカを罵っていた。自分の神力の源、王である証《あかし》、フロシフラン国土にあまねく富をもたらす唯一の神を……憎悪していたよ」

――ウルカ！　貴様のなにが神だ……リオを殺したな！　いつか俺が、俺が貴様を殺してやる。殺してやる！

血の涙をこぼさんばかりに泣き叫ぶルストの姿に、アランは危険を感じた。

王が口にしてはならぬ言葉だった。

幸い豪雨がルストの叫び声をかき消していたが、誰かに聞かれたらと、アランはルストが正気を取り戻すまでその周囲を旋回し続けたという。

リオはその話を聞いて、呆然《ぼうぜん》とした。すぐには、とても信じられなかった。

滝のような雨。獣のように泣き叫ぶルスト。ルストは拳《こぶし》を何度も屋根に打ち付け、その手は血まみれだった。叩かれた屋根は一部が崩れ、フロシフランの王国騎士団が勝利の雄叫《おたけ》びを上げても、彼らの主君である王は、なかなか現われなかった。

「……俺はあのまま、ルストが狂うんだと思った。今にも河に身を投げて、死ぬかもしれないと。怖かったよ……」

そのときのことを思い出したように、アランは身震いする。その恐怖はリオにも伝わり、リオはぎゅっと、左胸のあたりを押さえた。

「……でもルストは立ち直った。たぶん、お前が生きていることに気づいたからだ」

リオはもう、二の句が継げなかった。心臓が、いやな音をたてている。

そこからルストは淡々と王の仕事をこなし、最速の日程で『北の塔』へ向かったという。冷静さを取り戻したルストの奥に、それでもまだ狂気が潜んでいることが怖くて、アランは同行したと話してくれた。

「ルストは強大な王だ。……だけど、脆すぎる。お前を想うあまり、おかしくなる。だから……リオ、生きているうちにルストと離れてくれ。……頼む」

それはアランの、精一杯の懇願だっただろう。リオの胸のあたりまで頭を下げて、頼み込むアランの体は震えていた。

リオは困惑していた。たった今聞いた話が、あまりにも衝撃的すぎて。けれどアランの言う意味は痛いほどに理解した。

（きちんと別れないと……ルストは俺がいなくなったあと、おかしくなる？）

考えてみれば、どれほどの矛盾なのか。

歴代の王と比べて誰よりも、と言われるほどに強くウルカの神力を受け継ぎながら、ルストはウルカを――憎んでいる。

そしてそんな親友を、アランが危うく思うのは当然だろう。

（ストリヴロに行くべき……？）

他の誰のためでもなく、ルストのために。

そう思ったそのときだった。

頭上を、ごうっと風の通る音がした。

星明かりが瞬時に消えて、巨大な影が二人を包む。

ハッと顔をあげたリオは、信じられないものを見た。白い竜――ウルカそのものの竜が、リオとアランめがけて急降下してくるところだった。

（ウルカ……！）

押しつぶされるかと身構えたそのとき、竜の姿は消えてルストが草むらに立ち下りていた。

「なにをしてる？」

大股でリオとアランに近づいてくるルストの体は、先ほどの竜の姿を解いたあとで、銀色の光をまとって見えた。それが宵闇に溶けると同時に、ルストはリオの肩を抱き寄せると、アランの腹に蹴りを入れていた。

「うあっ……」

アランは呆気《あっけ》なく吹き飛び、地面に転がった。

「くそ……ルスト！」

起き上がったアランは、よほど蹴られたところが痛いのだろう。腹を押さえて歯を食いしばっている。

（アラン……）

リオは心配になって駆け寄ろうとしたが、ルストに阻止された。抱き込まれ、体をぐいと肩に担がれた。

「ルスト……放して！」

「アラン、野営地に戻ってフェルナンに伝えろ。俺とリオは先に次の街で待っていると」

リオがなにか言う間もなく、アランが止めようとする間もなく、ルストは上空に飛び上がっていた。そして気がつくと、リオは白い竜の背に乗せられて、星空の中を運ばれていた。

十一　最後の都市

目覚めると、見知らぬ寝台の上だった。

青白い光がうっすらと窓辺に差し、窓の向こうで小さく雨音がした。光の温度で、早朝だとリオは気がついた。

（俺は……そうだ。竜になったルストに連れられて……）

高度の高い夜空の、あまりの寒さに凍《こご》えて、気を失ってしまったことを覚えている。

「リオ」

そのとき、寝台の端に座る男の気配があり、リオはまだ霞《かす》んでよく見えない眼《め》をそちらへ向けた。

「……顔色が悪いな」

不意に肩を抱かれて起こされ、眼の前に、湯気をたてる椀《わん》が突き出されていた。

「薬湯だ。飲め」

口を開けると、椀が唇に押し当てられる。ゆっくりと注がれたほろ苦い薬湯は、喉から胃の腑《ふ》に落ちると、ほんの少しリオの活力になるような気がした。

飲み終えて自分を抱いている男を見上げると、ルストだった。

「……大丈夫か？」

そっと訊《き》きながら、ルストはリオの口の端についた薬湯の残りを拭《ぬぐ》ってくれた。そこでやっとリオは意識が目覚めて、慌てて自分の力で起き上がろうとした。けれど体はきしみ、全身が気怠《けだる》くて、うまく動かせなかった。

ルストの熱い体温が、凍えきった体に沁《し》みてくる。腕の強さも、胸の厚みも、悲しいほどに懐かしい感触で、リオはそばにいるのが怖くなった。けれど身じろぐこともできないので、じっと黙ってうつむいていた。

「すまなかった。急に運んだから……辛《つら》い思いをさせたな。アランたちがここに着くまでに少しは時間があるだろうから、休むといい」

言われて、リオはやっとあたりを見回した。どこかの街の宿屋のようだ。

「ここは……？」

「もともと向かっていた五つ目の接触地点、都市イグラドだ」

道筋を逸《そ》れたわけではなく、ただ一飛びに来ただけらしい。リオはもう一度うつむき、「困るよルスト……ユリヤが……驚くだろうから」と喘《あえ》ぐように言った。ルストは「フェルナンがどうにでもする」と、取り合わなかった。

リオは脳裏に、昨夜のことを思い巡らしていた。泣きながら、こんな旅はやめようと訴えてきたアラン。彼はどうなっただろう。

――ルストは道理にはずれたことをするつもりだろ。……お前に真名を渡したときのように。

アランは気がついていた、とリオは思う。

胸の奥には、こびりついたように不安が棲《す》み着いている。昨夜アランから聞かされた、ルストの、ウルカへの罵詈《ばり》。憎しみ。リオを失ってしまったあと、ルストがどうなるか怖い。だからストリヴロに行こう、離れなければ駄目だと説得された。

（……アランが正しい）

ルストはリオを、何度も何度も蘇《よみがえ》らせるつもりで、それはもう正気の沙汰《さた》ではないから。

けれどどうやって、ルストを説得し、諦めさせたらいいのかが分からなかった。

リオは昨夜見た、白い竜の姿を思い出す。美しい、神さまの姿だった……。

ルストはリオのことさえなければ、比類なく完璧な王のはずなのに。

（王がその神力を預かる神さまを、恨むなんて……）

あってはならないことだ。同時に、それほどの矛盾を抱えているルストの心境がどんなものなのか、とても計り知れない。

どうしたらいいの。

誰かに答えを教えてほしかった。暗い絶望が、リオの胸をひたひたと侵してくる。自分がユリヤに心臓を戻しても、ルストが狂ってしまったら意味がない——。

考えているうちに、また胃の腑がむかつき、吐き気が迫ってきた。頭が重たくなり、全身が発熱したように痛くなる。

まるで体が、これ以上考えるのを拒絶しているかのように。吐き気をこらえて体を折り曲げたとき、逞《たくま》しい腕がリオの左胸を抱き留めていた。

その瞬間、頭上でルストがハッと息を呑《の》むのが聞こえた。リオを抱く腕が震え、緊張したように空気が張り詰めるのが分かる。

「リオ、お前……」

ルストは強くリオの体を引き寄せてくる。離れようとしたがその腕はびくともせず、思わず顔をあげると、ルストは端整な顔を歪《ゆが》め、今にも泣き出しそうな眼でリオを見つめていた。

「どうしたんだこれは？　体調が悪いのは知ってた。だが……体の中の……エーテルがぐちゃぐちゃになってるじゃないか」

——体の中のエーテルがぐちゃぐちゃ？

初めて聞いた言葉に、リオは自分の体を見下ろした。

気づかなかった、とルストは悔いるように呟《つぶや》いた。

「ユリヤはこうはなっていないはずだ。お前は……この旅が、相当負担になっているんだな？」

問われて、リオはたじろいだ。苦しそうなルストの顔を、うまく見られない。

「……そんなことないよ」

「いいや。体だけの問題なら、ユリヤも同じようになる。こんなに、耐えていたのか？」

——そうだ。たぶんそうだと、リオも分かっていた。

けれどなにも言えない。黙り込み、うつむいていると、ルストは慌てたように、けれど少しずつ丁寧に、リオの体に手のひらを押し当てていく。大きく温かな手のひらが、リオの心臓の上や、腹を通過していった。

「内臓が傷ついてる……体内の魔力の巡りがぐちゃぐちゃで、ひどい状態だ。……相当辛かったはずだ。なのになぜ、頼らなかったんだ」

ルストはリオの顔を覗《のぞ》き込んだまま、まるで自分の体が傷ついているかのような顔で、問うてくる。その顔を見つめていると、不意にリオは悲しく、理不尽な気持ちに襲われた。

（言えるわけないだろ。……言ってどうなるの。言えば……ルストは俺を、生き返らせないって約束してくれる？）

誰も信じられない。

誰も自分を救ってはくれない。

根深い不信が、リオの中に根ざしている。

ルストのことも、アランのことも、フェルナンのことも嫌いではない。

むしろ愛情がある。ルストのことも、まだ愛している。

それでも、彼らが自分のためになることをしてくれるという確信はなかった。悲しいことに、リオがこうあろうと思うことを、誰も本当には支持していないと分かっていた。

「……どうせ七十日かそこらで、破棄する体だよ。だから、ちょっとくらい無理したっていい」

自暴自棄な言葉が、ついこぼれた。いやな態度だと分かっているし、ひどい言葉だとも思う。それでも、たとえルストを今傷つけてでも、放っておいてほしかった。

とたんに、ルストはぐしゃりと顔を歪ませた。子どもが泣き出す寸前のような表情。ルストのなにかが危うく、切れてしまいそうに見えてリオはぎくりとした。

瞬間、ぐっと強く背中を抱き込まれ、あっという間に口づけられていた。

「ん……っ」

やめて、と思ったのに、全身が痛くて抵抗もできなかった。ルストが強引にリオの唇を割り開き、舌を入れてくる。熱い舌に己のそれが絡め取られた瞬間、嘘《うそ》のように体の痛みが消えていき、吐き気も、頭の重たさも消えて、体中に生気が満ちあふれるのを感じた。

まるでぐちゃぐちゃに踏み荒らされていた体内が整えられて、内臓まで新しいものに取り替えられたような感覚だった。

「……知ってたか。王は『鞘《さや》』を治すことができるんだ」

唇を離したあと、ルストがそう囁《ささや》いた。

リオはルストの顔が見られなくて、うつむいた。頬に熱が上ってくる。

こんなことはしてほしくなかった、という気持ちと一緒に、口づけられて嬉《うれ》しいという気持ちが抑えようもなく溢《あふ》れてきて、リオは動揺した。

（どうして……まだ、こんな気持ちが残ってたの）

自分がとてつもなく、愚かに思える。

今の自分にとって、ルストは邪魔をしてくる存在で、気を許せる相手ではない。もうルストを愛した過去は忘れようと、何度となく心に決めた。

それなのに、王宮で抱かれていたときと同じ、満ち足りた甘い感情が胸に湧《わ》いてきて、心のままルストの胸に身を投げて、愛してると言いたくなる。

その誘惑と欲求の強さはすさまじく、気をしっかり持っていないと、流されてしまいそうだ。

（俺って……なんてバカ）

思わず、涙がこみあげた。

虚《むな》しくて、悔しい。

涙が頬を伝う。

「こんなことしないで……。ルスト」

呟くと、静かにリオを見下ろしていたルストが、ごく小さな声で言う。

「だが……俺に真名を返したとき、お前は……俺を愛していると言っていたはずだ」

耳の奥に、激しい雨の音が聞こえてくる気がした。

死を覚悟したあのとき、薄暗い空の下雨に打たれながらリオはたしかに言った。

──ルスト。愛しています。あなたを、愛してる。

（……おめおめと生き残ると分かってたら、言わなかった）

自分が憐《あわ》れで、みじめだった。

「あれは忘れて」

機械的に言う。

「もう……愛してません」

嘘つきと罵《ののし》ってきた、アランの声が思い出される。けれどこう言うしかなかった。

もう愛していない。

ルストを愛していなければ、どれだけいいだろうと思う。

黙って聞いていたルストが、なにを思っているのかは分からなかった。けれどややあって、
ルストは小さな声でぽつりと答えた。

「……愛してもらえなくてもいい」

──ただ、そばにいてくれたらいい。

続けられた言葉に、リオは我慢していたものが切れたように腹が立って、顔を跳ねあげた。

「だから俺を何度でも生かすって？　そんなことするたび、俺は何度でも死ぬよ！」

ルストの胸を押しのけながら、リオは不意にルストだって嘘つきだ、と思ってしまう。

自分がなにも知らなかったとき、ルストははっきりと言ったはずだ。

「俺には、なにも返せないって言ったろ？　……俺を抱けないって。ルストの愛情は全部ユリヤにあげたって。なのになんで、今さらそんなこと言うんだよ！」

リオは小さく叫んで、ルストの胸板を拳《こぶし》で打っていた。

王宮にいたころ。『王の鞘』として役目を全うしたいと、リオがルストに抱いてほしがっても、ルストはそれを拒み続けた。

理由はルストが、リオを愛せないから。愛はすべてユリヤにあげたからだと聞いていた。あのころ、リオはそれを信じていたし、そのことで傷ついてもいた。

なじられたルストはしばらく黙り込み、やがて「あれは……」と言った。

「あのときは、お前を想《おも》わないようにすることに、必死だった。俺はユリヤを二度も死なせたから、お前に死なれたくなくて……出会ったとき、衝動的に真名を与えた。お前をけっして死なせたくなかった。だから……だから、三年間探そうともしなかったし……再会しても、愛してはいけないと思っていたんだ。もし俺がお前を愛してると分かったら、俺が死んだあと、お前は苦しむから」

だが、とルストは言葉を継ぐ。リオはその先を聞きたくないと思った。けれど耳を塞《ふさ》ごうにも、ルストに抱きしめられていて身じろぎができない。

「分かるだろう？　もう、分かっているだろう、リオ。俺はお前を……愛した。生きているリオを愛した。今も愛してるんだ」

——愛している、お前を愛している。と、ルストは必死に繰り返した。

リオの胸が痛み、鼻の奥が冷たくなる。涙がぐっと、まなじりにこみ上げてくる。

「俺がルストを失ったあとに傷つくことは……心配するのに、自分が俺を失ったあとのことは……どうでもいいの？」

震える声で問いかけると、ルストの青い瞳が揺らいだ。リオの質問の意味が分からないように、その男らしく整った顔に困惑が映る。

「アランから聞いたんだ。俺が自害したあと、ルストが一時的に……おかしくなってたって」

今、賢王として普通に見えるのは、リオが生きているからだろうと。

こみあげた涙が、ぼろっと頰を落ちる。ルスト、とリオは呼んで、困ったような顔をしている王の胸に取りすがった。

「ねえ、もう終わりにしよう。ルストは完璧な王じゃないか……俺が死んでも、ルストは悪くない。ユリヤたちの死も、ルストのせいじゃない」

リオは必死だった。どう言えば、ルストに伝わるのだろう。彼の絶望を減らすには、どうしたらいいのだろう。

「分かってるでしょ？　肉の器を作りかえて、心臓を埋め込んでも……それはもう、俺じゃないって」

賢いルストに分からないはずがないのに、分かり合えなくてリオはたまらず涙をこぼした。

ルストは答えず、ただじっとリオを見つめたままだった。

けれどその顔には、まるで捨てられた子どものような危うさが漂っている。

青い瞳は一瞬うろうろとさまよい、それから、「でも……」と、喘ぐようにルストは囁いた。

「他に……どうしたらいいんだ？　他に、お前を生かす方法がない」

――土人形を作り続けるしかない。それしか、リオを生かせない。

うわごとのように、ルストが繰り返した。

この瞬間、ルストはまるで幼子のように脆く儚《はかな》く見えた。不安定で、今にも弱って気が触れてしまいそうに。

「俺には、お前を見殺しにはできない」

ルストはふらふらと、リオの肩に額を押し当てて呻《うめ》いた。

「リオ……俺は、俺はどうしたらいいんだ……？　助けてくれ……」

お前を死なせたくない。失いたくない。どうしたらいい？　助けてくれ――。

紡ぎ出される言葉に、リオは一瞬、心臓を貫かれたような気持ちになった。衝撃だった。

大きな体躯《たいく》を屈《かが》めて、リオの死を恐れているルストの姿に、あまりにも愕然《がくぜん》とした。

ルストの胸の内を暴いたら、そこは血だらけで、心臓はとっくに破裂しているように見えた。リオが抱えている以上に深い深い傷を、ルストは負っている——。

一度引っ込んでいた涙が、じわじわとまた目尻に浮かぶ。今度は悲しかったからではなくて、ただ、悔しかったから。

悔しい。悔しい。悔しいと思った。自分には、ルストの絶望を軽くする術《すべ》が一つもない。

抱きしめて、あやせばいい？

分かったよ、それならルストの好きにしてと、認めればいい？

それとも突き放して、もっとひどい言葉でルストを傷つけて、諦めるよう説得するしかないのだろうか。

アランの言うとおりだ。自分たちはお互いをいやというほど想っている。でもだからこそ、傷つけあっている。

（どうしたらいいのか、分からないよ……ただ）

リオは、震えるルストの体をそっと撫《な》でた。

「ルスト、俺が死ぬことを……受け入れて」

涙が溢れ、声がしゃがれる。

「お願いだから受け入れて。……俺が死ぬことを」

それが、リオの願うことだ。ルストは答えず、ただ体を揺らした。自分よりずっと大きな体の男なのに、抱きしめていてもひどく小さく感じられた。

宿の外から聞こえる冬の雨音が、リオとルストの体ごと、そっと包んでいるようだった。


リオはその日一日、寝台の毛布に潜り込んですごした。

もうルストと話す気力はなかったし、なにも考えたくなかった。ルストは弱った犬のようにおとなしく、リオのそばに寄りつかないようにしていた。

きっとお互いになにを言っても、話し合いは平行線をたどるからだろう。

こんなふうに無為に時間をすごして、貴重な命を使い潰《つぶ》していいのだろうか？

そう思ったが、心のどこかではもうなにもかも、どうとでもなればいいような自暴自棄な気持ちも生まれていた。

あくる日、アランとフェルナン、そしてユリヤが、リオが泊まっている宿屋に到着した。ルストとリオが脱《ぬ》けたせいで、乗り手のいなくなった馬も連れていた。

「リオ、心配したんだよ！」

ユリヤはリオを見るなり飛びついてきたが、アランは怒った顔でルストとリオを睨《にら》んできた。

「俺を出し抜いてさぞかしいい思いしたんだろうな？」

小声でアランが悪態をついてきたので、リオはむっと眉根を寄せた。

「……結局ストリヴロには来ないのか？」

問われても、今度はルストは邪魔をしてこなかった。アランはそれが意外だったのか、少し離れた場所でフェルナンと話しているルストを、ちらりと見た。

「ストリヴロってなんの話？」

ユリヤが無邪気にリオに訊《き》いてくる。リオは「なんでもないよ」と返して、アランに向き直った。

「……俺は旅を続けるつもりだから」

言うと、アランが小さく舌打ちした。

「あっそう。なら、俺には俺で考えがある。ルストとリオ、お前たちのどっちにもおかしなことができないように、見張らせてもらうからな」

それだけ言い捨てると、アランは不機嫌そうに自分のとった部屋へ大股に移動していった。

残されたリオは、たったこれだけのやりとりで疲労し、ため息をついた。

（アランも俺の邪魔をするってことかな……でも、ルストの邪魔もしてくれるならそれでもいい）

誰より先に禁書を手に入れればいいのだと、思い直す。そのとき黙ってリオを見ていたユリヤが、「変なの」と首を傾《かし》げた。

「……ストリヴロに行きたいなら行けばいいのに。リオも迷ってるじゃない」

リオはユリヤの言葉にびっくりして、顔をあげた。

「俺が？　迷ってるってどうしてそう見えるの？」

「だってちょっとだけ思ってるでしょう？　そのほうが王さまにとっていいかもって」

ユリヤはあどけなく、きょとんと眼を丸くしている。リオは無邪気なユリヤを見ていると、なんだか妙に腹が立った。

「そうかもしれないけど、そうじゃないかもしれないんだ。ユリヤには分からないだろ」

自分の命がかかっている調査なのに、いつもまるで興味を示さないじゃないか。

そうは言わなかったが、心の中では思った。自分だけが寿命の短さに怯《おび》えて、恐怖と絶望に振り回され、体調まで崩している。

ユリヤに罪はないのに、ここまで旅を続けてきて、呆気《あっけ》なく諦めてストリヴロに行けばいいと言えてしまうユリヤのことを、リオは「ずるい」と感じてしまった。

そしてそんなふうに思う自分に、嫌気が差した。

「ごめん。俺、馬の様子を見てくるね」

リオは頭を冷やすために、一度その場を離れた。いつもならついてこようとするユリヤも、そのときはリオの胸中を察したのか一人にしてくれた。

けれど宿の廏舎《きゅうしゃ》で一人になり、馬の様子を見ているうちに、リオが感じたのはただの失望で、それはユリヤに対してというよりも、自分に対してだった。

（誰のことも、なにをすればいいのかも、信じられない）

この先、どうしたらいいのか――。

飼葉を食べる馬を見つめながら考えても考えても、リオは答えを見つけられなかった。

「まあとにかく……陛下がこの宿の部屋を押えてくれていて、助かりました」

馬を預けたり、荷物を運んだり、雨の中を進んできたアランたちが露を払ったりなどが終わって落ち着くと、五人全員で一つの部屋に集まることになった。

そこでまず、フェルナンがそう言った。

リオは知らされていなかったが、トラディオは五つ目の魔女との接触地点であるこの街に滞在していたとき、リオたちの泊まっているこの宿に宿泊したらしい。

このイグラドの宿屋が接触の最終地点で、このあと、トラディオはハーデに入っている。

つまりフロシフラン国内での調査は、この宿が最後だった。

リオは厩舎でひとしきり頭を冷やしたあとで、今は一応落ち着いていた。

考えても分からないことを思い詰めるのはやめて、アランに宣言したとおり旅を続け、調査を終えるしかないと思ったのだ。

ルストにリオの命をどう諦めさせればいいのかは分からなかったが、少なくとも禁書を読ませてはいけないというのは確かだと決めた。

なので話し合いに臨むにあたって、リオは一切の不安な気持ちを、一度自分の中に閉じ込めて見ないように気をつけることにした。ユリヤに当たってしまったことも、いずれは謝りたいが、今だけは忘れることにした。

おそらくその気持ちは、ルストとアランも同じだろう。

一昨日《おととい》の夜あれだけ揉《も》めたにもかかわらず、二人とも平静な様子で会議に参加していた。

ユリヤはというと、ついさっきリオに冷たくされたことに気づいてもいないのか、いつもどおり話し合いには興味を示さず、自分の髪の毛をいじって遊んでいる。

議題はまず、最後にトラディオが立ち寄った都市イグラドと、魔女の根城があるヴィニゼルの位置の確認から始まった。

「この街からハーデに入るのは、七年前は比較的簡単だった。街道を辻《つじ》馬車が走っていたし、まっすぐいけば一日足らずでヴィニゼルに着く」

部屋の卓にフェルナンが地図を広げて、ここから魔女の根城があるヴィニゼルへの道のりを示してくれる。

三叉《みつまた》に分かれている街道のうち、東にまっすぐ向かう街道を行けば、ヴィニゼル。下に向かう街道沿いに、セヴェルがある。

(地図の縮尺で見たら、このイグラドからセヴェルには、半日で行けそう)

イグラドはちょうど、セヴェルの真上に位置する都市で、かなり近い。

（セスのお墓はセヴェルにあるのかな……）

ハーデへ入る前に、セスの墓に行きたいと言ったら、一行の邪魔になるだろうか。

考えていて、しばらく話し合いに身が入っていなかった。自分で気持ちを引き戻して、交わされている会話に耳を傾けると、「ヴィニゼルが占拠されたのは戦争の直前なので、それまでトラディオは都市に潜伏していたようです」と、フェルナンがルストに報告していた。

「『使徒』に対して工作をしたなら、このイグラドで行っただろう。トラディオが泊まっていた部屋は分かるか？　念のため、宿屋の全室を押さえておいたが」

ルストは当てずっぽうでこの宿に決めたわけではなかったらしい。

が、部屋までは知らなかったようだ。フェルナンはちょうど隣の小部屋だと言った。

ここが最後の国内の接触地点だと思うと、いよいよ大がかりな情報が掴めるかもしれない。

リオは緊張して、ごくりと息を呑んだ。

「ただ……トラディオがここにいたのはおよそ五日です。これまでは、トラディオが誰かと接触しているところだけを切り取って探知していました。五日分をすべて見るには、少し早回しをしても時間がかかります。どうしますか？」

問われたルストが、考えこんでいる。

「お前の魔法探知に俺が介入しよう。接触していない時でも……トラディオは魔女から魔力支援を受けていただろう。そうでなければ『使徒』をどうこうできるとは思えない。その魔力が感じられるところを探知で切り取ろう」

魔女の魔力なら、感じ取れるとルストが言う。

隣室に入ると、そこは角部屋で、寝台が二つと卓が一つ。椅子が二つある簡素な作りだった。壁には薄い煉瓦《れんが》が貼られていたが、ところどころ剝《は》がれて土が見えている。

全員がその部屋に集まり、念のため内側から施錠すると、これまでやってきたのと同じ方法で魔法探知を始める。違ったのは、途中でルストがフェルナンの腕に触る動作をしたことくらいだ。そのせいか、空間が歪む瞬間部屋中に紫色の光がきらめいたように見えた。

初めに映ったのは、黒いローブを頭までかぶった中肉中背の男が、なにごとかぶつぶつと呟きながら何枚もの紙になにか書き留めているところだった。

よく見えないが古代語で書いている。

トラディオらしきその男は、「『塔』が改ざんした歴史を、私が……」と言っているように聞こえた。

「魔女の気配はありませんが、魔女の魔力があるんですか?」

フェルナンはルストがこの場面を抽出した理由を問うた。ルストは眼をすがめて映像を見ていたが、やがて「インクだ」と言った。

「トラディオが使っているインクに魔女の魔力がある。……おそらく、あれで書いた文書にはなんらかの魔法効果が載っているんだろう」

リオは思わず、トラディオが座っている卓の上を見た。何の変哲もないインク壺《つぼ》が置かれている。しばらくの間、ただトラディオがなにかを書いているだけの退屈な映像が続いた。アランが「ここは飛ばしてもよくないか？」と言ったほどだ。結局、ルストの判断で映像を少し飛ばし、トラディオが宿に滞在して三日ほどの時間が経《た》ったころだろう、ローブの頭巾を目深にかぶった男が、部屋を訪ねてきた。

――「お待ちしておりましたよ」

トラディオがそう出迎えたとき、やってきた男はいくらか不機嫌そうに、一方でどこか怯えた様子で、

――「貴様、本当に『北の塔《セヴェルニ・エシュ》』の物見の賢者だというのだろうな」

と言った。

トラディオは懐からネックレスを取り出した。ツェレナで、フェルナンが持っていたのと同じものだ。相手の男はそれを見ると息を呑み、大股で部屋に入ると横柄に椅子に座った。

――「わたしの言葉が真実だと、『先見』したからいらしてくれたのでしょう、『王の眼』」

トラディオの言葉に、リオは凍り付いた。訪ねてきた男が頭巾をとる。険しい顔立ちの、けれど威厳のある壮年の顔が現われて、フェルナンが眼に見えて顔をしかめた。

「『王の眼』、エゼダ様が……」

フェルナンは、ため息とともに呟いた。その顔はわずかに青ざめ、失望を表している。

「なるほどな。『眼』から落としたか。……それなら、『使徒』は造反しやすい」

アランがわずかに怒りをにじませて言う。ルストも厳しい顔で、エゼダと呼ばれた男を見ている。

トラディオは向かいに座ると、大量の紙束を『王の眼』エゼダと呼ばれた男に渡した。エゼダはうさんくさげに眼を通しはじめたが、やがて怒りに顔を赤くし、ぶるぶると震え始めた。

――「これは王家への不敬文書だぞ、トラディオ・ツラダ！」

エゼダは卓を叩いて、怒鳴った。

――「賢者が王家に介入することは明らかな違法行為だ。この話、聞かなかったことにする」

――「エゼダ様、そこに書いてあることが真実です。第十六代国王は、ウルカとの契約を書き換え、それまであった……エラドとの契約を反故《ほご》にするために私刑を行った。結果、『使徒』は殺されました。あなたも見たでしょう、ご自身が王に殺される未来を……」

トラディオが言ったとたん、エゼダは顔を真っ青にして、震えた。

――「あれは、あれは『先見』ではないはず。ただの白昼夢だ」

――「いいえ、それは起こりうる未来です。陛下はあの女、王妃にエラドの力を返すために……まずは『鞘』から殺すでしょう。そしてやがては、あなたがたにも手をかけます」

エゼダは顔色をなくして、卓を叩いた。血走った眼でトラディオを睨みつけると、「我らは王に忠誠を誓う『使徒』だぞ」とうめいた。

エゼダは立ち上がり、帰ろうとする。トラディオがその背中に向かって呟いた。

——「エラドの認めた王が、ヴィニゼルに降り立ちます。春までにお越しくだされば、古き盟約を取り戻し、この地にウルカとエラド、二柱《ふたはしら》の神の威光が取り戻される。ウルカは正しき行いをした『使徒』に、これまでどおり力を約束されます。……あなたがたの王と違い、背信を恐れて力を制御されたりも、しない」

トラディオの言葉に、エゼダがぴくりと肩を揺らす。

——「春までに……お待ちしております」

そう言って頭を下げたトラディオを、エゼダは振り返りはしなかった。だが、最後まで聞き届けてから部屋を出て行く。映像が歪み、ゆっくりと消えていく——。

リオは自分がひどく緊張していて、全身が強《こわ》ばっていることに気づいた。

だがそれは、自分以外のルスト、アラン、フェルナンも同様で、三人は重苦しく黙り込んで、映像が消えたあとの部屋の中央を見ていた。

「……エゼダが『先見』したのは、もしかすると戦争が起こったあとの、処刑現場かもしれないな。たしかに父は、ハーデ国境で『使徒』たちと競り合い……捕縛ののち処刑した。自分もあとを追うように死んだが……」

ルストが、今見たことを分析するように話す。

「『眼』が先見するのは国の有事についてです。個人的なことは見えない。処刑現場を見てしまったのだとしたら、それはエゼダ様本人に関わっているからではなく、戦争のさなかのことだったから……ただ、見せる情報を、ある程度魔女が操作したかもしれません」

「……そんなこと、できるの？」

リオが思わず言うと、ルストが額に手をあてて「魔女の魔力の源が、エラドならな」と答えた。

（エラド――）

リオはぎゅっと、拳を握る。と、アランが「ちょっと待て」と口をはさんだ。

「たしかに、魔女の魔力がエラドだっていうなら……納得するけどな。そもそもエラドなんて神は実在するのか？　俺たちは……フロシフランの民は、ずっとエラドの神なんていないと教わってきたはずだろ？」

ルストがアランを見て頷《うなず》き、「そうだな」と言う。それからリオを見て、

「リオ、お前は？　エラドは実在すると思うか？」

と、問うてきた。リオは一瞬固まり、ぎゅっと拳を握った。

頭の中には、一昨日の夜に見た夢の映像が思い浮かんだ。巨大な黒竜。泣いている銀髪の少女……。

あの竜はエラドだと、リオは思い至る。

（そうだ。なんで今まで考えなかったんだろう。「一人め」の記憶にもあったあの竜……あれは、たぶんエラドだ）

全貌は見えていない。だからはっきりとは分からないけれど、きっとウルカと似ている竜だった。ただ、体の色が違うだけ。

フロシフランの王は、ウルカと契約して土地を手に入れたというのが建国神話の要旨だ。そこにエラドのことは書かれていないけれど、かといって、影も形もないかというとそういうわけでもなかったはずだ。エラドの教団という存在があって、魔女の策謀の手先となって死んだ、元騎士団長のヘッセンもそれを知っていた。

――四百年前まで、この地はウルカの神だけではなく、もう一柱《ひとはしら》、べつの神が治めていた。

ヘッセンの言葉が、思い出される。

――この地はもともと、二柱の神が治めていた土地。それをあとから来たフロシフランの民が、ウルカと手を組んで独占したのです。

「……エラドの神は嘆いた。ここは私の国土……裏切り者が、白き竜と結託し、私を冥府へ陥れるのか……」

ふと、「三人め」として生まれたばかりのころ、塔の中に閉じ込められて読んでいた本の一節を思い出す。黒い竜が涙を流しながら、地下の穴へ落ちていく挿絵が記憶にある。

ルストはリオの独り言を聞いて、眼をしばたたいた。

「それはエラドの教団で広く読まれている書物の一節だ」

言われて、リオはルストを見た。

「エラドの教団……。でも教団って、古い存在じゃないんだよね？　ここ五十年でできた集団だって、前にフェルナンが」

「そうだ。だが、これは王家の極秘事項の一つだが、エラドの教団の母体は、建国時からあったある集団だ」

ルストが言い、フェルナンがハッとしたように息を呑んでルストを見た。その内容を、話していいのかと問うような視線だ。だがルストは、構わずに続けた。

「……フロシフランの現国民の多くは流民で、この土地にはそれ以前から住んでいた先住民がいた。ほとんどは流民と血が混ざり合い、忘れ去られているが……中には自分たちこそが本来、神の恩恵を受けるべき民だという思想を強く持つ集団があった。それがいつしか、エラドの教団に変わった」

（つまり、先住民の一団だったたってこと？）

先住の権利を主張する一団が、ウルカの神を奉るフロシフラン国民に対抗するために、エラドの神を持ち出した。だとしても、エラドは実際に存在している、とリオは思う。

「でも……エラドはいる。俺は『一人め』のときに、エラドを見てるから」

リオの言葉に、ルストだけではなく、フェルナンとアランからも、緊張する気配があった。

リオはじっと、探るようにルストの瞳を見つめた。フロシフランの王ルストは、本当にエラドの存在を知らないのか。それが知りたかった。

「本当にウルカの神が裏切って、エラドの神を地下深くに落としたの……？」

訊いたリオに、ルストが苦しそうに眉根を寄せている。なにか言葉を探しているのか、しばらくのあいだ黙り込んだあと、ルストは「俺が知っていることは……」と囁いた。

「王室では、エラドの神は冥府を司る神であって、地上と空を司るウルカとは違う神だという話だ。王が契約したのはウルカであり、エラドではない。だからフロシフランではウルカを信奉し、エラドのことは無視してきた……存在しているかどうかも分からないと。だが、今ではその話に疑問を持っている。もしかすると……二百年前の十六代国王ハラヤのときに、なにか歴史の書き換えがあったのではないか――トラディオが話したように」

今度はルストが、リオの眼を強く見つめてくる。

「お前はエラドを『見た』んだな？　一体エラドは、どこにいるんだ？」

（エラドはどこに？）

リオは記憶を探った。覚えているのは、薄暗い神殿だった。窓がない場所で、どこからか、風の音がしていた……。直感的に分かることは、あれが地上ではない、ということ。

「……どこかの、地下にある神殿だった、と思う。魔女はそこで俺を作って……地上に連れて行った。どうやって地上に出たのかは思い出せないけど」

「そうか。だとしたら……魔女のあの力の出所は、おそらくエラドの神だろう。ウルカの神力に対抗できる魔力など、神の力としか考えられない」

リオは考えた。うっすらと記憶にある黒い竜。

弱々しく見えたあの神が、ウルカを退け、フロシフランを手に入れようとしている？

「これは憶測ですが」

そのとき、フェルナンが口火を切った。苦々しげな顔で、言いたくなさそうに言葉を紡ぐ。

「トラディオが言っていたように、十六代国王ハラヤまでは、フロシフランの神はウルカとエラドの二柱だった……王家はなぜか、エラドとの契約だけを反故にし、『塔』はそれを記録から消した。そういう可能性が高くなりました」

ルストは反論せず、頷いて肯定した。

王家と、もしかしたら『北の塔』も、ハラヤの犯した罪を隠蔽《いんぺい》した。

フロシフランの当初のウルカとの契約がどういうもので、エラドとどのような関係にあったかは分からない。

だが、少なくともハラヤによる六人の『使徒』の処刑が行われたときに、エラドは悪しき神としてこの地から追放され、そしてもう一度なにかを取り戻そうと魔女を使って戦争を起こした、というのが、一番妥当な考えに思える。

そして先代の『使徒』は植え付けられた妄想と恐れに抗《あらが》えず、魔女の側についた。

　先王が、ハラヤのように自分たちを処刑すると思い込んで――。

「今の話を聞いてると、戦争の首謀者が王妃だったとは、『使徒』たちは知らなかったかもしれないな。『使徒』は王が王妃に『使徒』の力を与えると思い込んでいた」

「俺たちが対峙《たいじ》したときは魔女の姿だったけど」

「そのときにはもう『使徒』は処刑されていた。だまくらかした騎士団も壊滅していて、魔女の子飼いの魔術師団しか残っていなかったから、正体を見せても平気だったんだろう」

「エゼダ様の動きを調べましょう。……彼は聡明《そうめい》な人だった。この話のあと、自分なりに真実を調べたはず」

　フェルナンが言うと、アランは諦めたように息をついた。

「ま、結果は分かってるけどな。調べた結果、トラディオの言ってたことが真実だと分かってしまって……で、魔女の魔力も働いて、『使徒』たちを説得したんだろう。あとのことは、史実からも明らかだよ」

「だとしても、『使徒』が先王を裏切ったのは、単なる叛意《はんい》からではないと証明できる」

　フェルナンは眼をすがめ、静かに言い切った。

　彼にしては、感情的な物言いだとリオは思った。

『王の眼』としての役割に再度忠誠を誓ったフェルナンからすれば、同じ役目を持つ先代が、裏切りの契機となったことは無念なのかもしれなかった。

（……あの紙束に書かれたインクには、魔女の魔力が使われていた。ある程度、本当かもしれないと思わせる力があった可能性はある）

どちらにしろこの場面は、魔女にとって有利にことが運んでいる。

ふとそのとき、リオは煉瓦の剝がれた土壁になにか黒い影を見つけた。

「あれ……」

なぜだかとても気になり、思わず近づいていくと、つられたようにユリヤもついてくる。

「ねえリオ、ここに絵があるね」

ユリヤが言う。煉瓦に隠れて全貌は見えない。けれど漆喰《しっくい》の土壁は、なにかの絵を塗《ぬ》りつぶしたらしい痕《あと》があった。

見えたのは黒い影。エラドの絵だ、とリオは気づいた。

他に見えるわずかな輪郭から、ここにも、ウルカとエラド。王と花嫁であろう二人が描かれていたと推測する。

（どうして？　王様の結婚式の絵が、どうしていつもあるの？）

──なにかそれが、魔女にとって、大切なことだったの？

頭の奥で、急に神経が尖《とが》っていく気がする。

瞼《まぶた》の裏に、少年の遺体を抱いて泣いていた、少女の姿が映る。なにか思い出せそう。だが、思い出せない。

眼の前がくらくらし、視界が霞む。気がつくとリオは、その場で意識を失っていた。

誰かがリオの名前を呼び、抱き留めてくれるのが分かる。

温かく、大きな体。――この体を知っている、覚えていると、リオは思った。


「ハーデに行く前にセヴェルに寄ろうよ」

最初にそれを言ったのは、意外なことにユリヤだった。

意識を失って倒れていたリオが眼を覚ますと、窓の外は薄暗くなっていた。寝ていたのは一時だけのようだ。けれど目覚めてからも調子が戻ったかというとそれはなく、全身が気怠く、鉛のように重たかった。

「リオ、平気か？　なぜ倒れた？」

リオを抱き留めてくれたのは、ルストだったようだ。倒れる瞬間に受け止められて、懐かしく感じたのはルストだったからか……、とリオは思ったが、一方でそれだけではない気もした。

ルストは用心深くリオの体に手を当てて、

「エーテルは……ちゃんと巡ってるな」

と囁き、見ているこちらが心配になるほど、安堵《あんど》していた。リオが死ぬとでも思ったのか、ルストは青ざめて、寒い日なのに額には汗すらかいていた。

（ルスト……こんなに弱いところがあったなんて）

強靭《きょうじん》な王のはずなのに、リオのことになるとあまりにも危うい。

そのことが身にしみるほど分かってしまい、リオはルストにお礼も言えなかった。

リオがある程度回復したころ、一行の中でこれからの予定について意見が割れた。

一泊したらヴィニゼルに向かって、さっさと旅を終わらせようとアランが言い、リオの体調が悪いならしばらくイグラドに滞在しては、というのがフェルナンの意見だった。

リオは慌てて「大丈夫だから移動しよう」と言った。

そのときに、ユリヤが提案した。

セヴェルに行こう、と。

「リオも思ってたよね？　イグラドからセヴェルは近いって」

言われて、リオは眼をしばたたいた。そんな話を、ユリヤにしたろうか？

ただ、もしかしたらなにかの拍子に話してしまったのかもしれないとは思う。

「リオの故郷か……まあ、ちょっとならいいんじゃない？」

急いで旅を終わらせたがっていたアランだが、ややあって賛成してくれた。

「どういうところか、俺も見てみたくはあるし」
二、三日なら、とアランが付け足す。
「……まあ、たしかに。旅程としてはイグラドからハーデに入っても、セヴェルからハーデに入ってもあまり変わらない。リオも故郷が気になるだろう」

　フェルナンも同意する。

　ルストはしばらく黙っていたが「俺に異論はないが……」とリオへ振り返った。

「お前はどうなんだ？　行きたくなければ無理に行くことはない」

　問われて、リオは自分の心を探ったけれど、すぐに明確な答えは出てこなかった。セヴェルに行きたい気持ちはある。寺院のみんながどうなったか知りたい、セスの墓にちゃんと花を手向けたい。

（でも……セヴェルに行ったあと、俺、死ぬことができるのかな）

　里心がついて、迷いが生まれたらと思うと悩んだ。膝の上でぎゅっと拳を握ったとき、隣からリオの手を優しく握って、ユリヤが「行こうよ！」と励ますように言った。

　顔を覗き込んできたユリヤを、見つめ返す。

　ユリヤはにっこりと笑い、「行こう、リオ」となおも繰り返した。

「僕はリオの故郷が見たい。ね、行こう？　絶対行ったほうがいいよ！」

　迷いなく言うユリヤに、ルストが一瞬「無理強いは……」と言いかけたが、ユリヤはそれを聞こえないふりをした。

「行ったほうがいい。後悔なんてあとからいくらでもできる。そうでしょ？」

　リオを見つめるすみれ色の瞳が、強く、きらきらと輝いていた。

朝、冷たい態度をとってしまった手前もあり、リオにはユリヤの強い誘いを拒むことができそうになかった。

(ユリヤが行きたいなら……まあ、いいか)

ただでさえこの旅はリオのしたいことであって、ユリヤはそれについてきているだけ。ユリヤだってリオと同じ寿命なのだし、行きたいところへ行く権利はある。呑気《のんき》すぎるユリヤに怒ってしまったけれど、あれはリオの八つ当たりだという自覚もあった。

「じゃあ……寄っていこうか。セヴェル」

みんながいいなら、と付け加えつつ集まった面々を見ると、アランとフェルナンはすぐに頷いてくれた。ルストだけは少し怪訝《けげん》そうに眉を寄せていたが、やがて「なら明日は、セヴェルに向かって出立しよう」と場をまとめてくれたのだった。

セヴェルへ向かう道のりを、リオはどう過ごしたかよく分からない。

イグラドから南に向かう街道を使い、やがてそれが、以前セヴェルから王都へ向かったときに使った街道へと合流した。

街へ近づくたびに、いつもの不調とは違って、緊張から鼓動が強く打つようになった。

国境の寂れた街、セヴェルにもウルカの祝福があったのか、街道を行き交う馬車や人の数はリオが見たこともないほど多かった。王都へ向かうらしい立派な荷馬車が、金色の通行証をつけて、荷台いっぱいに丁寧に梱包《こんぽう》されたワイン樽《だる》を運んでいくのも見た。御者一人ではなく、身なりのいい兵士たちが馬車を護衛している。

「王家御用達《ごようたし》の荷馬車だ」

「じゃあ本当か、最近国王陛下がセヴェル産ワインを贔屓《ひいき》にしてるってのは……」

ロバ引きの商人たちがそんなふうに会話するのが、馬上のリオの耳にも入った。

思わず、横で馬を歩かせているルストを見てしまう。今はユリウスの姿をした国王は、いつだったか執務室で、リオにセヴェルのワインを飲ませてくれたことがあった。

（もしかしてあれからずっと、セヴェルのワインを買ってくれたのかな……）

セヴェルは王家直轄地なので、なんらおかしいことではないが、なにしろ遠い場所だから、王家としてはセヴェルからワインを買うよりも、周辺に売って現金を納めてもらったほうがいいだろう。そうすると、大して美味《うま》いわけではないセヴェルのワインは安酒として買いたたかれて、商品価値は下がる。

だが王家が直々に購入しているとなると、味は二の次で、付加価値がつく。

街はどんなふうに変わっているのだろう、寺院のみんなはどうしているだろう、そう思うたびに胸が弾むのに、一方で、今のセヴェルにはもうセスはいない……と考えてもしまう。

浮き沈みする気持ちを助けてくれたのは、ユリヤだった。

「わあ！　見えてきたよリオ！」

平原地帯にひたすら延びていた街道の先に、落葉したぶどう畑が見え、その向こうに灰色の城塞《じょうさい》都市が見えてきたのは、正午をまわったころだった。

ユリヤはそれに喜んで、はしゃいだ声をあげた。

（やっぱり小さな街……）

大きな世界の中で、ぽつんと点在しているセヴェル。

出て行くときに初めて、その小ささを思い知ったが、今見ても小さいなと感じた。

けれどほんの三月ほど前までは、リオにとってその小さな街が世界のすべてだった。

耐えきれないほどの悲しみや孤独に負けそうになると、いつもセヴェルにいたころの自分を思い出した。

眼の前のことがすべてで、狭い世界に住んでいて、でもそのほうが幸せだったのでは、と思うこともあった。実際には、明日生きていられるかどうか分からないというあまりにも苦しい現実を過ごしていたにもかかわらず。

セヴェルに入るときには、心臓が飛び出そうなほど緊張した。

街で暮らしていたころ、リオのことを野良犬《シーパス》と呼んでばかにしていた連兵が、街門で通行証を確認していたからだった。

リオはユリヤと同じく深く頭巾をかぶっていたが、取れと言われることもなかった。アランが最初に見せた通行証で、連兵はやや慌てたような様子になり——おそらく、かなり身分の高いことが分かる通行証なのだろう——残りの四人には検問が行われなかった。

ただ通り過ぎるときにちらりと見ると、頭巾の中のリオの顔が見えたらしく、連兵は顔を真っ赤にしていた。

野良犬呼ばわりされなかったことにリオはほっとしたが、今抱えている問題のほうが野良犬と呼ばれることよりずっと大きいのに怯えてしまうなんて、それはそれで滑稽《こっけい》だった。

セヴェルの街は、リオがいた三年間では見たことがないほどに活気づいていた。

人通りが増え、街のいたるところから建築作業の音がした。広場には旗が立っており、旗には「日払い人足は朝の鐘までにここへ集まること」と書かれている。

そのほか、商店や居酒屋にも客がいるし、広場には行商の馬車が多く止まっていた。店を広げている馬車もあれば、商人同士が交渉している様子もある。

「ハーデとの通行に王家が許可を出したからな。あちらの商人の姿が見えるな」

と、フェルナンが言った。

よく見ると、馬車のいくつかには王家発行のプレートをつけていないものがあり、ハーデにしかない荷物をここまで持ってきていた。

フロシフランの商人たちに仲介を求めて、この国境の街までやってきたのだろう。

（ハーデにもたくさんの特産があるはず。うまくいけば……セヴェルはしばらくの間、交易要

衝地として栄えるかもしれない）

リオは馬をおりて手綱をひきながら、そっと、広場に面した『エルチのおもてなし処』を見た。居酒屋は客がいっぱいで、忙しく立ち働く看板娘、アレナの姿が見える。その懐かしさに胸がじんと痛んだ。

「リオ、あのお店入りたい？」

ユリヤが訊いてきて、リオはハッとした。数秒悩んで、「ううん。見れただけでいい」と答えた。アレナに会っても、今までのことをどう話せばいいか分からなかった。

だから心の中だけで「ありがとう、アレナ」と呟く。

「さて、じゃあリオの暮らしてたっていう寺院に行くか」

「馬は俺が一度預けてきましょう。すぐに追いかけます」

アランがそう言うと、フェルナンは四頭の馬を街の高級宿のほうへ引っ張っていった。

案内してよとユリヤに言われて、先頭に立って歩きながら、リオは心臓がどくどくと早なるのを感じていた。

狭い道の先に、やがて大きな三角屋根と、白い漆喰の壁が見えてくる。

街でただ一つの寺院を前に、リオは立ち止まって息を呑んでいた。

懐かしい場所。記憶を失っていた三年間、リオが過ごした我が家のような場所だ。

ただ寺院の様子は以前とは違っていて、崩れていたはずの石垣は整備され、礼拝堂の壁や屋根も、補修されてきれいになっていた。古ぼけて、いつも靄《もや》がかかっているような建物だったはずが、今では晴れやかで明るい雰囲気に変わっていた。

（え……）

美しく改修された建物に驚きつつ、そっと足を忍ばせて敷地に入る。

礼拝堂の扉は開いていて、そこには住人が何人も詰めているのが見えた。お祈りを終えた人が出てきたが、すぐまた新しい参拝者が寺院に入っていく。

かつて――リオがここにいたころ、参拝者はそう多くはなかった。当然、寄進もあってないようなものだった。

参拝者が増えたのは、街の人々の生活に余裕がでてきたからなのか、寺院が補修されたからなのか……ちらりと中を覗くと、調度も古い物は撤去され、新しいものに変わっている。

「この中にリオの家族がいるの？」

ユリヤが礼拝堂を覗きながら言い、リオは「あ、ううん。たぶんこっちに」と言って、礼拝堂の裏手に足を向けた。もしかしたら導師は礼拝堂にいるかもしれないが、参拝者がいるときに邪魔してはいけないと思った。

（あ、でも今、正午だから……子どもたちは働きに出てるかも）

裏の建物を目指しながら、リオはそわそわしていた。みんなに会ったら、どういう態度をとればいいだろう――。

そのとき、前方からなにかが落ちる物音がした。

顔をあげると、子どもたちの中でも、リオとセスの次に年長だった少女が、手に抱えていたかごを取り落としてリオを見ていた。

「リーシャ」

思わず少女の名前を呼ぶ。リーシャは「リオ……」と呟くと、一歩駆け寄ってきた。

それから今度は背後を向いて、

「みんな！　リオが……リオが帰ってきた！」

と、一度も聞いたことがないほどの大声で叫んだ。とたんに、どこからか大きな歓声があがる。あっという間に十人もの子どもたちが駆けてきて、

「リオ兄ちゃんだ！」

と叫びながらリオに飛びついてきた。

リオは震えた。

震えながら、腰に抱きついた、ヤンとニレの頭を撫でる。少し背が伸びているのを知る。五歳の子が三歳の子の手をひいて一生懸命走ってきたから、リオは膝をついて両手を広げた。腕の中に飛び込んでくる小さな体を抱きしめると、懐かしい子どもの匂いがして胸が高鳴った。

こみあげてきそうなものを耐えていたら、「リオ？」と、低く優しい声がする。

はっとして顔をあげた。礼拝堂の裏口から出てきたらしい導師が、少し驚いたようにこちら

へ近づいてくるところだ。

導師は立ち上がったリオの前までくると、にっこりと微笑《ほほえ》んだ。

「お帰り。元気そうで安心したよ」

たくさん皺《しわ》のある、温かい手がリオの頬に触れた。白くなった眉の下の、優しい瞳は以前と変わらずリオを見ていた。

「導師様……俺」

ちょっと帰ってきただけなんです、とリオは言おうとした。

――それでも、ただいまと言っていいんでしょうか……？

言いようのない悲しみが、これまではなんとか我慢できていたはずのものが、突然大きく膨《ふく》らんだ気がした。

その瞬間、それまでずっと張り詰めていた糸が、ふつりと切れる。

河に落ちて眼を覚ましたあとからずっと、全身を取り巻いている苦しい感情が、濁流のように押し寄せてくる。

眼から滂沱《ぼうだ》と涙が溢れて、リオは嗚咽《おえつ》していた。嗚咽しながら、導師に抱きついていた。

背の高い導師は難なくリオを抱き留めて、幼い子どもにするように、リオの頭を撫でてくれた。なにも知らないはずなのに、すべてを知っているかのように、リオの悲しみを、苦しさを、わけも分からずただ流れる涙を受け止めてくれたのだった。

十二　セヴェルで

「うわあ、リオ兄ちゃんそっくり！」

「兄ちゃんて双子《ふたご》いたの？」

子どもたちが、ユリヤを囲んでわあわあとはしゃいでいる。

ユリヤもまんざらではないらしく、小さい子を膝にのせて、ニコニコしながら「うん。そうだよ。生き別れの双子だったの」と、しれっと嘘をついていた。

導師の胸で号泣したあと、リオは我に返って連れてきた四人を導師に引き合わせた。ルストのことはさすがに国王だと知られるとまずいので、ユリウスという名前で紹介した。リオそっくりのユリヤを見た導師はほんの一瞬驚いた顔をしたけれど、すぐに穏やかな笑みを浮かべ、特別事情を聞くわけでもなく、どうぞ休んでいってくださいと、居宅へ案内してくれた。

以前リオがここで暮らしていたとき、この時間の子どもたちは仕事を探しに出ていて居宅には不在だった。

けれど今日は十一人全員がそろっていて、ちょうどお昼ご飯の最中だという。

「僕たち、今農園で働いてるんだ！　お昼は食べに帰っていいから、鐘が鳴るまではいつも寺院に戻ってきてるの」

七歳のヤンが得意そうに、リオに教えてくれた。びっくりしてどういうことか聞くと、リオが出て行ってしばらくしてから、王都から役人がたくさんやってきて、古い役人は都へ戻されたという。

「広場に旗があるの見たでしょ？　農園で働きたかったら、朝、鐘が鳴るまでにあそこへ行けばいいの。親切なお役人様が、おれたちみたいに親のない子には必ず仕事をくれるんだよ」

「賃金も、ちゃんと出るの。お昼にお休みもあるし、それに最近は農園以外にも仕事が増えて、大人は大人でちゃんと働けるようになったんだよ」

リオはびっくりしつつも、嬉しく思いながら聞いた。

ルストが、貧しい子どもたちに仕事を与えるよう働きかけてくれていたことは知っていた。だがまさか辺境の土地で、それがここまで機能しているとは思っていなかった。

仕事もそうだが、もっと驚いたのは以前まで倒れそうだった小さな導師の居宅が、広々とした頑丈そうな家に補修され、部屋も建て増しされていたことだ。

入ると台所と食堂があり、食料がたっぷり備蓄されているうえに、食卓は子どもたち全員と、リオたち一行が急にやってきても座れるほどの大きさがある。

食堂には暖炉《だんろ》があり、部屋の中はとても暖かいし、背の高い本棚とたくさんの書物。寝転んで本を読めるような絨毯《じゅうたん》まであった。子どもたちはみんなこぎれいな服を着ていて、リオが出て行く前よりずっと血色がよく、ふっくらしている。とてもみなしごには見えない。

そして、一緒にどうぞとよそわれたシチューには、野菜もたっぷり入っていたし、パンはさすがに柔らかくなかったが、黴《かび》が生えていなかった。

「……農園の賃金だけでこんなに？」

思わず導師に訊くと、導師は「なにを言うんだね」と小さく笑った。

「お前が都で働いてくれて、それで十分な仕送りをしてくれてるからだよ、リオ。リオが出ていってすぐに王都から使いがあって、礼拝堂もこの建物も直してくださった。……セスも感謝していたよ」

セスの話題が出て、どきりとする。けれど同時に、この快適な家で、セスが過ごした時間もあったのかと思うと、それはそれで救われる気がした。

「王様が直々に、セヴェルでハーデからの難民を受け入れてよいとお許しくださってね。はじめはみんな心配していたが、優秀なお役人様が大勢来てくださったから、農地の開墾や酪農も始まったし、ハーデから来た人たちが住む家も建てている。セヴェルはハーデとの唯一の交易地点として許されたから、商人も多く来るようになって、これはウルカの神の恵みだと、参拝してくださる方も増えた」

導師がリオの疑問を解きほぐすように、そんな話をしてくれた。

「王都でのリオの同僚と上司」ということになっているルストやアラン、フェルナンは、始終おとなしく食事をしている。子どもたちはリオそっくりなユリヤはともかく、背が高く、若い上に一人は黒ずくめの男たちに接し慣れておらずに、ちょっと遠巻きに観察している。

「リオはきちんと仕事をやれていますかな」

導師が訊くと、フェルナンが頷き「ええ、もちろん」と答えた。

「優秀ですよ」

アランが、本気なのかおためごかしなのか、階級意識を見せるようなこともせず、ごく丁寧に、にこやかに答えている。平民と口なんかきけるかと言われなくて、リオはほっとした。

「……導師」

そのときルストが、空になった皿にさじを置いて、導師のほうを見た。ユリウスに扮《ふん》しているルストの瞳は静かで、深い光をたたえていた。

「リオをここで育ててくれたこと、王の側近として……王にかわって御礼申し上げる」

そう言うと、ルストは丁寧に頭を下げた。思いがけないその言葉と態度にリオは動揺した。

導師は眼を一度しばたたき、それから、「身に余ります。我々は、リオといられて幸せでした」と返事した。

（ルスト……）

どんな思いで、ルストは導師に頭を下げたのだろう。胸が締めつけられ、どうしてか切ない気持ちになった。ユリウスの姿をしていたときも、王としてリオの前に現われたときも……。ルストは、リオにセヴェルでの三年間は、幸せだったかと気にしていた。

自分が真名を与えて生かした日々――リオは幸せだったろうかと、ルストはいつも確認していたのだと思う。

幸せだったならいい、それならいい、とも言われた。そこにどんな思いがあるのか、リオには分からないふりができなかった。

そのとき、とっくに食べ終えていたヤンとニレが、「兄ちゃん、こっちの部屋も見てよ！」と元気よく椅子から下りて、リオの腕をとり引っ張ってきた。

二人が呼ぶ先には階段があり、二階に続いている。立ち上がって上ると、「僕も見ていい？」とユリヤもついてきた。

二階はかつてのような狭い屋根裏部屋ではなく、一階ほどではないが、十分に天井が高くなっていた。階下にある暖炉と竈《かまど》のおかげで、十分に暖かい。それに清潔な敷布を敷いた小さめの寝台が、左右に六つずつ並んでいた。

「……ここで寝てるのか」

一階と同じ広さがあるので、寝台が十二個あってもまだ余裕があった。手前には卓と椅子があり、本棚もある。本棚の本は新品ばかりだった。卓の上には石板が置かれ、誰かが字の練習をした痕跡《こんせき》が残っている。

「これ僕が書いたんだよ。導師様とリーシャに、字を教わってるの」

ニレが得意そうに言う。

聞いてみると、このごろ近隣から要望があり、七の曜日に導師がやってくる子どもたちに読み書きや簡単な算学を教えているらしい。寺院で暮らすみなしごたちも、それに参加しているという。

「リーシャがね、きっとそのうちまた、大学校への試験が始まるだろうから、その日のために勉強するといいって言うの。大学校へ行ったらすごくお金持ちになれるって」

ツェレナの大学校の、戦前まではあったという試験のことだろう。たしかにリーシャが言うとおり、ウルカの神の祝福に沸く各地を見れば、早晩試験が再開されてもおかしくはないと思う。

（セスが受けたかった試験……）

そう思うと胸が詰まるが、その試験を目指して勉強しているという子どもたちが、きらきらと眼を輝かせてリオにそう言うのは、ただひたすらに嬉しかった。

「ああ、そうだな。リーシャの言うとおりだよ。頑張って勉強したら、好きな仕事ができるようになる」

ヤンとニレの頭を撫でながら、もっと年下の子たちにも、それを教えてあげてほしいと伝えると、二人は誇らしげに「当たり前だよ！」と胸を張った。

「僕も最近、字が読めるようになったんだ、よかったらオススメの本を教えてよ」

ユリヤが言うと、七歳の子どもたちは嬉しそうに本棚を物色しはじめる。ユリヤは子どもが好きなのか、二人とぴったりくっついて、すすめられた本を開いている。

ふと顔をあげると、リオは部屋の一番奥にある寝台に、柊《ひいらぎ》を編んだリースがあることに気がついた。

（……あ、あそこ）

誰に言われなくても、分かった。

（セスが……寝てたんだ）

きっとそうだろうと思った。セスの寝台は他の寝台から少し離れていて、すぐ横に小さな卓があり、空っぽの水差しと杯が置かれたままになっていた。暖かそうな毛布に、清潔な枕がある。

最期には、柔らかな寝台の上で死んだのか、と思うと、えもいわれぬ気持ちが胸に広がった。悲しみなのか、感謝なのか。それさえ分からずに、しばらくぼんやりとする。

薄暗く、狭かった天井裏と藁《わら》の匂い。貧しい寝床に横たわっていた、痩《や》せ細ったセスの姿が瞼の裏に浮かんで、消えていく。賢そうな緑の瞳で、自分をじっと見つめていた親友を。

「リオ」

そのとき、階段の半ばからリオを呼ぶ導師の声がした。ユリヤは子どもたちとまだ本を読んでいるので、声をかけなくていいかと、一人で下りる。

「どうかしましたか？」

「ちょっと見てほしいものがある。いいかね？」

訊かれて頷き、一緒に階下へ下りると、ルストとアランの姿はなく、フェルナンだけがいた。フェルナンは十歳から八歳までの子どもたちに囲まれており、食卓に紙を広げて算学を教えてやっていた。それより小さな子たちは、暖炉の前の絨毯に寝転んで、いつの間にか寝息をたてている。

「ルス……ユリウスとアランは？」

訊《たず》ねると、領事館へ出向いたとフェルナンが答えた。

「ここまで来ることは少ないからな。視察すると。二人はそのまま領事館の手配する宿に泊まるそうだ。馬も移動させてくれるらしい。お前と……ユリヤは、ここに泊まるだろう？　俺は念のための護衛として、この近所にとどまっておけと」

「え……でも」

ちらりと導師を見ると、導師はにこりと笑って「リオも、ユリヤ殿も泊まりなさい」と快く言ってくれた。

「子どもたちと同じ寝台にはなるが、くっつけて眠れば二人なら余るくらいだろうしね。フェルナンさんは、申し訳ないが一階で眠れるように支度しますから」

「ああ、いや。場所さえ貸してもらえれば、寝袋ならあるので心配には及ばない」

フェルナンはすっかり場に馴染《なじ》み、十歳のアニタが「フェルナン、この続きはどうやるのっ？」と袖を引っ張ると、「これはだな」とアニタの石板を覗き込んでいる。

意外にもフェルナンが子どもに懐かれている様子に、リオは面くらいながら、なぜか納得もした。フェルナンの言葉には嘘や媚《こ》びがないので、それが子どもに伝わるのだろう。

導師に再び手招かれて、リオは居宅を出た。

「リオのおかげで、とても良い暮らしをさせてもらえるようになったよ。王様の耳に、辺境の寺院のことを入れてくださったんだろう？　あまりによくしてもらっては悪い、と新しい領事様に言ったら、陛下直々に、王家直轄地の、国の威信でもある寺院の窮状は王家の窮状でもある……という書状をいただいてね」

子どもたちや客の耳がなくなったからか、導師がそんな話をして、リオはびっくりした。

（ルストが……そんな手紙を？）

ルストは情けのある為政者だと、リオは知っている。だが、辺境の寺院にあててわざわざ手紙を書く暇など普通はない。国王からの書状など、一般の市民にはけっして手に入らないものだ。導師は「さすがに、直筆のお手紙をいただいたときには手が震えたが……」と苦笑した。

「今は寺院に、子どもたちへと石板や本をたくさん寄進してくださって……毎月、食べ物も送ってくださる。おかげで子どもたちは勉強する時間もとれるし、近所の子どもたちを招いて、菓子を焼いて配ったりもできるようになったんだよ」

「ヤンとニレが、いつか大学校の試験を受けるって……。導師様も、今は七の曜日に学校を開かれてるんでしょう？」

導師は居宅の裏側へと歩いていく。寺院の敷地にある小さな沢に沿って歩きながら、リオはそっと訊いた。

「学校というほどではないけれど……新しい領事様は、セヴェルも人が増えてきたから、教育の場は必要だと話されていたよ。私にお手伝いできることはさせてもらいたいと話していてね、今の領事様は寺院にとても関心を寄せてくださる」

リオがいたころの領事は、寺院には無関心だった。親のない子どもたちに、王家直轄地で仕事を与えるよう制定したとき、ルストはかなり念入りに役人を選んだのだと思う。

（ちゃんと……約束を守ってくれてたんだ。ううん、約束以上のことを、してくれてた）

セヴェルを出るときに、リオはユリウスに訴えた。

――賃金がほしい。そしてそれを、寺院に仕送りしてほしいんだ。

――寺院には病気の子どもがいるから、医者を頼みたい。

そのとき魔術師としてリオに対峙していたルストは、案じなくていいと言った。

けれどまさか、ここまで気を配ってくれているなど、想像もしていなかった……。

ルストはもともと、とても優秀な王で、ウルカとの契約が正式ではない間にも、盤石な体制を築こうとしていた。

そしてそれらは、真名を取り戻した瞬間に、ありとあらゆる形で花開いたのだと思う。

一斉に各地での取れ高があがり、行商人が流れ込み、商売が活性化し、人が増えて仕事が増える。全国で芽吹いた「偶然の幸運」が重なって重なって、そしてこんな辺境の、セヴェルにもその幸運は降り注いでいる……。

(俺はきっと……セヴェルに立ち寄らなかったら、ルストがここまでしてくれていたことを、知らなかったろうな)

恩に着せることもできただろうに、ルストはそうしなかった。

どうしてだろうと思うと、胸が痛んだ。

「ここだよ」

居宅の裏手、大きな菩提樹《ぼだいじゅ》の前で、導師は足を止めた。昨日雪が降ったらしい。そこには、根雪に埋もれて薄鈍色《うすにびいろ》の、四角い石が地面に置かれていた。

それは、セスの墓だった。

リオは息を止めて、石碑を見つめた。熱く、強い感情が、全身に突き上げてくる。

——セス・ヨナターン、ここに眠る。

石碑には、そう書かれている。

「セスが亡くなってすぐ、王家から使いがあってね」

固まって動けないリオに、導師が静かに教えてくれる。

「姓のない者は共同墓に入れられて、墓を作れないだろう。それで、お前の後見人が、セスを養子にすると。籍をいただけたから、こうして墓を作れて……」

気がつくとリオは、ぶるぶると震えていた。足からがくりと力が抜け、セスの墓の前に跪《ひざまず》いていた。

ごうごうと、激しい感情が押し寄せてくる。悲しみ、悔しさ、救われたような気持ち——どうしてそこまで、という思い。

（どうして……どうしてそこまでしてくれたの、ルスト）

こみあげてくる感情に耐えきれず、視界が涙で歪んだ。

——これが優しさでないなら、なんだというのか。

それ以外のなにものでもなかった。ルストはリオに、最大限の優しさをもってここまでしてくれた。恩着せがましく言うわけでもなく、ひっそりと手を打ってくれていた。

これは優しさで、愛情で、あまりにも大きなものだ。

導師はそれ以上話すのをやめて、懐からそっと、古びた赤い表紙の本を取り出した。

「セスが大事にしていたものだよ。よかったら……持っていきなさい」

渡されても、ありがとうの一言すら言えず、ただ震える手で受け取る。導師はもうなにも言わずに、音もなくその場を離れていった。

冷たい冬の風が、リオの頬を打った。胸が締め付けられたように痛く、涙が、パタパタと墓石の上に散っていく。

「……セス」

かすれた声で呼んだが、答えが返るわけはなく、リオはそっと墓石を撫でた。ああやっぱり、やっぱり、王都に行く前に一度だけでも戻ればよかったとか、セスのことも、王都へ連れていけないか頼めばよかったとか——そんなことを思った。

残された子どもたちが、未来を夢見ていることが嬉しいと思う。

食べ物もたくさんあって、幸せそうに暮らしている。仕事だってあるし、家にだって不自由していない。でもそこに、セスもいてほしかったと思う……。

「……生きる価値のない俺がまだ生きてて、生きてたほうがよかったセスが死んじゃったなんて、変だよね」

墓石に向かい、そっと呟く。

(でも、セスは俺に、この世界は生きる価値があるって……言ってくれたよね)

心の中でそっと、話しかける。もしセスが、リオの今の状況を知っても、同じように言ってくれただろうか？

リオはセスの言葉を想像しようとした。セスならリオに、どんな言葉をかけてくれるだろ

う？

冷たい墓石を撫で、根雪を払っていると、ふと「俺……」と声がこぼれた。

「恋をしたよ。セス……セスにお墓をくれた人を、愛した。もう終わらせないといけないけど」

薄鈍色の石からは、なんの返事もなかった。

しばらくじっと黙っていたリオは、導師からもらった本を開いてみた。何度も何度も読んだのだろう、質の悪い紙は半分すり切れている。

「これ、昔一緒に読んだ本だ……」

セスが一番好きだった本。フロシフランの国のことや、外国のことも書いてある本。導師が、そんなに好きならあげるよと言って、セスが唯一自分のものとして持っていた本。

ぱらぱらとあてどなくめくり、最後のページにきたとき、リオはそこにセスの手書きの文字を見た。

セスの、美しい文字。もしかして、死の間際に書いたのかもしれない。

そこにはこうあった。

――「早死にした子どもを、人は不幸だと思うだろう。けれど僕の生は、人が思うよりずっと、幸せに溢れていた。その事実を、死の暗闇が塗りつぶすことはできない」

強い意志のきらめきさえ感じさせる、言葉。リオは眼を瞠《みは》り、涙も引っ込めてその文字を二度、三度と読んだ。

――早死にした子どもを、人は不幸だと思うだろう。

リオはそう思っていた。セスは不幸だったと。

突然、心臓をぐさりと突き刺されたような気がした。不幸ではないと、そんなちっぽけな価値観ではかってくれるなと、セスに叱《しか》られたような気がして、リオは息を止めた。

(……セス。セスは……もっと生きたいと、思わなかったの？)

セスは幸福だったと言うのだろうか。これは真実なのか。それとも虚勢なのか。

リオは訊いてみたかった。

「セス……死ぬのは、怖くなかった？」

リオはぽつりと、呟きを落とした。

(俺は……俺はこんなに怖いのに)

――怖い。死ぬことは怖いし、自分は自分を、幸福だったなんて思えない。

遠くで鐘が鳴り、働きにいく子どもたちが一斉に家から出てきて、いってきますと元気に叫んでいる。曇った空から、ちらちらと白いものが降りてきた。

リオは顔をあげた。ふわふわとした綿毛のような雪が、リオの鼻先に触れて溶けた。

その日の夜は、リオとユリヤは子どもたちと一緒に眠った。

寝台をくっつけて、多くの子どもがリオの隣に寝たがった。結局一番年下にリオの隣が譲られ、リオは三歳の子を胸に抱いた。

ユリヤも幼い子を抱きしめて、いつもより幸せそうに寝息をたてていた。

子どもの温かな体温に引っ張られて、リオはその日、久しぶりに夢も見ないほど深く眠れた。

翌朝、ユリヤが朝食の席でリオに言った。

「ねえ、僕らも農園に働きにいこうよ。みんなと一緒に」

ユリヤはとても楽しそうに提案し、いつも仕事に出ている子どもたちはそうしよう、そうしようと誘う。リオはそれに、少し戸惑った。

「でも……俺たち、目立っちゃうんじゃないかな」

ユリヤは平気だと言うが、リオはここで変に問題を起こし、この先の旅程に響かせたくなかった。困っていると、向かいのフェルナンが「行ってもいいぞ」と許可を下した。

「ユリウスとアランは、まだ今日一日は街中を見て回るらしい。ハーデからの難民対策が遅れているようだからな。ただ、お前たちの容姿が目立つのはたしかだ。行く前に魔法で目くらましをかけてやろう」

その言葉に、ユリヤは無邪気にはしゃいだ。

食事のあと、リオはユリヤと一緒にフェルナンに魔法をかけてもらった。姿を変えて見せる魔法はルストでなければできないかと思っていたが、「顔かたちの印象まで変えることは無理だが」とフェルナンはリオとユリヤの髪と眼を黒に変えてくれた。

それだけでも、大分目立ちにくくなった。

「日が落ちる前には効果が切れるから、寄り道せず戻ってこい」

そう言われて、ユリヤは機嫌良く「はい!」と返事していた。導師や子どもたちの前だからか、フェルナンはいつの間にかユリヤへの敬語をやめている。

結局その日、リオは子どもたちと一緒に広場へと出た。

(こんなことしてる場合なのかな……)

とは思ったけれど、他にすることもない。子どもたちの普段の生活が見られるのは貴重だと思い直すことにした。

昨日の昼に降り始めた雪は夜にはやんだので、今は道の隅には積もっているが、人通りの多い通りの真ん中は溶けていた。広場に出ると、旗の周りには子どもから大人まで、様々な年齢の男女が集まっている。

やがて鐘が鳴ると、役人がやってきて、集まった人々を分け始めた。親のない子どもはこちらへ、と言われ、リオとユリヤは寺院の子どもたちと一緒にそこへ並んだ。役人は子どものほとんどを覚えていて、一人一人に小さな木の札を渡していく。リオとユリヤの前に来てから、

「見ない顔だな。誰か知ってる子どもはいるか?」

と、既に受付済みの子どもたちに訊く。寺院の子たちが「都に出稼ぎに行ってたお兄ちゃんたちだよ」とうまく説明してくれ、役人は特に不審に思うこともなく、リオとユリヤにも木の札をくれた。

木の札は、働き終えたあと役人に渡すと、一日の賃金が出るらしい。

その後、リオは子どもたちと一緒にぶどう農園へ出た。農園はどっさりと雪が積もっていて、小さな子たちは芽掻《めか》きをするよう言われ、リオたち年長者はぶどうの木に藁を巻いて回ることになった。農園にはもともとの働き手がいて、年かさの数人が、子どもたちに仕事を教える役割だった。

子どもたちは雪をものともせずに果敢に芽を掻き、リオもユリヤと一緒に、頑張って藁を巻いていった。冬の農園で働くのはこれが初めてだった。

ぶどうの葉がすべて落ちてしまうと、大人に混ざって子どもが働いていることが眼に見えて分かる。ちょっと前までここで働くのは違法だったので、冬には仕事がなかったのだ。

ぶどうの葉が生い茂っている季節だって、いつ役人に見つかるか怯えていた。ばれれば背中を鞭《むち》打たれたり、頬を張られたりして、下手をすればそのまま病になり死んでしまうようなこともあったから。

けれど今では、信じられないことに子どもたちは元気に畑を走り回り、大人たちがそれに怒る様子もない。リオとユリヤに仕事を教えてくれた老爺《ろうや》も、「お役人様が金を出して人手を作ってくれたから、助かるよ」と微笑んでいた。

木の幹に藁を巻き、麻紐《あさひも》で固定しながら、寒いのに額には汗をかいた。ユリヤは生き生きとしていて、

「楽しいね、リオ」

と何度も口にした。働いている実感がしみじみと感じられる時間ではあり、実際に、リオもユリヤと同じように充足感を得たし、楽しいなと思った。

午前の仕事が終わったら寺院に帰り、リーシャとアニタが作っておいてくれた食事をとる。休憩時間はたっぷりあって、眠たい子は昼寝をしたり、元気がある子は勉強をしたりしていた。

それから午後になり、もう一度農園に出た。

もし午後の仕事が急にできなくなったときでも、農園の入り口にいる役人に伝えて木札を渡すと、半日分の賃金が出ると子どもたちから教えてもらった。とてつもなく恵まれた労働環境だ。

(ほんの三月前とは全然違う……)

王家直轄地だからというのもあるだろうが、ルストが特にセヴェルの政策に力を入れてくれたことが、ひしひしと肌で感じられた。

午前と同じ仕事をして、三の時になると鐘が鳴った。仕事終わりの合図だった。

農園を出るとき、役人から賃金を受け取る。もらったのは銅貨が十枚だ。

一日中歩き回ってロバをひき、足から血を出して働いたときの倍はあった。木に藁を巻くのも重労働だったが、罵声《ばせい》が飛んでくるわけでもなく、誰かに殴られるわけでもなく、十分なお金が得られた。

芽掻きをしていた子どもたちも同じくらいもらえている。

リオはふと、銅貨五枚で寺院にいる十五人の食事をまかなっていたころを思い出す。毎日必死で、迷路に迷い込んだように先が見えなかった。

(あのころ……いつも怯えてた)

リオは銅貨を、ぎゅっと握った。

——今はお金に困っていない。けれど、もっとべつのことで怯えている。

この先の自分がどうなるのかを考えると、迷路どころか暗闇にいて、ただ深い闇に押しつぶされそうになる。

黒い靄が心をざわざわと覆う。未来が不安だし、怖い。

「リオ兄ちゃん、ユリヤ兄ちゃん、寺院まで誰が早いか競争しようよ」

朝からたっぷり働いても、子どもたちはまだまだ元気だった。そう提案して、ユリヤも「いいね、そうしよう!」と乗る。

かけ声と一緒に、ユリヤと子どもたちが駆け出した。

冬の雪道に、笑い転げる子どもの声がどこまでも響く。リオ兄ちゃん、早く、と急《せ》かされて顔をあげたリオは、今行くよと笑おうとして上手《うま》く笑えず、どんどん小さくなるみんなの影を見守っていた。

「ユリウス殿とアラン殿は偉い方だったんだね。今朝領事館に勤めてるお役人様が参拝にいらして、仕事を褒《ほ》められたとずいぶん喜んでらしたよ」

夕飯の席で導師がそんなことを言うので、リオは苦笑した。まさかユリウスが国王で、アランが『王の翼』だとは言えない。

リオは王都で働いていることは手紙で伝えてあったが、自身が『使徒』に選ばれたことまでは、導師にも言っていなかった。

「……褒められたっていうことは、いい役人さんなんですね」

「大変気遣ってくださるよ。陛下がセヴェルのワインを気に入ってくださったから、納品先も増えたらしい。農園も来年は大きくするようだね」

導師は小さな声で、「みなの幸せのためだ。導師がお金の話をしたことは内緒にしておくれ」と茶目っ気たっぷりに言って、リオを笑わせた。

聖職者が金の話をするのは好ましくないとされている。だが、街が豊かになるのはもちろんいいことだった。

年長の少女であるリーシャが、暖炉で大きな石を十数個温めていた。布に包んで、それぞれ眠る前に毛布の中に入れるのだ。そうすれば寒い夜も越えられる。大変な作業なので、リオは途中で自分が代わり、ユリヤにもやり方を教えて、ぬくまった石を布でくるむ。あとはみんなで協力しあって、寝台の中へ石を入れた。

「こういうのも楽しいねえ」

ユリヤは始終、上機嫌だった。

食事のあとはフェルナンが本を読んでくれるというので、子どもたちはみんな暖炉前に集まってわくわくしている様子だったから、寝室にはリオとユリヤの二人だけになった。

最後の石を毛布の中に入れたあと、自然とセスの寝床を見ていると、ユリヤが「リオ、リオ」と声をかけてきた。

振り返ると、ユリヤは建てかけ式の梯子《はしご》を見て、「これなに？」と首をかしげていた。

「それは……」

リオは天井を見上げて、思い当たるものがあるか探した。はたして、以前天窓があったあたりに取っ手があり、梯子でつつくと、それは簡単に開いた。

梯子をたてて上ってみる。分厚い屋根をぬけると、思ったとおり上に出られた。

「ちゃんとここ、残してくれてたんだ……」

思わず呟くと、後ろからついてきたユリヤも出てきて「すごい！」と感嘆していた。

冬の夜は早いから、もうあたりはすっかり暮れている。昼に降り出した雪は夕方前にやみ、空は晴れて星が出ていた。

街には灯がともっており、雪が光を反射して、闇はわずかに青白んでいる。おかげで、セヴェルの街全体も広がった農園も、よく見えた。

ふと西を見れば、この街にいたころ何度も祈った神々の山嶺《さんれい》があり、そこには今日も一つ星のように、神の光がともっている。

「きれいだね、この街。セヴェル……リオの故郷かあ」

屋根の上に座ったユリヤにならい、リオも腰を下ろす。石造りの屋根はひやりとしており、端には雪が積もっていたが、毛織りの外套《がいとう》を着ていたおかげで濡《ぬ》れずにすんだ。

「ユリヤ、すごく楽しんでるもんね。気に入った？」

「うん、すっごく気に入った。子どもたちは可愛《かわい》いし、仕事も楽しかった」

「よかった。まあ今は、いい生活になったってだけで……前はもっと貧しかったけど」

それでも――リオにとってこの街での暮らしは、辛いことよりいいことのほうが多かったと思う。どんなにいやなことがあっても、セスがいてくれて、導師がいてくれて、子どもたちがいてくれたからだ。

一階では子どもたちが急に歓声をあげたり、驚いたように叫んだりしている。

フェルナンがどんな本を選んで読んでいるのかは分からないが、相当面白いのだろう。リオの脳裏には、眼を輝かせて朗読を聴く子どもたちの顔が浮かんだし、それを優しい瞳で見つめる、導師の顔も浮かんだ。

（……なんて幸福。なんていう幸せが今、ここにあるんだろう）

そしてこの幸せを与えてくれたのは、紛れもなくルストなのだという思いが、リオの中を駆け巡り、胸が詰まる気がした。

どうやって返そう、というのでもなく。

どうしても返せない、というのでもない。

もっとべつの苦しい気持ちが、リオを責めている。

「ねえリオ」

そのとき隣のユリヤが、リオの顔を見つめて訊いてきた。

「ここに残るのはどう？　調査は全部、ルストたちに任せてさ。僕らは寿命が尽きるまで、セヴェルで暮らすのもいいんじゃない？」

リオは思わず、ユリヤの眼を見た。すみれ色の美しい瞳は静かに澄んでいて、冗談を言っている様子ではない。

「……でも俺は、ユリヤに俺の心臓を渡して……もっと長く生きてもらおうと」

「いらないよ。何度も言ってるでしょ？」

「でも」

「リオだって、本当は分かってる。僕に心臓を戻したって僕が喜ばないこと。それより、ここで静かに楽しく暮らすほうが……リオにも幸せだって」

　そうでしょ？　と念を押されて、リオは口をつぐんだ。

　そうだ、ユリヤの言うとおりだと思うのと同時に、ユリヤが言うほど簡単なことじゃないという気持ちがあった。

　残りの寿命は互いに六十九日だった。もうわずかだ。このまま生きても、冬は越せない。新年を迎えて、二月と経たないうちに死んでしまう。一年で一番寒く、雪深いときに……。

「でも……俺の寿命を渡したら、ユリヤは春を見れるよ。春は……花がたくさん咲いて、きれいなんだ」

「冬の雪もきれいだよ。真っ白な世界に浮かぶ、落葉樹の形もきれいだった。ぶどうの木に藁を巻くのも楽しかったし、暖かい暖炉の火とか、かじかむ指とかも、僕は全部好き」

　言いながら、ユリヤは凍えているらしい指に、はーっと息を吐きかけた。こうすると暖かいよと、旅の最中にリオが教えてあげた仕草だ。

「冬に死ぬのもいいじゃない？　ここで子どもたちと過ごして、死ぬ前にみんなに話して。でもきっと、分かってくれるよ。優しく看取ってくれる。生きてる間は、リオは子どもたちに勉強だって教えられる。そうしたら、彼らのためにもなるでしょう？」

　言われて、リオは押し黙った。ユリヤの言うことは間違っていない。胸が揺らぎ、迷いが生じる。そんなふうに余生を過ごし、静かに死ぬほうがいいのかもしれない。

（そうだ。導師様にお願いして……俺が土塊になったあと、もし心臓が残っていたら、暖炉で焼いてくれと頼めば……）

導師なら信頼できる。きっとなにも言わずにリオの願いを聞いてくれるし、心臓がなければルストは過ちを犯すこともない。

けれど……。

「……それじゃ、俺が生きてることに、意味がない気がする」

「僕にとってリオの命は意味があるよ。リオがいてくれなかったら、きっと不安だったと思う。他の人たちも、リオがいてくれてよかったと思ってるよ」

それはそうかもしれない。だが、リオの中には納得しきれないしこりがどうしても残ってしまう。最初から自分が存在しなければ、フロシフランに混乱は訪れなかったし、ルストは死にかけずにすんだ。ハーデという国は生まれず、人々はウルカの神の恩恵を受けて、豊かに暮らしていただろう。

（起きたことは変えられない。だからって……生まれてよかったとも思えない。やっぱり、何か善いことをしてから死なないと、気が済まない……）

「……もしこのまま、なにもせずに死んだら、きっと死の間際に後悔すると思う。だから、俺は行くよ。ごめん」

伝えると、ユリヤは「そっか……」と小さく囁いた。

「でも、ユリヤがここにいたいなら、残ってくれてもいい」

そのほうがユリヤにはいいかもしれなかった。ハーデはウルカの神力が届いていない土地だという。魔女が潜伏して、こちらになにか仕掛けてくる可能性は大いにある。

けれどリオの提案に、ユリヤは首を横に振った。

「リオが行くなら僕も行くよ。当たり前でしょう」

ユリヤは言いながら、リオの肩にそっと頭を乗せた。銀色の髪が、月明かりを反射してきらめいている。

「でもリオ。僕は思うよ。……とびきりのきれいな冬を知ってるなら、春を知らなくても」

そっと、ユリヤがリオの手を握りながら囁く。

冷たく細い指から、あえかなぬくもりが伝わってくる。

「ね、たとえ春を知らなくたって、幸せだって」

迷いのないユリヤの言葉に、リオは胸がぎゅうと絞られるように痛んだ。

(でも俺は、それでも春を知ったほうが幸せだと思ってしまうし)

できることなら夏も秋も、ユリヤに見てほしいと思う。

それはリオのわがままだろうか?

不意に、セスが赤い本に書き残した言葉が、リオに迫ってくる気がした。

――「早死にした子どもを、人は不幸だと思うだろう。けれど僕の生は、人が思うよりずっと、幸せに溢れていた。その事実を、死の暗闇が塗りつぶすことはできない」

あの言葉の意味を、リオは分からなくてもユリヤは分かるのかもしれないと思った。

ただ自分だけが空回りして、とても単純で明白な人生の真実を、見逃しているだけなのかもしれない。だとしても求めてしまう。

もっと先へ。もっと、もっといいものを。

意味のあるもの。価値のあるものを。

真っ暗闇の中で、愚かにも足掻《あが》いている自分がいて、まだ諦めることができないでいる。

十三　雪と光

その晩、昨夜と同じに小さな子どもを胸に抱いても、リオは寝付けなかった。

（俺の考えは身勝手で、間違ってるのかな……？）

何度も何度もそう、迷いが湧《わ》いてきたからだ。

とうとう、ぐっすり眠るユリヤをよそに寝室を抜け出し、そろそろと足音を忍ばせて階下へ下りる。

暖炉《だんろ》の熾火《おきび》がかすかに照らしている室内には、フェルナンの姿がなく、寝袋だけが置かれていた。

（ルストとアランに、連絡を取りにいったのかな？）

奥の部屋は静かだから、導師はもう眠っているだろう。

一人部屋の中に立ち尽くしていると、知らず知らず、ため息が出る。

沢の冷たい水でも飲めば、すっきりと眠れるだろうか。リオは寝間着の上に外套《がいとう》を引っかけ、雪のある外へと出た。

月が出ていて、シンと冷えた戸外は思うよりも明るかった。けれどあたりの風景も眼《め》に入らず、ぼんやりとリオは歩いた。裏に回ろうとしたとき、風に乗って話し声が聞こえてきた。

「このままリオを、ハーデにお連れになるんですか？」

それはフェルナンの声だった。リオは思わず建物に身を隠した。心臓が、どくどくと鳴る。フェルナンの口調からして、話をしている相手はルストだろう、と思う。

「リオが望んでいることだ」

フェルナンの声より少し奥から、ルストの声がした。リオは自分の息が漏《も》れて二人に聞こえてしまわないか怖くて、口元を手で覆った。盗み聞きしてはいけない、と思ったし、引き返そうとしたけれど、緊張してしまいすぐに足が動かなかった。

「陛下はなにをなさるつもりです。禁書を手に入れたら……リオが救われるとお考えですか？」

どこか咎《とが》めるような声音。リオは息を呑《の》んだ。

（フェルナンは……ルストがなにをするつもりか、気づいてる？）

そう思う。ルストがリオの心臓を手に入れて、何度リオが死んでも、土人形の器に閉じ込めて蘇《よみがえ》らせようと考えていることに、気づいているかもしれないと。

ルストは答えずに、黙っている。だが沈黙を肯定と捉《とら》えたのか、フェルナンが小さく息をつく気配があった。

「衷心《ちゅうしん》より申し上げます。陛下……どうぞ浅慮はお捨てください。もしそうしても……陛下の望みが叶《かな》うとは思えません」

「……衷心か」

ルストはぽつりと返した。

「お前のそれは、俺ではなく、リオに誓ったものだろう。……まあそれでもいい。俺には十分だ。あの子はこの国がよくなり、不幸な子どもが一人でも減ることを願ってる。お前も俺も、そのために働いていけるさ。なあ、フェルナン」

リオはそれ以上聞いていることができず、そろりとその場を離れた。

居宅を回って、礼拝堂の裏からセスの墓のほうへ遠回りに行く。雪の積もった道に踏み入ると、毛の長靴の下でさくさくと音がした。

口を覆っていた手をやっと放したのは、セスの墓石の前だった。

自分で思っていた以上に息を止めていたらしく、わずかに鼓動が速まっている。

（なんだったんだろう。今の会話）

二人はリオの話をしていた。振り返って考えると、やはりフェルナンはルストの目的を知っていると思えた。そのうえで諫《いさ》めていたのだと。

（……二人の関係は、悪くないけど……普通の信頼とは違うみたいだ）

一度王を欺いたフェルナンと、ルストの関係がそう簡単に円満になるとは思っていなかったが、リオの予想とは違う方向で繋《つな》がっている会話だった。ルストはまるで、フェルナンがリオのために働いているように話していたし、ルストが働く理由も、リオの願いにあるような言いぶりだった。

（……こんなこと、俺が気にしてどうするんだろう）

この先ずっと未来を紡いでいく王と『使徒』の関係を心配する必要など、リオにはもうないのだ。もうすぐ、自分は死んでしまうのだから……。

顔をうつむけると、月に照らされてセスの墓石が浮き上がって見える。

夜空は明るいのに、リオは自分だけ真っ暗な闇の中にいるように思えた。

手足を縛られて動けないでいるような気持ちでいる。死の恐怖が、胸の中にじりじりと忍び寄ってくる。

逃げたい、逃げよう。逃げられない……。

頭が締めつけられるような絶望が、胸に巣くっている。ハーデに着いたら、本当にもうすべて終わりで、自分は六十九日どころかあと二日も命がないかもしれないのだ。

（ハーデに行くなら……すぐに死ぬことも、覚悟しなきゃ）

胃の腑《ふ》がしくしくと痛み、気持ち悪くなってくる。思わず腹に手をあてたとき、

「……リオ？」

呼びかけられて、リオはハッと顔をあげた。

裏道を使って撒《ま》いたはずのルストが、月明かりに照らされて立っていた。頭巾と顔布をはずし、変化の魔法を解いている。青い眼は、雪に反射する光を受けてきらめいていた。

フェルナンはおらず、一人で来たらしい。その大きな手に不似合いなほど、小さなすみれの花を三本、持っていた。

ルストはリオの隣までくると、しゃがんでセスの墓石にすみれを手向けた。

「花……どうやって?」

今は冬なのに、春の花だ。

「種をもらって、そこから魔法で咲かせた。……お前の瞳の色だろう?」

(あ……)

思わず、すみれの花を見下ろす。かがみこんで色を見ると、それはルストの言うとおり、リオの瞳の色だった。

不意にじわりと、胸に熱いものが広がる。

ルストがこの花を選び、セスに手向けてくれたという事実に、えもいわれぬ感情が溢《あふ》れそうになって、リオはぎゅっと手を組んだ。

ルストは頭をたれて、セスの墓石に祈りの仕草をした。

この王が、祈る仕草をしたところを、リオは初めて見た。「一人め」のときにはまだ何度か見たことがあったが、「二人め」以降、ルストがウルカに祈りを捧《ささ》げたところを、リオは知らない。

（ユリウスとして一緒に旅をしてたときも、魔術師《コゼニク》は祈らないって言ってた……）

それはきっといつからか、ルストがウルカを憎んでいるから――。

それなのに、セスのためには祈ってくれた。そう思うと、自分でもどうしていいか分からないほど胸が震えた。

あなたにとってはちっぽけな命でしょうと。

……なのに、ありがとう、ルスト。

「……セスに墓を……作ってくれて、ありがとう」

たどたどしく、それだけを言う。

お礼を言わなければならないことは、他にもたくさんあった。

寺院に支援をしてくれたこと、建物を補修し、子どもたちに衣服や勉学の機会をくれたこと。

セヴェルの領民たちのために、心を砕いてくれていること。

リオはもう、この寺院と街のことで不安を感じる必要はない。

少なくとも、自分が愛した十一人の子どもたちは、それなりにちゃんと生きていけるだろう。

その希望が持てるだけの豊かさが、今の寺院にはある。

それがどれほどのことか、言葉では言い尽くせない。

ボロをまとって、明日のパンに思いを巡らせながら、屋根の上でウルカの神に祈っていた自分の、あのみじめさと孤独が思い出される。

もう——あの無力で悲惨で、みっともないみなしごのリオも、この街にはいない。

「勝手なことをして……気に障ったかと思っていた」

ルストは意外にも、そんなふうに言った。

どこか遠慮がちな、小さな声を聞くと、本当にそう思っていたようだと分かる。大柄な体躯《たいく》を縮めて、自分を窺《うかが》うように見ているその眼には、王とは思えない弱気があった。

——助けてくれ。

イグラドの街で二人きりだったとき、苦しげに吐き出されたルストの声音が蘇ってきた。

(この人は……本当は完璧な王なんかじゃないんだな)

そのときリオはどうしてかやっと、そのことに気づけた気がした。

アランやフェルナンの前では隙がないように話すし、命じるときは傲慢《ごうまん》で、政策は隅々まで行き届いている。強く賢い王には違いない。

だが一方で、リオにだけ見せる弱さがある……。

心の内側には、深く傷つき、治りようもないほどぼろぼろになっている場所があるのだ。

そう思うと切なくて、苦しかった。知っていても、リオにはルストを救えない。救うどころか、リオがルストの傷そのものだと分かっているから。

「親切にしてもらって、気に障るなんてことないよ……」

せめて今だけでも安心してもらえるように、そっと取りなす。

「……私情を入れすぎだと叱《しか》られるかと。だが、セヴェルは今後ハーデを取り戻すにあたっては要地だから、力を入れるのは普通だろう？　これはけっして、俺の私情だけの方策ではなくてだな……」

言葉を尽くして説明するルストが珍しい。誰に、なんの言い訳をしているのだろうとリオは少しおかしくなった。思わず小さく笑うと、ルストはハッとしたように口をつぐみ、やや決まり悪げに咳《せき》払いした。

「ただ俺は……悪い王様だと、お前に思われたくないんだ。旅をしているとき……責められたからな」

「あれは……」

言い訳しかけて、リオは黙る。まだルストがユリウスだったとき、リオはまさか一緒に旅をしている相手がこの国の王だと知らずに、王様はなにをしているのと責めたことがあった。けれどそれをルストが気にしていたなんて。リオはそんなことは、露ほども思っていなかった。

「あんなこと、覚えてたんだね？」

「お前に言われたことは、なんでも覚えてる」

「俺がなにを言っても、ルストはいい王様なのに？」

「……どうかな。本気でそう思うか？」

リオは答えられなかった。

俺を生かそうとしないなら、完璧な王様だよ、という言葉が口から出そうになって、でも言いたくなかった。今日の会話は、まるで以前に戻ったように少し平和で……優しいものだった。

（ずっとこうしてたかった……）

そんな気持ちが、感傷的だと分かりながらも湧いてくる。

旅の途中の、ユリウスだったルストとの会話を——リオは時折思い出す。リオにとっては懐かしく、優しい記憶だった。ルストから王という肩書きをとったら、ルストの本質はあのユリウスに近いものではないのか。

もし自分がただの人間なら、二人並んで、あの懐かしく、優しい時間をずっと続けることだって、できたかもしれない……。

（バカだな。絶対にもうできないのに）

そのとき、不意にルストが立ち上がり「少し、歩きながら話さないか」と声をかけてくる。

なにをどう話せばいいのか分からないまま、けれどこれからハーデに発《た》てば、ゆっくり話す時間もない。もしかしたらまともにルストと会話できるのは最後かもしれないと思うと、断ることができなかった。

（魔女の根城に着いたら、俺たちは禁書を巡って争うことになるかもしれないし）

せめてもう少しくらい、ルストと昔のように話したい。

リオは「だったら、こっちに来て」と声をかけ、ルストを寺院の裏の、小さな空き地へといざなった。

常緑の樫《かし》の大樹が、扇状に大きく枝を広げている。それ以外にはただだだっ広く、雪が降り積もっている場所だった。

「ここは？」

樫の木の陰に立つと、ルストがリオに訊《き》いてくる。

リオは樫の太い幹に手を触れながら、

「俺が……三年前、三年よりも前か。たぶん、ルストの真名をもらった直後に、倒れてた場所」

と、言った。

ルストが身じろぎ、なにもない空き地をじっと見つめる。

記憶を失ったリオは、ウルカの神によってセヴェルへと飛ばされた。

流れ星が寺院の裏に落ちたように見えて、覗《のぞ》きに来た導師が、倒れていたリオを見つけてくれたのが最初だった。

「夏には小さい草原になるんだ。なぜだか開墾《かいこん》を忘れられてそのままになってて……たまにロバが草を食べにくる」

「……そうか。ここにお前が」

ぽつりと呟《つぶや》いたルストは、まるで倒れているリオを探そうというような眼差《まなざ》しだった。

どうして自分はここに、ルストを連れてきたのだろうとリオは思う。

ただ、もしもう一度やり直せたら……そんなありえもしない望みが、自分の中にまだ少し、埋《うず》み火のように残っているからかもしれなかった。

リオの脳裏には、「三人め」として生まれたばかりのころの記憶が蘇ってくる。

薄暗い塔に閉じ込められて、誰かが自分を連れ出してくれるのを待っていた日々。戦争で崩れた瓦礫《がれき》の下、助けてくれたルストが神様のように思えたこと……。

（本当はもう、あのとき）

あの一瞬。母さえ見捨てた自分を助けにきてくれたルストに、抱き上げられたあの、たった数秒のうちに。

リオはルストに恋をしたと思う。

あのとき、言わなければよかったのだ。

――真名をくださいと、ルストに……言わなければよかった。

「……あのまま死ねばよかった」

ぽつりと、リオは言った。ルストが眼を見開き、もの問いたげにゆっくりとリオを振り返る。

青白い闇の中、ルストの長い睫毛《まつげ》に、前髪が引っかかって揺れている。

「塔の瓦礫の下敷きになって、死んでいれば……今、ルストを縛るものはなかった……」

「ばかを言うな！」

怒ったように、ルストが声を張り上げた。リオは思わず、ルストを見上げる。葉の陰の下でも、差し込んでくる月の光に照らされて、ルストの凛々しい美貌がはっきりと見える。

「その話は……もう散々した。俺はお前を生かしたかった。お前に真名を与えたこと、一度だって後悔してない」

必死に言うルストに、リオは「でも……」と呟いた。

「ルストも、俺を見殺しにすればよかったって……」

以前、言い争いの末にそう言われたことを、リオは覚えていた。その通りだと思いながらも、ルストに自分の命を否定されたようで悲しかった。

（……傷ついてるなんて、バカみたいだな）

そう思う。けれどどんなに死を決意していても、リオの中にあるルストへの恋心がルストの言葉にたやすく傷つく。

「あれは……本音じゃない」

ルストは慌てたように否定した。それから、それに、と言葉を接ぐ。

お前もだろう？　そうルストが震える声で囁《ささや》く。

「お前も、俺のために命を捨てた。後悔したか？」

リオはじっと、ルストと見つめ合う。青い瞳の中に、頼りなげな己の姿が映っている。ルストはそんなリオよりも、もっと儚く見えるほどに体を縮めている。その眼は切々とした感情を灯し、月光を反射して、水面のように揺れていた。

(ルスト……心から、俺を)

俺を、愛しているんだね——。

そう感じたとたん、リオの眼に、涙がにじんでくる。

こぼさないようにゆっくりと、リオは首を横に振った。

「……後悔してない。何度だって、同じように、ルストのために死ぬと思う……」

リオの頰を、涙が伝う。ルストは、そっとリオの頰に手を寄せて涙をぬぐってくれた。

「俺たちは……似たもの同士だな」

泣き笑いのような表情で、冗談のように囁く。雪の夜、笑っているルストの唇が、小刻みに震えている……。

リオは胸が詰まり、熱いものが否応もなくこみあげてくるのを感じていた。

(どっちかがもっと自分勝手なら、違ったんだろうか)

そう思ったけれど、リオの中で答えは明白だった。

ルストの命は重たいが、自分の命は軽い。

だから救われるのは、リオではなくてルストであるべきだ。どんなときでも。

ルストはそっと体を屈《かが》ませると、リオの頬を包んできた。手袋越しでも分かる、温かな手。額に、ルストのそれが合わさる。

「リオ……夜明けの空と同じ瞳を持つ子ども……俺が愛するリオ、お前に、もっと美しいものを見せてやりたい。もっと美味《おい》しいものをたくさん食べさせて、いろんな場所につれていって、長い長い人生を……お前と歩めたら、それだけで」

額をあわせた至近距離から、ルストの青い瞳から、涙が落ちるのを見た。

こぼれた滴が、リオの頬に落ちる。

「どうしても俺を作るの……？」

リオは震える声で、言った。

とたんに胸が苦しくなり、もうこれ以上こらえきれずに涙が溢れた。

そんなことをしないでほしい。

偽りのリオをそばに置いて生きていくなんて、ルストがあまりにかわいそうだった。憐《あわ》れだった。心配だった。

こんなに弱い人を、たった一人置いていきたくないと、そう思ってしまう。

リオはルストの頬に自分も手を伸ばし、触れた。冬の空気の中で、王の肌も冷えている。手にしみてくる冷たさを感じながら、リオは「ルスト、ルスト……」と精一杯呼びかけた。

「お願い、ルスト。なんでも叶えてくれたよね？　寺院の子どもたちに希望をくれた。俺には命すらくれた。……お願いだよルスト、俺が死んでも……強くいて。壊れないで」

止めどなく涙が溢れ、頬を濡《ぬ》らす。ルストの涙と、リオの涙が混じり合う。

お願い、お願い、とリオは繰り返す。

「壊れないで、ルスト……。俺はルストが生きて、王様としてみんなを助けてくれることが、希望なんだよ。ルストさえいれば……この国の貧しい子どもはきっと未来が開けていく。セスみたいな悲しい子はきっと少なくなる……それだけが」

――生きる意味も価値もないような自分の、このいたずらに与えられた人生の中で。

「それだけが、俺にとっては生きていてよかったと思える、たった一つのことなんだよ」

リオがいなくても、ルストは素晴らしい王だっただろう。

けれどもしリオがいなかったら、セヴェルが豊かになるのはほんの少し先だったかもしれない。

そう思うことは、慰めになった。それくらいしか、慰めはなかった。

「俺がお前を愛していて、お前も俺を愛しているはずだ」

泣きながらすがってくるルストに、リオは言葉を失う。

「そうだろう？　愛しているはずだ」

確認するように言われると、リオはもう愛してないと、再び嘘《うそ》をつくことができなくて、ただ黙っていた。

「それなのに、お前に死なないでくれと言うのはわがままなのか？　お前だって生きたいはずなのに……っ」

肩を摑《つか》まれ、ぐっと引き寄せられる。リオは首をのけぞらし、ルストの顔を見る。

「生きたいはずだ。お前だって生きたいはずだ。死にたいわけがない、だからセヴェルに来るまで……あれほど体を痛めていたんだろう……っ？」

真っ暗な靄《もや》。

フェルナンに助けられて目覚めてからずっと、リオを覆う闇。

考えるな、考えるな。

そう思って見ないようにしている恐ろしいもの。

ふと振り返る。自分の心の中にあるもの——それは、窮屈で深い、穴蔵だった。

真っ暗な穴の中に自分は閉じこもっている。どこにも行くことはできない。どれほど考えても先はなく、どん詰まりの闇の中にいる。決められた時間で死がやってくる。

死はリオの体を覆い尽くし、どこにも逃がしてはくれない。

心臓が握りつぶされ、一瞬で命が絶たれる恐怖が、リオを襲った。

瞬間、リオは声もなく叫んでいた。眼の前からルストが消え、ただリオは死の恐怖とだけ向き合っていた。

頭を抱えて後ずさる。背中にどん、と樫の木が当たって、我に返った。

心臓が、痛いほどに激しく打ち、全身から冷たい汗が噴き出していた。

――いやだ、死にたくない！

閃光《せんこう》のように駆け抜けていく願望。

死にたくない！

浅ましいほどに激しい感情に、リオは呻《うめ》き、両手で顔を覆った。じわじわと涙が溢れ、嗚咽《おえつ》する。

悔しかった。みじめだった。あまりにも、自分が愚かに思えた。

無価値な命だと知っているのに、生きたいだなんて、自分は傲慢だ。

リオは自分を責めた。なんてばかなのだ。

けれど同時に腹立たしかった。怒りが湧いた。

理不尽だ。自分はなにも悪くないのに、なぜこんな無価値な命に生まれたのだろう。

――望んで生まれてきたわけでもないのに！

「リオ――」

ルストが手を伸ばしてくる。リオは思わずそれをはねのけた。

顔をあげて、自分でも意味が分からず叫ぶ。

「なんで俺が！　なんでこんな思いを！」

足を踏みならし、悪いのはルストではないと分かりながらその胸ぐらを掴む。

「死なせてくれたらよかったんだ！　俺はルストに真名を返したいって言ったんだから！　ウルカが、俺とルストで命を分け合わせたりせず、死なせてくれてればよかった――！」

そうすれば知らなくてすんだ。生きる喜びも、誰かを愛することも。

知らなければ、これほど生きぎたなくならずにすんだ。

――生きたい、生きたい、生きたい。

その欲求で、体中破裂しそうなほど苦しい。

生きられない、死ななきゃいけない。それが正しいから。

その正しさを押しつけてくる世界の傲慢さに怖気《おぞけ》がする。こんなに美しいのに……と、リオは思った。

月明かりを受ける世界は美しい。

神々の山嶺《さんれい》。葉の落ちたぶどうの木々。ユリヤが言うように、とびきり美しい冬だ。

それなのに、この美しい世界が、残酷なまでにリオに死を強要する。

「世界を……嫌いになりたくない。俺は……悪い生き方も、したくない」

呟いて、リオはルストの胸に顔を埋めた。

この世界を憎みたくないし、悪人にもなりたくなかった。

この世界を愛して、善人として死にたかった。

それなのになにもかもを憎んでしまいそうな自分のことも、最後にはユリヤに寿命を渡せずに、生にしがみつきそうな自分のことも、心の中で軽蔑している。

「俺はずっと怒ってる、全部……全部嫌いになりそうで怖い」

フェルナンに助けられて眼が覚めてからずっと。

本当は世界中のすべてに腹を立てているし、誰のことも憎んでいる気がしていた。心は閉じ、視野は狭まり、喜びも優しさもリオの中に入ってきてくれない。

あるのはただ怒りと、憎しみ。リオは必死でそれをおさえて、誰のことも憎まないよう、この世界のなにもかも嫌いにならないよう、我慢していた。

「嫌いたくない……、だって、俺は真名を返して死ぬまでは――ずっと、この世界のことが好きだった……！」

気がつくとリオはルストに取りすがり、訴えるように叫んでいた。ルストは痛々しげに、リオを見つめている。

心がぎしぎしと音をたてて軋《きし》む気がする。

どんなに貧しいときも、リオはこの世界が好きだった。どんなにひどいことをされても、誰かを憎んだことはなかった。好きな人はたくさんいた。だから……怒りと憎しみに心が支配されている自分が、たまらなくいやだった。

「リオ……」

そっと、ルストがリオの名前を呼んだ。苦しそうな声だった。

瞬間強く抱かれ、顎を持ち上げられる。深い深い口づけが落ちてくる。

リオは泣きながら、「ルスト、駄目だよ……」と、拒んだ。

顔を背けて泣いたが、ルストの腕は解かれなかった。

「リオ、これが、最後かもしれない」

ルストはかすれた声で囁き、ずるいことを言ってすまないと、付け足した。

(最後かもしれない)

その絶望は、リオにもあった。ハーデに行けば死が近づく。

抱き合えるのは今日が最後で、もう二度とないかもしれない。けれど、だとしてもここでルストを受け入れるのは怖かった。必死になって張っている虚勢が、崩れてしまいそうで。

「ルスト、駄目、放して……」

「リオ、聞いてくれ。たとえ今俺を受け入れても……お前はお前の思うとおりにすればいい」

けれど拒もうとしたリオの言葉を遮り、ルストが必死な声で囁いてくる。

「……お前がこの世界を憎むのは当然だ。お前は悪くない。……お前はずっと、ずっと、この世界にも、俺にも……誠実であろうと努力している」

誠実であろう。正しくあろう。善良であろうと。

じわりと、リオの目尻に涙がにじむ。

「……お前は俺の素晴らしい臣下だ。いつも必死に生きている。だから、俺はお前を愛している」

　リオの邪魔をすると宣言しながら、ルストが心からリオを正しいと肯定してくれていることが、伝わってきた。必死に我慢しながら進んでいる道を、ルストだけが誠実だと言ってくれた。そのことに、どっと涙が溢れて胸が緩む。

「ず、ず……ずるい」

　嗚咽まじりに言いながら、リオは体から力を抜いていた。ルストがリオを抱え直して、「ああ、ずるいな」と囁く。

「俺のこと、邪魔するくせに……協力しないくせに、なのに」

「そうだ。でも、お前が好きだ。自分自身を痛めつけながらも、正しいことをしようとするお前が……あまりに、矛盾しているよな？」

　ルストが小さく、自嘲《じちょう》するように嗤《わら》った。眼の端には、涙が光っている。

　沈黙が落ちると、もう一度口づけが落ちてくる。

　最初は額に。そして鼻の頭に。瞼《まぶた》と頬に、最後に唇へ――。

　愛しむようなその仕草が、ルストの愛情を伝えてくる。

（ルスト……ルストを、愛してる）

　もう駄目だ、と思う。もう駄目。もう、拒めない。

　こんなことは間違っている。ここで受け入れても、互いに辛《つら》くなるだけ。それなのに今、リオはルストに抱かれたかった。

(許して……きっとこれが、最後だから)

頭の中で言い訳をする。崩れ落ちそうな心を引き留めるために、今だけ、この世界への憎しみをすべて忘れるために——いや、ただルストを愛していて、抱かれたいから。

自分の心を誤魔化せず、リオは今だけだと戒めながら、ルストに体を預けていた。

厚い胸に頰を寄せると、ルストがハッとしたように震えるのが分かった。

顔をあげると、青い瞳はまたたき、リオに「いいのか?」と訊いているようだった。リオはただそっと、眼を閉じた。口づけを待つように。

「リオ……口を、開いてくれるか?」

ルストの声は震え、かすれていた。懇願するような言葉に、そっと口を開ける。するとそこへ、分厚い舌が差し込まれてきた。リオは思わず、びくりと体を揺らしていた。

(していいの? 本当に?)

一瞬そう思ったが、同時に体からは力が脱《ぬ》けて、もう動けなかった。

——これで最後にするから、許して。

誰に対してなのか、心の中で言い訳をする。

ルストに抱かれても、自分はけっしてルストの言いなりにはならないから。

(だから今だけ。……今だけ)

リオは必死に、自分の行為を許そうとした。

寒い戸外では、ルストの舌はまるで火のように熱く感じた。口腔内《こうこう》をじっとりと舐《な》められ、喉の奥まで舌を差し入れられて、リオの体にぞくぞくと甘いものが走った。

「ん……ん、う」

涙と一緒に、喘《あえ》ぐような息が漏れる。

「リオ」

唇を離す合間に、ルストが切羽詰まった声で、何度も名前を呼んでくる。

胸が鳴り、外套の下で肌が粟立《あわだ》った。恥ずかしくも、リオの性器は淡く反応を示し、寝間着の布にこすれる乳首が、じんじんと痺《しび》れはじめた。

ぐっと腰を押しつけられると、布越しに、猛《たけ》ったルストの性器が分かって、リオは体を強《こわ》ばらせた。

「ル、ルスト……」

体を離そうとしたけれど、ルストの腕はリオの腰をしっかりと掴んでいて、離れられない。

「生きているからこうなるんだ。生きていて……愛する相手と口づければ、こうなる」

お前も生きているから、とルストは顔を歪《ゆが》ませて、呟いた。

（今はまだ、生きてる……）

心臓が動き、熱い血潮が全身を巡っている。

初めてルストに抱かれたときのことを思い出した。選定の館で、儀式のためだったけれど、リオはどうしてか抱かれるのならこの男だと思っていた。最初のときからルストは優しかった。愛撫《あいぶ》は丁寧で、それは王宮に入ってからも同じだった。

抱かれるたび嬉《うれ》しくて、好きな気持ちが膨《ふく》れ上がって、苦しいほどにリオはルストに、恋い焦がれていた。

(どうせ死ぬなら、最後くらい……あのときみたいに)

ただルストを愛している気持ちだけでいっぱいになって、抱かれたい。

だからリオは子どものように抱き上げられたときも、ルストの肩にぎゅっと手を回して抵抗しなかった。

外套をかき分けて、薄い寝間着の布の、後孔がある場所へルストの性器が押しつけられる。その卑猥《ひわい》な姿勢に、リオは全身が熱くなるのを感じた。

「ル、ルスト」

「入りたい。入っていいか……?」

切ない声で訊かれる。リオはぎゅっと眼をつむり、それから小さく、頷《うなず》いた。

心臓がものすごい速さで鳴っている。こんな外でどうやって、と思う。

不意にルストが片手を振ると、青白い膜のようなものが自分たちを覆った。それはすぐに透明になったが、「外からは見えないし、聞こえない」と言われると、最後の抵抗が脱ける。

頬が真っ赤になっているのも、眼が潤んでいることも、期待した後孔がずくずくと濡れていくのも感じて、リオは遠からず死ぬ自分が、こんなふうに反応することが恥ずかしかった。ルストが自分をどう思っているか知りたくて、泣きたくなりながらルストを見つめると、ルストはただ優しく微笑《ほほえ》んだ。隠しようもないほどの愛が、その眼差しに載っている。

「ありがとう、リオ……」

両足を大きく開かれて持ち上げられると、後孔の一部分だけ、布が消えていくのを感じた。魔法だと思った瞬間に、ルストの生暖かい性器が、リオの中にぬるりと入ってきた。

「あっ、あ、あっ」

魔法を使われている。感覚で分かった。体が浮遊していたからだ。それが怖くてルストの首にしがみつくと、腰を摑まれて揺さぶられた。

「あっ、あっ、あっ、あーっ」

尻孔がしとどに濡れているのが分かる。

布にこすれて前の性器も、乳首も甘く痺れ、快感が渦になって下腹部から全身へ広がっていく。

こんな野外で、月も明るい夜になにをしているのかと思う。けれどルストの大きな杭《くい》が媚肉《びにく》をこするたび、リオは内ももを震わせて愉悦を感じた。

「……俺が抱くのはお前だけだと思う」

――この先、一生。

ごく小さな声で、ルストが言った。あまりにも小声すぎて、リオはその言葉を聞いたのかどうか、よく分からないくらいだった。

「本当は……リオ……お前と王都に、帰りたい」

ルストは、そう言ったのだろうか？

快感に脳が蕩《とろ》けて、よく分からなかった。けれどそれでも、

――ああ、神さま。

と、リオは思った。

ウルカの神さま。……この人を救ってあげて。

――俺がいなくなっても、この人を、幸せにしてあげてください。

もしルストさえ幸福なら――自分は、この世界を嫌わずにすむかもしれない。

そんなことを思った。

瞬間、ルストの性器はリオの後孔の奥の奥、行き止まりをどんと押した。下腹がぎゅうとしまって、つま先まで痺れが襲う。全身に甘い悦楽が駆け抜けて、リオは達していた。精がどくどくと前から溢れて、寝間着の布を濡らしてしまう。ルストが、一度震えた。それから、中でルストの精が吐き出されるのを、リオは感じた。

官能の時間が過ぎ去ったあと、リオはわずかな空《むな》しさに襲われた。

約束通りルストはリオの寝間着を魔法できれいにしてくれた。まるでなにごともなかったかのようだ。体には、まだ甘く情事の波が残っている。死のうと思っていても肉欲は湧くことが、なんだか情けなかった。

そしてこんなふうに交わっても、リオはリオの考えを捨てることができず、ルストの気持ちも変えさせられないことが、悲しかった。

「セヴェルは……いつ発つ？」

そっとリオが訊くと、ルストは数秒黙り込み、それから「本当に行くつもりなのか。ハーデへ」と言う。

「……行くよ。禁書を見つけて、ユリヤに心臓を戻す」

じっとルストを見つめる。自分の意志が固いことを分からせるように、眼を逸《そ》らさなかった。

「俺はそうさせない。それだけだ」

ルストも、リオから眼を逸らさずに言う。リオはただ、頷いた。

（後には引けない。真実を知りたいし、ルストを犯罪者にもできない）

「視察は終わったから、いつでも行ける」

「なら明日。明日の朝、発とう」

一日でも早いほうがよかった。きっぱりと言ったリオに、ルストはどこかが痛むような顔をしたが――結局のところは、頷いた。

ルストと別れて寺院に戻ったリオは、足を忍ばせて部屋へ帰った。

誰もいないだろうと思っていたら、暖炉の前にフェルナンが起きて座っていた。

「……お、起きてたの？」

思わず言った声が、ひっくり返ってしまった。フェルナンは暖炉の火を熾《おこ》しながら、「ああ」と頷いている。

リオはばれているはずもないのに、ルストと外で交わってきたことが知られているのではないかと、落ち着かなくなった。もぞもぞと外套を脱ぎながら、

「もう、寝るね」

と言うと、フェルナンは「陛下と行き会ったんだろう？　墓参りに行くと仰《おつしや》っていたから」と返されてリオは固まった。

返事に困り、けれどべつに情事をしたと言われているわけではないから、落ち着こうとした。

「うん、そうだね……」

妙に隠すより、ちゃんと答えたほうがいいと思って認める。フェルナンはそうか、と言いながら立ち上がり、食卓の上に湯気をたてる杯を置いた。

「冷えたろうから、飲んでから寝ろ」

よく見ると、それは薬湯のようだった。断るのも悪い気がして食卓に座り、おずおずと、杯を手にする。薄明かりのなか、薬湯の黄色い湯面に自分の影が落ちているのが見える。

「陛下と……なにか話せたか?」

そっと訊かれる。どういう答えを待っているのか、リオには分からなくて答えに詰まった。顔をあげると、いつの間にかフェルナンは向かいに座っていた。

「……セスの墓の前で偶然会って。それだけだよ。大したことは、なにも」

なんだか言い訳をしているようで後ろめたい。琥珀《こはく》の瞳をちらりと見ると、フェルナンはどこか悲しそうで、物憂そうだった。

重たい沈黙が落ち、暖炉の薪《まき》がぱちぱちとたてる音と、二階の寝台で、子どもたちが寝返りを打ち、梁《はり》が軋む音だけがした。

「……あの、ありがとう。子どもたちに本を読んでくれたり……勉強をみてくれて」

ふと思い出して、リオはお礼を言った。

「ああいうの、俺はしてやれなかったから……ありがたいし、嬉しかった」

子どもたちがフェルナンに懐くのは分かる。フェルナンの言葉には裏表がなく、彼自身にも二心がないことが、子どもには伝わっている。欺かれ、殺されかけておいてこう思うのはおかしいが、フェルナンからはやはり、公平さと正直さを感じる。

「なあ、リオ」

そのときフェルナンは、いつもとは違って、いくぶん深い声でリオを呼んだ。ぐっと体を前にのめらせて、フェルナンがリオの顔に自分の顔を近づけてくる。

「今から二人で、逃げようか」

琥珀の瞳が、視界いっぱいになる。片眼鏡に、蠟燭《ろうそく》の明かりが橙色《だいだいいろ》に反射している。

リオは一瞬頭が真っ白になって、フェルナンの言葉を理解できなかった。

「セヴェルから南へ下れば、隣国へ行ける。さらに東へ行けば、もう一つ向こうの国に出る。そこまで行ったら、陛下も追いかけてこられないだろう。ウルカの神力が届かない場所だから」

どこまでも真剣に、フェルナンが言う。

「お前が生きている間くらいの、金ならある。南は温かい。もう春が来ているだろう。きっと、お前も気に入ると思う」

——フェルナン……。

言葉もなかった。

そんなことをしたら、俺が死んだあとも、フェルナンはもうこの国に戻れないよとか、『王の眼』として役目をまっとうしないとか、いろいろな言葉が頭に浮かんだ。

けれど言う必要はなかった。リオはこれが叶わない妄想であること、けれどそれでも、リオさえ頷いてくれたら実行するつもりで、フェルナンが口にしているのだと分かった。

視線を落とすと、食卓の上に置かれたフェルナンの拳《こぶし》は、きつく強く握られていた。

いつも冷静で、けっして感情を見せるような人ではない。

そんなフェルナンが、ここまでリオに言ってくれていることに、驚いて胸が打たれる。同時に、なぜそこまで心を砕いてくれるのか、分からなかった。

じっと黙っていると、やがてフェルナンが自嘲するように小さく嗤った。

「……行けないか」

リオは頷くこともできず、薄く嗤うフェルナンを見つめていた。蠟燭の明かりの奥、琥珀の瞳が淋《さび》しげに揺れている。暖炉の薪が、がらっと崩れる音がした。

「……旅の間、ずっと……ずっと、悩んでいた。お前が自決して、河に落ちたあと……俺が、お前を河から引き上げずに……あのまま溺《おぼ》れて死なせていたほうが、お前のためになったのではないかと」

言われた言葉に、リオは眼を見開いた。思いも寄らない、想像すらしたことがなかった、フェルナンの本音だった。

「今でも混乱している。……一体なにが正しいのか。お前の望みを叶えてやりたい。だが、心臓を殿下に戻すことがいいことか？　陛下がよからぬことを企《たくら》んでいるなら、阻止すべきだろうが……俺は、そのためにお前を犠牲にしたくない」

どうすればいいのか、何度も何度も考えて、そのたび答えが出なくて、とフェルナンはたどたどしく、言葉にする。

「いっそ遠い国に連れて逃げたら、お前も楽になれるだろうか。……そんなことも、考えて」

愚かだな、とフェルナンは嗤った。

「賢者の知を極めても……俺にはなにも分からない」

「……フェルナン」

リオは自分の声が、かすれているのに気づいた。

自分の無力を嘆くフェルナンなど、今までに一度だって見たことがなかった。リオが知っているフェルナンは冷静沈着で、常に公平で、いつでも主観より客観を重視し、理屈でものを考える人だった。

そんな人が、後悔と悩みに揺れ、いまだ答えが出せない問いに苦しみ――挙げ句、一緒に逃げようなどという、一番感傷的な行動を取ろうと言う。

この旅の間、リオはリオでずっと苦しんできた。けれどフェルナンも、リオと同じように悩んでいたのだと知った。

――俺が、お前を河から引き上げずに……あのまま溺れて死なせていたほうが……。

胸の中に、その言葉が小さな希望のように温《ぬく》もりを持って届いた。

逃げようとか、生きろという言葉よりずっと、死なせてやりたかったという言葉のほうが、リオには嬉しかった。

「……ありがとう」

小さく、リオは言った。

「ありがとう、フェルナン」

フェルナンはもう、なにも言わなかった。

二階の子どもがまた寝返りを打ったらしい。梁が軋む。リオはぬるくなった薬湯を飲み干して、立ち上がった。おやすみと言ったあとも、フェルナンは同じ姿勢のまま、リオが二階にあがるまで振り返ることもなく、そこに座っていた。

十四　ハーデ

リオたちがセヴェルを発ったのは、翌早朝のことだった。

近づいてくるハーデを前に、リオはもはや葛藤《かっとう》していなかったが、緊張のせいか、しばしば頭痛がした。

（こらえろ。ここまできたら、もうあとは行くしかないんだから）

フロシフランの国境で検閲を受けるため、馬を下りて並んでいる間、リオは自分のすぐ前にいたフェルナンに、そっと声をかけた。

「フェルナン……ここから魔女の根城までは、すぐだよね？」

地図で確認した限り、国境から魔女の根城であるヴィニゼルまでは、馬で半日とかからない距離のはず。

問いかけたリオに頷くと、フェルナンは「なにかあるのか？」と訊いてくれた。

リオはあたりを見回す。アランもルストもリオより後ろにいるし、ユリヤを挟んでいる。声を潜めて、リオはフェルナンに頼んだ。

「もし……禁書を一番に見つけたら、アランにもルストにも見せないで俺だけに持ってきてほしい」

きっとそのほうが、フェルナンの考えにも添うはずだから。

そう言うと、フェルナンは一瞬眼を見開いたが、「分かった」と頷いてくれた。聡《さと》い彼なら、これだけで誰より早く禁書を見つけようとしてくれるだろうし、ルストやアランからも上手《うま》く隠してくれるだろう。

土壇場で一人でも味方を得られたことに気が緩み、思わずにっこりする。

とたんにすぐ後ろから、「おい、二人でこそこそとなにを話している?」とルストの声がかかった。

「いえ、なにも。順番が来たようです」

フェルナンはさらりとかわして、検閲兵のほうへ進み出る。ちらりと振り返るとルストは妬《ねた》ましげにフェルナンを睨《にら》んでいた。アランもどこか怒ったような顔で、

「初めてにこにこするんだね、なんでフェルナンに?」

と、訊いてくる。自分が笑顔になったせいで、二人が訝《いぶか》しんだのだと気づいて、リオは唇を引き結んだ。

「まあいいよ。俺はハーデでなにかあったら、お前をさらうつもりだから」

アランにはっきりと言われて、リオは眼を瞠《みは》った。

「俺がおとなしくしてるのは、いつでもお前をストリヴロに連れていけるからだ」

アランはリオを自分の街につれていくことを、まだ諦めていなかった。赤い瞳には迷いがない。けれどアランと言い争う気は起きず、リオはそれに応じなかった。

ルストも、アランも、フェルナンも。たぶんユリヤも。

みんなそれぞれ、違う気持ちで一緒にいる。それはリオも同じだった。

門を抜けても、見た目にはハーデとフロシフランの違いはなにもなかった。

雪の積もった平原に、街道がある。少し先に森が見える。街道は行商の馬車や、移住を決めているらしき家族連れの旅人でごった返している。

（この先に、魔女の根城がある）

そう思うと緊張したけれど、今はまだなんの実感もない。

フロシフランに向かう人々の流れを横目に、リオたちは馬にまたがって、ハーデの奥へと行進を始めたのだった。


街道はすぐに、二叉《ふたまた》に分かれていた。

北東に向かう街道と、そのまま西へ通じる一本。西へ通じる街道には相変わらずフロシフラン方面を目指す人の波があったが、北東への街道はがらんとしていて森に囲まれ、誰も通っていなかった。

「北東側がヴィニゼルだ」

フェルナンが言い、アランが先導して馬を進めた。

アラン、リオ、ルスト、フェルナンの順番で馬を走らせていく。ユリヤはフェルナンの馬に同乗している。

冬の天気は崩れやすく、空にはどんよりと重たい雲がかかっていた。雪が降ると厄介だとリオは思う。

ハーデに入ってからなぜか急に、捨てられたような心許《こころもと》なさがつきまとっている。

（もしかして……ウルカの神さまの恩恵がないから？）

魔力操作に未熟なリオは、自分の中にウルカの神力があることをあまり意識できないが、国境を越えるまでには感じられなかった漠然とした不安感は、もしかしたらウルカの加護と関係しているかもしれなかった。

「ヴィニゼルはおそらくもうすぐだ」

北東への街道は長く使われていないらしく、荒れ果てて、石や枝などの障害物が多かった。針葉樹林が押し迫るように道の両脇を挟んでいる。

やがて森の向こう、くすんだ茶色のかたまりが見えてきた。

近づくにつれ、それが煤《すす》けた古城だと分かるようになる。かつては美しかっただろう外門は崩れ、瓦礫と化している。からまった蔦《つた》が枯れ、崩れ落ちた城壁に雪が積もっている――。

魔女の根城、ヴィニゼルがとうとう現われたのだ。

リオの心臓は、緊張と恐怖で、どくどくと鳴っていた。

（ここにかつて……「三人め」として生まれたばかりの俺もいたはず）

そう思う。だが懐かしさはみじんもなく、ただ朽ち果てた古城に不気味さを感じるだけだった。

馬を置き、リオたちは並んで古城を見上げた。

いつの間にかどんよりと垂れ込めた雲が、城の尖塔《せんとう》にかかっている。

「行くぞ」

ルストが言い、全員で敷地に足を踏み入れる。瞬間、リオはぶるりと体が震えた。

「なんか気持ち悪い……」

ユリヤがリオの腕にぐっと掴まりながらこぼす。振り返ると、ユリヤは珍しく青い顔をしていた。

「大丈夫？」

背をさすると、ユリヤは顔をしかめて、

「いやな感じがする。リオからは優しいお母さまの匂いがするのに……ここは、怖いお母さまの匂い……」

と、囁いた。

(魔女の気配がするってこと？　残ってる魔力にあてられてるのかな)

リオはユリヤの背をさすりながら、近くにいたフェルナンを見上げた。

「フェルナン、ユリヤがなにか感じ取ってる。魔女がここに……まだいるってこと、ある？」

言っているうちに心臓が怖いほど鳴った。魔女がすぐそこにいるかもしれない。

恐怖でぞっとする。

フェルナンは「離れないように移動しよう」と全員の中心に二人を入れてくれた。

ヴィニゼルの城の中は火で焼かれた痕《あと》がありありと残っている。

痛ましい光景だったが、しげしげと観察する余裕はない。

やがて大きな壁が立ちはだかり、それらは渦巻き状に連なっていた。

「中が迷路のようになっている。魔女が作った仕掛けだよ。戦争中は、これのせいで兵士が分断されて面倒なことになったんだ」

アランが説明してくれる。

「いちいちこんなものに気をとられるのは癪《しゃく》だ。魔女がなにか仕掛けを作ったとしたら本丸だろう。吹き飛ばす。少し下がってくれ」

ルストが言い、壁に手を当てた。

全員が十分に距離をとったと見るやいなや、ルストの壁にあてた手のひらが、青白く光った。

爆音がして、一瞬で目の前の壁が爆砕される。それは次の壁も、その次の壁も同じで、十数枚にわたる石壁が、巨人がそこだけ踏み抜いたように爆砕され、あとには砂塵《さじん》がもうもうとたっていた。

風が吹き、砂塵を一掃すると、奥にある大きな塔が見える。

(この場所だと、ウルカの神力が抑えられるって言ってたのに……)

それでもとんでもない力だ。

さっきまで恐怖に縮こまっていた気持ちが、ほんの少し解放される。ルストがいるなら、それほど怖いことはないように思えた。

ルストが吹き飛ばしたあとの道を、リオは慎重に進んだ。

渦巻き状の壁は本来なら、通れるのが一人だけの構造に見える。

たしかにこの壁は、戦時下では厄介だったろう。

今日この壁を吹き飛ばしたルストが、戦時にはそうしなかったのは、ウルカとの契約が不完全で十分な能力がなかったからに違いない。

(だとするとやっぱり、俺が真名をもらえなかったら、魔女には勝つ見込みはなかった。どうして、こんな危険な賭けのような戦いをしたんだろう)

これほど大きな戦争を仕掛けておきながら、最後の切り札がたった十月十日《とつきとおか》で死んでしまう土人形だというのが、リオの中では納得できない気がした。

やがてリオたちは、巨大な塔を眼の前にした。

「ルストが魔女と戦った場所はここか?」

アランが訊き、ルストは頷いた。

「いや。塔を抜けた先の広場だ。まずはそこまで行ってみよう」

ルストが言う。

ということは、リオが閉じ込められていた塔も、その広場にあったのだろう。

ごくりと息を呑み、塔内に入る。中は薄暗く、がらんとしている。壁についた小さな窓から、淡い冬の光が差し込んでいる。

「……待って。壁になにかある」

ふと、リオは気になって立ち止まった。ルストは先の通路に足を向けていて、アランやフェルナンも、リオが言う壁のことは気にかける様子がない。

だが、塔の壁に描かれた絵が気になったリオは、ユリヤの腕をほどいて近づいていた。

窓から薄白い光が落ちて、その絵を照らしている。

「……結婚式の絵」

リオは呟いた。

ここにもまた、同じ絵があった。白い竜と、若者。黒い竜と、花冠を抱く花嫁。

だが一つだけ違うところがある。花嫁の髪が、短いのだ。これまで見てきた絵ではすべて、足首あたりまであった長い髪が男のように切られている。

（どういうこと？）

そっと手を伸ばしたとき、ルストが「リオ！」と声を荒《あら》らげた。

「絵なんかない！　触るな！」

「え？」

中指が、花嫁の髪に触れていた。

瞬間、まばゆい閃光が壁から放たれる。

眩《まぶ》しさに眼を閉じる。

とたん、頭を殴打されたような衝撃を感じ、リオは意識を失っていた。


――どこかで誰かが泣いている。

薄暗い地下の神殿。黒い竜の足下で、少女が少年の遺体を抱きしめている。

少年の左胸はえぐり取られて、ぽっかりと穴が開いていた。

少女は泣きながら訴える。

――なぜ愛してくれないの？　愛するという約束だったでしょう。

――これで三人め。もう三人も殺されたのよ。

愛さないどころか、エラドの心臓を奪うなんて――。


ゆっくりと眼を開けた。

リオはぼんやりしていたが、やがて我に返り起き上がった。

「ここ……どこ？」

見慣れない、石造りの小さな小部屋。天井近くに嵌《は》め込まれた魔法石らしきものが、ぼうっと室内を照らしていた。

扉のない出入り口がぽかりと開いていて、行く先といえばそこしかない。リオはぞっと悪寒を感じた。他のみんなには見えなかった絵。触れた瞬間、魔法が発動した。

（魔女の罠《わな》にかかった？）

冷たい汗が、背中を伝う。

（他のみんなは無事？　俺がここにいること、誰か分かるかな）

動いていいかも分からない。リオは立ち上がると、部屋の中を少しうろつき、「ユリヤ……フェルナン」とそれぞれの名前を呼んでみた。

「アラン……！　ルスト……！」

けれどリオの声は室内に反響するだけで、それが終わるとなにも聞こえなくなった。

(どうしよう。進んだほうがいい?)

通路の奥を見る。暗がりの中に魔法石が浮かんで光っている。

迷っていたとき、「リオ!」と声がした。

通路の向こうで、誰かの影が動いていた。

「ユリヤ……!」

やってきたのはユリヤだった。駆け寄ってきたユリヤに抱きつかれると、急にほっとして、強ばっていた体から力がぬけた。

「リオ、無事だった?」

泣きそうな顔で、ユリヤがリオを見る。

「大丈夫。ユリヤは? 他のみんなはどうしたの? どうやって俺がここにいるって分かった?」

訊くと、ユリヤは自分も気がついたら一人で見知らぬ部屋に立っていたという。

「他のみんなもそうかも。僕は前に、リオの心なら見えるって言ったことあるでしょ? リオの心を感じて……こっちかなって思ったの」

リオはユリヤの話を聞いて、驚いた。

(心が分かるって……比喩じゃなかったのか)

だが今は、そのことを詳しく聞いている余裕はない。

不思議な作用を訝りつつも、「とりあえず、ここから出ようよ」と言うユリヤに従って、暗い通路を抜けた。

「僕はあっち側にいたんだけど、あっちも行き止まり」

通路は途中で左右に分かれており、ユリヤは左側にはなにもないと教えてくれた。とにかく他の誰かと合流するために、右側へ進んでみることにした。

ここはどうやら地下らしく、窓はなくて灯といえばたまに現われる魔法石だけだった。どこかで風の音がひゅうひゅうと鳴っている。

「ユリヤ……ごめん。俺が壁を触ったばっかりに」

「それはいいけど……リオの眼にはなにが見えてたの？」

どうやらユリヤにも、結婚式の壁画は見えていなかったのだと知る。

（俺にだけ見えていたのは……俺に土人形の心臓があるから？）

そう思ったが、ここにきて不意に不思議になる。

（土人形の心臓って……本来、なんなんだ？）

脳裏に、ついさっき見ていた夢の像が映った。

左胸に穴を開けた、リオそっくりの少年――。

少女は少年を抱いて、彼の心臓についてなんと言っていただろう？

「あ、なんか見えるよ」

ユリヤがリオの袖を引っ張って言う。

先の通路は三叉に分かれており、左右は真っ暗だったが、まっすぐ行く通路には灯がともっていた。しかも、その壁になにか絵が描かれている。さらに奥には、部屋のようなものも見える。

「なにか手がかりがあるかもしれない。行ってみようよ」

ユリヤが言い、リオもそうしようとしたが、灯のついた通路の手前で胸がざわめいて、立ち止まってしまった。ユリヤが不思議そうに、リオを振り返る。

「リオ？」

「入って……大丈夫なのかな。明らかに罠だと思う」

額に、嫌な汗が浮き出る。ユリヤはしばらく黙り、「やめとく？」と訊いた。

（……でも、禁書がこの先にあったら）

ルストより先に見つけたい。そう思う。

ユリヤを危険にさらすかもしれないという恐怖があった。恐怖と好奇心、そして禁書を見つけたいという気持ちを天秤《てんびん》にかけて悩んだ結果、進もうとリオは腹を決めた。

リオはユリヤと手をつないだ。

「ユリヤ、怖くない？」

リオは怖かった。ユリヤも最初に城へ到着したときは青ざめていたはずだが、今は平気そうだった。

「大丈夫。慣れてきたみたい。このへんはお母さまの怖い匂いがすごく濃い。だから……リオが探してるもの、あるかも」

奥に魔女がいるかもしれないと思いながら——けれど、それならそれで真実が明らかになるかもしれないと思いながら、リオはユリヤと一緒に、壁画の描かれた通路へ足を踏み入れる。

壁画は、物語調のものだった。

最初は大きな灰色の竜の絵があり、竜は山の頂で眠っていた。

「これ、ウルカ？」

ユリヤが訊いてくる。そうだと思う、と言おうとして、違う、とリオは気づいた。

（形はウルカだけど、色が灰色で違うし、なにより……）

絵に添えられた古代語を訳すと、今まで聞いたこともないことが書いてあった。

「……その昔、この地を治めていた一柱《ひとはしら》の竜の神は、あまりに孤独だったので、己の体を二つに分け……知の神ウルカと、愛の神エラドをお作りになった」

読みながら、声がかすれる。

頭が、ずきんと痛む。

（待って。……どういうこと？）

うろたえているリオに構わず、ユリヤは隣の絵に移る。

「こっちは、ウルカとエラドだ」

見ると、そこには寄り添う白い竜と、黒い竜の絵があった。

リオはそこに書かれた古代語も、訳していく。

「……二柱《ふたはしら》の竜の神はともにあれば幸福だった。……ある日、流れの民がやってきて、この地を分けてほしいと訴えた」

——エラドは憐れに思い、ウルカに流民を受け入れようと仰《おお》せになった。

文章を読んでいくうちに、リオの心臓は鼓動を速くする。

（こんなの、どこでも読んだことない）

流れてきたフロシフランの民を受け入れたのはウルカのはずで、契約したのもウルカのはずだった。

だがここには、エラドが受け入れたとある。

やがて絵は一人の若者が、二柱の神に力を授けられる様子を描いていた。

——ウルカは若者の一人と契約して力を与えられた。若者は王となった。

「次の絵は、この旅でいっぱい見た絵だね」

ユリヤが言う。たしかに、そこにはここしばらくで見慣れた絵、ウルカとエラドの足元で、結婚式を挙げる男女の壁画が描かれていた。

添えられた文章は、こんな内容だ。

――エラドはウルカの力を受け取るかわりに、若者に花嫁を与えた。

これにより、フロシフランの王家には、二柱の神の力が受け継がれることとなった……。

「花嫁……プラージュネヴィエ」

リオはその古代語を、じっと見つめた。

なにか、なにかが分かりそうで分からない感覚がある。

ユリヤが隣で、首をかしげる。

「王様の家って、昔はエラドとも契約してたってこと？」

「分からない。エラドの花嫁っていうのが……なにか意味を持っていたのかも」

次の絵は、人が増えて、国が栄えていく様子が描かれていた。二柱の竜の前に六人の人間が並んでおり、古代語では「国土が広がったため、さらなる力を求めた人々にエラドが応じ、ウルカの力を六人に分け与えた」とある。これが『使徒』のようだ。

（でも……六人？）

そうだ、これは古い記録を調べたときにも出た疑問だった。

ハラヤが粛正し、処刑した『使徒』が六人だったから。

「ねえリオ。この絵には、なんて書いてあるの？」

次の絵は、どこか暗澹《あんたん》たるものだった。人々が協議しているような絵の下に、地下深くに落ちていくエラドが描かれている。反対に、遠く山の上には、ウルカがいる。

リオは息を呑み込み、文章を訳した。

「――ある日北の地からさらなる流民がやってきた。フロシフランの民は彼らに土地を明け渡すことを嫌がったが、エラドは許された。そこで王と『使徒』はこれに困り、エラドに地下の冥府を守ってくれるよう頼んだ……愛の神エラドは、人の子の頼みを断れぬので、これを受け入れて地下へ潜ったが……ウルカと引き離される痛みに耐えるため、常にウルカと深く繋がるフロシフランの王に……己の元から花嫁を嫁がせることを条件とした……」

読みながら、リオは混乱した。

（花嫁を……王に嫁がせる？　人々がエラドをウルカと引き離した？　どういうこと……）

「……エラドと離れたウルカは、新しい流民を受け入れなかった。フロシフランの民は、エラドを地中に閉じ込めることで、国土を独占できた」

頭がくらくらとする。

そのあとは、黒い竜が地下で眠りながら、花嫁を差し出している絵が続いた。

花嫁は長い髪に花冠をかぶり、王らしき宝冠を頂いた若者と結婚を続ける。

彼らの間には子どもが生まれ、次の王になり、また長い髪の花嫁を娶《めと》る。

だが最後の絵を前に、リオは硬直した。

王が、花嫁の心臓に剣を突き刺していたのだ。

そして王は、花嫁の心臓から赤い宝石を取り出して、別の男に渡している。

赤い宝石は渡された男のものになる。

——王に殺された花嫁だけは、髪が短かかった。

古代語の文章は添えられていなかった。

だがなぜか分かった、この花嫁を殺している王は、第十六代国王ハラヤだと——。

(ハラヤが……殺した。エラドの花嫁を!)

頭ががんがんと痛む。リオはよろめいて、つい、その先の部屋に入り込んでいた。

円形にくりぬかれたような部屋は明るく、天井は高い。

屋根がなく、空が見えた。

ひゅうひゅうと吹き込んでくる風のせいで、その部屋に乱雑に置かれた書籍や紙束が、床を静かに舞っている。

「ここ……なんの部屋だろうね?」

ユリヤが首を傾《かし》げる。

リオは、書き物机に眼が釘《くぎ》付けになった。

手前の椅子からその机に向かって、まるで人がうつ伏せになるような形で——黒いローブがかかっている。吹きさらしになり、色あせた長衣だ。何年も何年も、ここに置かれていたと分かる。

そっと近づき、緊張で脈打つ心臓を押さえながらローブの裾をつまんだ。

そっと引いたとたんに、ローブの内側からガラガラと音をたてて人骨がこぼれ落ちる。

ユリヤが小さく叫んだが、リオは言葉も出なかった。

ただ息だけがあがっていく。恐怖に、体が震える。

色あせ、風化しそうなほどにぼろぼろになった頭巾の端に、黒い糸で縫い取りがある。

『トラディオ・ツラダ』

朽ち果てた体は、トラディオのものだった。

(ここで死んだ、物見の賢者——)

書き物机の上に、一冊の本が置かれていた。

ローブと人骨でトラディオが長年の風雨から守ったからだろうか。本はそれほどひどい状態ではない。

「『土人形の生成について』……」

リオはかすれた声で、その題名を読み上げた。

とうとう見つけた。

伸ばした手がかたかたと震え、リオはすぐには、手に取れなかった。

怖い、と思う。

怖い、怖い、怖い。背筋を恐怖が這《は》い上がる。

ここに心臓を渡す方法が書いてあったら？

自分はその方法を使って、本当に死ねるのだろうか？

視界がくらみ、生理的な涙が滲《にじ》んできた。

（逃げるな、手に取れリオ！）

ぎゅっと眼をつむり、それから、勢いよく眼を開けて本を手にした。

机から離れる。

死にそうな気持ちで、最初のページを開く。

薄眼をあけて中身を見た。

だが、想像していたものがそこになくて、リオは思わず眼を見開いた。

「これ……えっと、さっきリオが読んでた単語と同じ綴《つづ》りだよね？　えーっと……たしか、花嫁」

覗き込んだユリヤが、そっと呟く。

「プラージュネヴィエ……」

最初の一行は、その単語から始まっている。

「一番初めの土人形は、エラドがお作りになったフロシフラン国王の花嫁である……」

ユリヤがリオを見る。

リオは二ページ、三ページとめくっていく。

薄い本に書かれたその記録は、第十六代ハラヤまで続いた花嫁。つまりは、フロシフラン王妃たちの、生まれてから死ぬまでの記録だった。そのうえどうしてか、ハラヤのところには三人もの花嫁の記載がある。三度、ハラヤに花嫁が送られたという記録だ――。

「どういう……どういうこと……!?」

エラドが作った土人形は、十月十日どころか、子どもを産み、王が死ぬのを看取ってから死んでいた。

異質だったのは、ハラヤの花嫁たち。

一人め、二人めを、ハラヤは「契約違反」だとして殺し――三人めに至っては、殺した上で心臓を奪った、とある。

(どういうこと……どういうこと……っ?)

分からない。呆然《ぼうぜん》としてその場に立ち尽くしていたときだった。ユリヤが悲鳴をあげた。

「リオ!」

ハッとする。上空に影が差した。

壊れた屋根から黒い影が――巨大で、真っ黒な蛇が落ちてきた。

赤い眼の大蛇は鋭い威嚇《いかく》音をあげ、まっすぐリオに向かっている。

リオは悲鳴をあげて飛びすさった。床に落ちた大蛇は、再びリオに飛びかかってくる。

(魔女の魔物!?)

食われる、と思ったその瞬間。

反対側にいたはずのユリヤが、リオの眼の前に飛び出してきた。

「ユリヤ……！」

リオは叫んだ。

リオを庇《かば》うように両手を広げ、立ちはだかったユリヤの腹に蛇が噛《か》みつき、肉を引きちぎった。

ユリヤは食いちぎられた腹から、真っ赤な血を吹き上げてその場に倒れた。

「ユリヤ！　ユリヤ！」

本を投げ出し、ユリヤにすがりつく。

「逃げて……リオ」

唇から血を吐きながら、ユリヤが言った。

蛇はユリヤの肉を飲み込んで、またこちらへ鎌首をもたげてくる。

（どうしよう、どうしよう、どうすれば……っ）

ユリヤを置いて逃げるわけにはいかない。

頭が混乱しておかしくなり、なにもできずにユリヤの体を抱きしめたとき、リオの外套のポケットから小さなガラス玉が落ちた。

ガラス玉は発光し、大きな音を響かせて弾《はじ》けた。

部屋の中は視界も真っ白になるほどの光に包まれ、蛇も動けないようだ。

それはいつだったか、城塞都市メドヴェで、なにかあったときにとルストがリオに渡していたものだった。

「リオ！　ユリヤ！」

一瞬だった。

光が消えた。

そのとたん、蛇が現われたのと同じ天井から、黒ずくめの影が飛んできて降り立つ。ルストだ。ルストは降り立ったと同時、腰の剣を引き抜いて蛇を一刀両断にした。

魔物は砂塵となって消え去るが、リオはそんなものは、もはや意識にすらなかった。

「ユリヤ！　ユリヤ……待って、待って今、今治すから！」

泣きたくないのに勝手に涙が溢れてくる。リオは動揺しながらも、ユリヤの血まみれの腹に手をあてて、ウルカの神に願った。

（ウルカの神さま……お願い！　治して！）

自分にはまだ、治癒《ちゆ》の力があるはずだった。

今でも一応、『王の鞘《さや》』なのだから。そしてリオの両手からは、たしかに紫色の光が湧き立ったが、ユリヤの体は治らなかった。どくどくと血が流れていき、その場には真っ赤な血だまりの池ができていく。ユリヤは紙よりも白い顔になり、眼の焦点もぼんやりとしている。

「ユリヤ！　ルスト、どうして、どうしてっ？　治せない！」

取り乱して泣くリオの隣に、ルストが跪《ひざまず》く。

「……仕方ない。治癒の力は生命にしか効かない。ユリヤは……生きてはいたが、心臓がないはず。正しくは、生命ではない……」

「そんなの……」

愕然《がくぜん》として、リオはルストを、死にゆこうとしているユリヤを見た。

(生命じゃない？　どうして？　ユリヤは……たしかに生きてたじゃないか！)

笑ったり、心配したり、恐れたり、喜んだりして、生きていた。

それなのに心臓がないから、リオの治癒が効かないという。

「……ルスト、俺を、俺を殺して……心臓をえぐって、ユリヤに与えて……！」

気がつくと、リオはそう言ってルストにすがりついていた。

ルストは困惑したように、リオを見下ろす。涙でぐちゃぐちゃになった顔で、リオは「お願い……お願い！」と何度も請願していた。

ルストは痛ましげに顔を歪めて、首を横に振った。

「いいや。生きるのはお前だ……リオ」

残酷な言葉に――リオは声もなくただ、呆然とするしかなかった。

(じゃあ……ユリヤを見捨てるの？　ここで……？)

頭の中を駆け巡る、ユリヤの笑顔。

出会ったときは、空っぽの人形のようだった。意志も感情も、ないように見えた。

けれど違った――。ユリヤは食べることを覚えて、食事を美味しいと言った。

リオの胸の中で眠ることを好んだ。

新しいもの、きれいな場所、なにを見ても喜んで、感嘆の声をあげてリオの腕をひいた。

――見て見て、リオ。

――ねえ、もっと笑って。

何度も呼びかけては、リオの暗い気持ちをいつもほんの少し、明るくしてくれた。

それなのに……ユリヤが、生きてない？

そのとき、「リオ」と、か細くユリヤが声をあげた。ユリヤはリオを見て、弱々しく微笑んでいた。

その小さな手が持ち上がり、リオは反射的に、その手を握った。ぎゅっと、強く強く握る。

「……ルストが正しい。僕は、今死んでも……悔いはないよ。たくさん、楽しいことがあった」

リオは震えていた。嘘だと思った。ユリヤが生きたのは、たったの二十五日だった。

けれどここで声を遮ったら、二度とユリヤの言葉が聞こえなくなる。我慢したが、眼からは堰《せき》を切ったように涙がこぼれる。

「生きるのって、楽しいね。……リオが全部教えてくれた。ね、リオは、僕らの命に意味はないって言ってたけど」

途中で咳《せ》き込み、ユリヤは血を吐いた。

「ユリヤ!」

叫び、どうにか少しでも痛みを和らげようと胸をさする。そのリオの手を、ユリヤがそっと、握った。氷のように冷たい指だった。

「僕はあったと思う。僕は、嬉しかったし、幸せ……だったから。僕には生きる意味もあったし、この世界には……生きる価値があったよ」

ねえ、リオ。きみもだよ。

「……とびきり、きれいな冬を見た。一緒にね……たとえ、春を知らなくても」

——たとえ春を知らなくても、僕は、幸せだった。

にこりと笑ったユリヤは、次の瞬間、眠るように眼を閉じた。

「ユリヤ……っ」

取りすがったリオの手はむなしく、空を掻《か》く。

そのままユリヤの体は、砂になって砕け、風に舞って消えていった。なにも残らない。砂塵は消えながら、リオの左胸に吸い込まれた。

(……死んだ——ユリヤが)

呆然と、リオはその場で固まっていた。

（土人形の、死）

あとにはなにも残らない死。

腕の中にさっきまであった重みが、嘘のように消えている。

血だまりさえ、跡形もなく消えていた。

「ユリヤ……」

本当に幸せだったの？　生きられたのは、二十五日だけなのに。

その短い時間の中を、精一杯眼を見開いて、きれいなものを見つけ、楽しんでいたユリヤのことが走馬灯のように記憶に走る。

「ああ……あっ」

リオはその場に腕をつき、呻いた。喉から血が出そうだ。

苦しい。悔しい。激しい絶望感が全身を苛《さいな》み、心が引きちぎれそう。

ユリヤの痕跡を探すように、床を指でひっかく。ひっかいて爪が割れ、指先から血がにじむ。

「リオ……やめろ」

ルストがリオの手を握り込み、背をさすってくれる。

けれどそれすら、なにをどうされているか分からない。

「ユリヤ……に、心臓を」

もっと生かしてあげようと思っていた。春を見せてあげたかった。なのにユリヤは、リオを庇って死んだ……。

こぼれた涙が、床に散る。

「うっ、うー……っ！」

リオは額を床に押しつけ、ルストの手を振り払った。

片手でどん、どんと自分の左胸を叩いた。何度も何度も乱暴に。

「なにしてる！　やめろ！」

ルストがリオの体を起こし、腕を羽交い締めにする。リオは暴れた。

「放せ！　もう……もう壊してやる！　こんな体……っ」

心臓を抉《えぐ》り出して、この場で死んでやると思った。こんな苦しみと後悔を抱えて、これ以上生きていくなんて、無価値どころか地獄だと思う。

「なんで死ぬのがユリヤなんだっ？　なんでセスなんだよ！　俺は、俺は生きてたって意味がないのに——！」

「ユリヤがそんなことを言ったか⁉」

ルストが、リオの胸ぐらを摑み、揺さぶる。

「ユリヤは生きる意味があったと言ったんだ！　幸せだったと！　春を知らなくても、冬の美しさを知った……だから……幸せだったと。そこに……お前も一緒にいた！　お前はユリヤの生を、無価値だと言うのかっ？」

怒鳴られ、何度も揺すられて、リオの体から力が脱けていく。

涙が止まる。ついさっきまで一緒にいたユリヤの笑顔が、瞼の裏に蘇る。

――でもリオ。僕は思うよ。……とびきりのきれいな冬を知ってるなら、春を知らなくても。……ね、たとえ春を知らなくたって、幸せだって。

（セス……）

看取ることさえできなかった親友の死を、思う。

――「早死にした子どもを、人は不幸だと思うだろう。けれど僕の生は、人が思うよりずっと、幸せに溢れていた。その事実を、死の暗闇が塗《ぬ》りつぶすことはできない」

（俺は……）

セヴェルで暮らした、野良犬のような日々。

あの三年、リオは人から見れば不幸だった。自分でも、不幸を感じることは何度もあった。けれど、ユリウスに、ルストに、あの三年が幸せだったかと訊かれたら、迷いなく答えた。

幸せだった。

誰かがリオを不幸だと言っても、リオは、幸せだった。

「ルスト……セスの命を……ユリヤの命を」

無価値だと決めつけていたのは、俺だったのかも……。

なにかを成し遂げた人だけが、価値ある命だろうか？　屋根裏で、病気で死んでいった子どもの命は、無価値だろうか？　たった二十五日で、ただ笑って生きたら、その命は無価値だろうか？　違う、違う違うとリオは思った。

(俺にとってセスとユリヤに価値があったからとか、そういう話ですらなくて)

誰かにとってどうとか、そんな意味ではなく。

(命はただ、そこにあるだけで価値がある)

どんな寿命でも。どんな境遇でも。どんなふうに生きても、この世界に生きる価値はある。

生きる命には、常に価値がある。

たとえ明日、リオが死んでも。絶望の暗闇は、命の輝きをけっして奪えない。

(やっと、分かった)

ルスト、やっと分かったよ。そう言おうとしたそのときだった。

どこかから、大きな音が轟《とどろ》いた。

轟きは城を揺らし、風がごうっと吹き付けて部屋にある古い紙束がばさばさと宙に舞う。

ルストがリオを放し、入り口の奥を確認しに走る。

「リオ！　ここを出るぞ！」

言われて、咄嗟《とっさ》に立ち上がろうとした。

だが、リオは誰かに腕を摑まれていた。

ルストだと思ったが、鼻先に甘い香りが漂って、リオは全身から血の気がひくのを感じた。

「おかえり、かわいい子」

背後から、リオを抱きしめている女がいた。

女は肩越しにリオを覗きこむ。

長い銀髪に、すみれ色の瞳。美しい、一見少女とおぼしき、けれどよく知っている顔立ち
――。

リオは思い出した。

魔女である、母の名前。

「トゥエラド・ラダエ……」

頭の中に、一瞬でなにかが閃《ひらめ》く。

忘れていた母の記憶だった。

そうだ、母はラダエ家の三女。エラドに仕える巫女《みこ》姫。

「魔女！」

ルストが怒鳴り駆けつけてくる。剣を抜き払って、魔女に切り込む。

魔女はかわし、リオの腹に腕を回して持ち上げると、飛び上がってルストに魔法を飛ばした。

魔法は火の玉になり、ルストに向かう。

ルストは魔法をものともせず、切り込んでくる。魔女の銀髪が剣に切られて宙を舞い、リオは地面に放り出された。

「ここが最期だ！　殺してやる！」

ルストは雄叫びをあげ、自らも魔法を放った。

風の刃が魔女を切り裂こうとする。

魔女は刃を跳ね返し、両手を空に掲げる。その手の中に、激しく閃く稲妻が現われる――。

そのとき、リオの指になにかが当たった。見ると、床に落ちた古びた短剣だった。

反射的に柄《つか》を握る。

――魔女を、殺さねば！

むき出しの刃をただ一心に差し向けて、魔女に駆け寄る。

声をあげながら剣を突き出した――。

突如、空間が歪むのが分かった。

魔女の体に突き刺したはずの短剣だった。だが、魔女の体が揺れて、違う姿に変わる。

「え……」

リオは愕然として、後ずさった。

リオが短剣を突き刺していたのは、魔女ではなくルストだ。

「う……っ」

腹を刺されたルストが、その場に一瞬跪く。ルスト、と名を呼んで駆け寄ろうとしたとき、
リオの足下が崩れた。真っ黒な闇が、飲み込むようにリオの体を包む。

「リオ！」

顔を歪めながら、ルストが手を伸ばす。リオもそちらへ手を伸ばした。

指先に、なにかが触れた。冷たい、ガラスのような触感。

けれど暗闇が、意志を持ったなにかのように触手を広げて、リオを一気に飲み込んでいく。

ルストの姿が、遠くなる。

魔女が高らかに嗤いながら言うのが聞こえた。

「愚かなウルカの王よ！　ついにお前は花嫁に殺される！」

ついに、ついに、と甲高い声で魔女が嗤う。

「エラドがお前に与えた、たった一人の花嫁に！　お前が殺した花嫁に！　お前は殺されるんだ、ウルカの王——」

……そうだった。

闇に飲み込まれる瞬間に、リオは思い出した。

——俺はエラドが、王家に与えた花嫁。

男だったために、三度も王に殺され、ついに心臓を奪われた——花嫁。

あとがき

こんにちは。樋口美沙緒《ひぐちみさお》です。『王を統べる運命の子』三巻です！　もし前の巻を読んでないというかたがいらしたら、一巻二巻もよろしくお願い申し上げます。

は〜やっと……出せた！　ギリギリ、二巻から一年以内に出せてよかったです。待ってくださっていた皆さま、ありがとうございます！（深謝）

プロットを作った時点ではさくっと書けるっしょ〜！　と思っていたのですが、書けども書けども終わらない……それもそのはずのページ数です。

今回は、二巻のあの終わりから、どう舵《かじ》を切っていくかなのでここでなにを書いてもネタバレになるので、あとがきは最後にお読みください。そう、二巻のラストでリオは死んだのですが……からくりがあって生きておりました。リオにとってもびっくりだったと思います。

今回のリオは書いていて辛かったです。今まで素直な子だったと思いますが、今回は素直ゆえに頑なになっている状態。とはいえ、物語を通してこのお話の根本的な謎みたいなものが大体見えてきたかなと思います。

フェルナン及び『北の塔』がかなり幅をきかせてましたね。『北の塔』の構想は一巻のときからあって、そのうち出そうと思っていましたが描写が難しかった。でも私は昔から、こういう象牙の塔みたいなところで暮らしている俗世とかけ離れた賢者の人たち……というファンタジー妄想が好きなので、書けてよかったです。

予定では次の巻で終わりなのですが、書いてみないと分からないので、とりあえず次巻以降もよろしくお願いいたします！

イラストを担当してくださった麻々原絵里依《ままはらえりい》先生。もう、先生の絵がばっちり頭に刷り込まれているので、要所要所で麻々原先生のリオやルストを想像し、楽しくなっておりました。本が届いたら真っ先に表紙と口絵と挿絵を確認するのですが、今から楽しみでたまりません！インスピレーションを与えてくださって、ありがとうございます！

それから、いつも私がどれだけ「書けない」と言ってもめげずに励ましてくださり、理解してくださる担当さん。今回は原稿期間が長かったので気を揉《も》ませてしまったのでは……と思うのですが、毎回大丈夫ですよと仰っていただけたので、なんとか精神を保てました。おかげで世に出せます！　ありがとうございます。

そして最後に、一巻二巻と読んだうえで早く三巻を……！　と待っててくださった読者さん。あなたが神か。私にとってのウルカの神さまです。ありがとうございます。読まずに積んでくださっている方は、エラドの神です。（？　なんのこっちゃ）どちらの読者様もありがとうございます！　感謝してます！

ではでは次巻でお会いしましょう。

樋口美沙緒

この本を読んでのご意見、ご感想を編集部までお寄せください。

《あて先》〒141-8202　東京都品川区上大崎3-1-1　徳間書店　キャラ編集部気付
「王を統べる運命の子③」係

【読者アンケートフォーム】

QRコードより作品の感想・アンケートをお送り頂けます。

Chara公式サイト http://www.chara-info.net/

■初出一覧
王を統べる運命の子③……書き下ろし

王を統べる運命の子③

……【キャラ文庫】

2022年1月31日 初刷

著者 樋口美沙緒
発行者 松下俊也
発行所 株式会社徳間書店
〒141-8202 東京都品川区上大崎3-1-1
電話 049-293-5521（販売部）
03-5403-4348（編集部）
振替 00140-0-44392

印刷・製本 図書印刷株式会社
カバー・口絵 近代美術株式会社
デザイン カナイデザイン室

ISBN978-4-19-901054-5

樋口美沙緒の本

好評発売中

「パブリックスクールーロンドンの蜜月ー」

シリーズ1〜5　以下続刊

イラスト✦yoco

二年間の遠距離恋愛が終わり、ついに恋人の待つイギリスへ――。名門貴族の御曹司で巨大海運会社CEOのエドと暮らし始めた礼《れい》。まずは自分の仕事を探そうと、美術系の面接を受けるものの、結果は全て不採用!!　日本での経験が全く役に立たない厳しい現実に向き合うことに…!?　エドの名前には頼りたくない、けれど恋人の家名と影響力は大きすぎる――甘い蜜月と挫折が交錯する同居編!!